아우스

마도 시대의 시작

FUSION FANTASTIC STORY

강준현 장편소설

아우스 : 마도 시대의 시작 4

강준현 장편소설

초판 1쇄 찍은 날 § 2017년 7월 19일
초판 1쇄 펴낸 날 § 2017년 7월 26일

지은이 § 강준현
펴낸이 § 서경석

편집책임 § 이지연

펴낸곳 § 도서출판 청어람
등록번호 § 제387-1999-000006호
등록일자 § 1999. 5. 31
어람번호 § 제1-2733호

주소 § 경기도 부천시 부일로 483번길 40 서경B/D 3F (우) 14640
전화 § 032-656-4452 팩스 § 032-656-4453
http://www.chungeoram.com
E-mail § chungeorambook@daum.net

© 강준현, 2017

ISBN 979-11-04-91397-6 04810
ISBN 979-11-04-91321-1 (세트)

아우스

마도 시대의 시작

FUSION FANTASTIC STORY

강준현 장편소설

4

도서출판
청어람

Contents

26장
만남

　천 년이 넘는 역사를 가진 발칸 제국의 수도 발칸 시티는 과거와 현재가 공존하는 아름다운 도시로 뮤트 제국의 수도인 크라운 시티보다 1.5배 더 클 정도로 거대했다.

　특히 건물 하나하나가 박물관이라고 할 수 있을 만큼 아름답고 예스러운 저택들이 가득한 내성을 지나 중심으로 가면 전 세계에서 가장 웅장하고 아름답다고 소문난 황궁이 있었다.

　천 년 제국의 황궁답게 그 크기 또한 어마어마했는데 크게 외궁, 내궁, 심궁으로 나뉘었다.

　40대 초반으로 보이는 사내는 황제가 머무는 내궁으로 가는 대문을 나와 잰걸음으로 외궁에 위치한 황실 마탑으로 향했다.

"어딜 그리 급하게 다녀오십니까, 사이팀 님."

마탑에서 나오던 머리가 희끗희끗한 노인이 한참 어려 보이는 사내에게 고개를 살짝 숙이며 물었다.

노인이 40대 초반의 사내에게 높임말을 쓰는 게 다소 이상해 보였지만 정작 인사를 받는 사내는 당연하다는 듯 대답했다.

"내궁에."

"허어~ 결국에 다녀오셨습니까?"

"당연하지. 작년에 올해는 내가 가도 된다고 분명히 약속해 놓고 일이 생겼다는 핑계로 다른 사람을 보내는 건 말이 안 되잖아, 안 그래?"

노인은 중년 사내의 말에 고개를 절레절레 흔들며 말했다.

"사이팀 님이 가시면 금방 끝날 일이지 않습니까? 그래서 마탑주께서도 그리 말하신 거고요."

"내가 가서 금방 해결될 일이면 부탑주 그 자식이 가도 해결될 일이야. 아무튼 바로트 후작님에게 허락을 받았으니 더 이상 아무 말도 마."

"에휴~ 어째 날이 갈수록 어려지시는 것 같습니다."

"너도 서클을 올리면 나처럼 될 거야."

"전 아무래도 사이팀 님처럼 될까 봐 무서워 서클을 올리지 못하나 봅니다. 전 모르겠으니 이만."

"잠깐만, 바트."

사이팀은 지나가려는 바트를 불러 세웠다.

"왜 그러십니까?"

"아무래도 내가 들어가서 보고를 하면 탑주께서 잡을 게 분명해. 그러니 자네가 탑주께 전해주게."

"싫습니다. 제가 왜……"

"그럼 부탁해. 난 지금 바로 간다."

"사이팀 님! 시종들은 어쩌시고……"

"필요 없어. 혼자 휑하니 다녀올게."

바트는 사이팀의 옷깃을 잡으려 했지만 그는 어느새 내성으로 통하는 문을 향해 뛰어가고 있었다.

"후후후! 휴가를 즐기듯이 다녀오면 될 일과 뺑이 칠 게 분명한 일을 바꿀 수는 없지. 무엇보다도 피트 님의 마법이 남겨진 곳 아닌가."

발트란의 비극 이후로 제국은 같은 일이 반복되지 않도록 1년에 한 번씩 감사관을 보냈다. 감사관은 주로 황실 마탑의 마법사로 임명되었는데 휴가나 다름없는 덕에 인기가 많았다.

"시간적인 여유가 있으니 벨롱으로 가서 며칠 쉬다가 가야지, 흐흐흐!"

신이 나서 텔레포트 탑으로 향하는 사이팀. 한데 텔레포트 티켓 발매처 앞에 그를 기다리고 있는 이가 있었다.

"스승님! 어디로 가는 티켓을 끊을까요?"

"코, 콜드, 네가 여긴 웬일이냐?"

사이팀의 마지막 제자인 콜드였다.

"스승님이 내궁 행정처에 가셨다는 얘길 듣고 이쪽으로 오실 것 같아 기다리고 있었습니다. 제가 스승님을 안 모시면 누가 모시겠습니까?"

"……."

뛰어난 마나 친화력과 영악함에 그를 제자로 받아들였는데 그 영악함이 마법보단 노는 쪽으로만 발전하고 있었다.

잠깐 생각하던 사이팀은 좋은 생각이 난 듯 웃는 얼굴로 말했다.

"나야 네가 옆에 있으면 편하고 좋지. 한데 탑주를 피해 급하게 오느라 돈을 안 가져왔구나. 둘이 가면 부족할 테니 얼른 저택에 가서 가져오너라."

콜드가 돈을 가지러 간 사이에 떠날 생각이었다.

한데 예상과 달리 콜드는 저택으로 달려가는 대신 품속으로 손을 넣었다. 그러곤 가득 차다 못해 터질 듯한 돈주머니를 꺼냈다.

"스승님도 참, 제가 누굽니까. 이곳에 오기 전에 저택에 들렀다 왔습니다."

사이팀은 외통수임을 깨달았다.

"휴우~ 눈치는 더럽게 빠르구나. 혹시 내가 벨롱으로 갈거라는 예상도 했냐?"

"하하하! 스승님 취향을 제가 모르겠습니까. 요즘 가장 핫

한 곳이 벨롱 아닙니까."

콜드는 티켓 두 장을 흔들었다.

"크~ 쪽팔리게 하지 말고 들어가자."

혼자 노는 게 최고이긴 했지만 눈치 빠른 콜드가 있으면 편한 점도 있었기에 둘은 얼른 탑의 대기실로 향했다.

"스승님, 발트란에 피트 님의 마법진이 있다는데 어떤 겁니까?"

텔레포트 출발을 기다리는데 입을 가만두지 못하는 콜드가 물었다.

"발트란 성의 개미지옥이라는 바닷속 마법진이라고 들었다."

"오! 바닷속 마법진이라니…… 근데 발트란에 있는 마법진을 연구하다가 깨달은 사람들이 많다는데 사실입니까?"

"글쎄다. 그곳에서 깨달음을 얻은 사람이 있긴 하지만 그게 마법진 때문인지는 모르겠구나. 갑갑한 마탑을 벗어나 넓은 세상을 봐서 그런 것일 수도 있겠지."

"그럼 저도 바다를 보면 6서클의 벽을 넘을 수 있겠군요. 드디어 저도 마도사로… 아얏!"

"이 녀석아, 수련이나 제대로 하고 그런 소릴 해라. 넌 아직 한참 멀었다. 마나도 더 모아야 하지만 특히 하단전을 개발해라. 내 꼴 당하지 말고."

"스승님이 어때서요. 제국 역사상 유례가 없을 정도로, 아! 꽤 있나? 아무튼 오십이 되기 전에 7서클의 경지에 이른 분이 스승님이시잖아요."

"누구보다 일찍 7서클에 오르면 뭘 하겠냐. 20년이 넘게 8서클에 이르지 못했는데……."

그의 스승이 해주는 충고를 무시하고 무조건 서클을 올리기 위해 애썼던 적이 있었다. 그런 노력 덕분에 그는 마흔다섯에 7서클에 이룩했다.

한데 7서클이 되었다는 기쁨도 잠시, 8서클에 이르기 위해 노력하면서 비로소 자신이 잘못 수련을 했다는 걸 깨닫게 되었다.

'하단전과 중단전이 불균형한 상태에서 7서클의 영역이라는 상단전이 깨어났으니…….'

마법에서는 7서클, 무술에서는 마스터의 경지에 이르면 신체 재구성이 일어났다.

재구성이라고 해서 더 젊어지는 것은 아니었다. 그러나 경지를 이른 나이에서 거의 늙지 않게 된다는 장점이 있었다.

'장점이자 단점이기도 하지.'

신체 재구성의 단점은 하단전과 중단전이 경지를 이른 그 순간으로 거의 고정되어 버린다는 것이다.

재구성 이전이었다면 수년 만에 하단전을 한 단계 올릴 수 있을 것을 재구성 이후에는 20년이 넘어서야 겨우 가능했다.

"스승님은 욕심도 많으십니다."

"7서클로도 충분하다고 말하려면 하지 마라. 이십 년이 넘게 그 소리를 몇 번이나 들었다고 생각하느냐? 전혀 위로가 되지 않는다."

"알고 있습니다. 3년 전, 마탑주가 8서클이 되었을 때 스승님께 그 말로 위로를 했다가 마탑 절반이 날아가지 않았습니까."

"그럼?"

"제 말은 하단전과 중단전을 균형 있게 개발하느라 다 늙어서 신체 재구성을 이뤄서 뭐하냐는 겁니다. 스승님처럼 40대 중반 중후하고 한참 멋질 때 재구성을 하는 것이야말로 축복이라고 말씀드리는 겁니다."

"홋! 하긴 술집에 가면 30대 초반까지 보는 이들이 있지."

"제 말이요. 8서클이 되면 직위가 높아지고 돈은 더 많이 벌겠지만 인생의 낙이 없잖습니까. 그에 비해 스승님은 어떠십니까. 전 스승님이 제 인생의 롤모델입니다. 반드시 스승님처럼 한 살이라도 어린 나이에 재구성을 이루고 말 겁… 아얏! 왜 자꾸 때리십니까?"

"젊은 네 녀석이 벌써 그딴 소리하면 안 되지. 넌 균형을 이루면서 재구성을 이루도록 해라."

"헤헤헤! 알겠습니다, 스승님."

사이템은 겉으로는 밝게 생활했지만 실상 수십 년간 정체된 서클 때문에 고민이 많았다.

그래서 마탑주의 부탁도 거절을 하고 발트란행을 결정한 것인데 시작부터 어린 제자에게 위로를 받게 되었다.

한결 가벼워진 마음으로 벨롱으로 텔레포트했다.

제국의 대표적인 휴양지 벨롱은 제국의 북동쪽에 위치해 겨울을 제외하곤 해수욕을 즐길 수 있는 것은 물론이고 온천과 자연 경관이 좋아 사시사철 북적이는 곳이었다.

텔레포트 탑을 나오자 왼쪽으로 끝없이 펼쳐진 바다와 고운 모래사장이 그들을 반겼다.

"오우! 날씨부터 죽이는데요."

콜드는 날씨가 더운지 겉에 걸치고 있던 망토를 벗으며 소리쳤다.

신체 재구성 후 딱히 더위나 추위를 느끼지 못하는 사이팀이었지만 지나가는 이들의 가벼운 복장을 보고 망토와 조끼를 벗었다.

"어디로 갈까요, 형님?"

"…형님?"

"에이~ 레이디 앞에서 스승님이라고 부르면 당연히 스승님의 나이를 의심하지 않겠어요? 그냥 조금 노숙한 형님으로 하는 게 좋은 듯한데 싫으세요?"

같이 움직이려면 그편이 나을 것 같았다.

"벨롱에서만이다."

"물론이죠. 제가 그리 막돼먹은 놈은 아니잖습니까."

"글쎄다. 그건 지켜봐야겠다. 일단 모래사장이나 밟아보고 다음 일을 생각하자."

두 사람은 해안으로 내려갔다.

겨울이라 해수욕을 즐기는 사람은 없었다. 그러나 어느 곳보다 따뜻한 지역이라 치마를 걷어 올리고 파도의 움직임에 따라 깔깔거리며 뛰어다니는 여자들이 매우 많았다.

"천국이 따로 없군요. 봄에 시간 내서 꼭 다시 한 번 들러야겠어요."

"그러게 말이다."

"말이라도 걸어볼까요?"

"시간도 많은데 일단 둘러보자."

싫진 않았지만 너무 오랫동안 해보지 않은 일이라 맨정신으론 힘들 것 같았다.

해안은 한참을 걸어도 끝이 없을 정도로 길었다.

"시원한 술이나 한잔하자."

"저도 목이 마르던 참이었습니다. 조용한 곳으로 갈까요?"

"아니, 조용한 건 마탑만으로도 충분하다."

구경이 슬슬 지겨워진 사이텀과 콜드는 해안가에 있는 북적북적한 술집으로 들어갔다.

"어서 오십시오! 마침 3층에 자리가 났으니 그리 올라가시죠."

종업원이 안내한 곳은 창가완 거리가 있는 구석 자리였다.

"저기 발코니엔 자리가 없나?"

이왕 마실 거라면 바다를 보며 먹고 싶었다.

"죄송합니다. 저긴 예약을 한 곳이라… 아! 마침 저기도 자리가 났는데 저긴 어떻습니까?”

발코니와 가까운 곳에 있던 이들이 일어나고 있었다.

“그럼 저기로 하지.”

의자에 앉자 종업원을 빠른 손놀림으로 테이블을 치우고 주문을 받았다.

“시원한 맥주에 해산물 괜찮은 걸로 갖다 주게.”

“털게와 새우가 좋은데 그걸로 갖다 드리겠습니다. 혹시 더 필요하신 게 있으시면 여기 마법진에 5초 정도만 손을 올리고 계시면 됩니다.”

종업원이 사라지자 콜드는 테이블에 새겨진 마법진을 살펴보았다.

“이런 건 처음 보는데…… . 호오! 인식, 알람, 그리고 한 가지가… 뭔지 모르겠네요. 수정구에 쓰이는 전달 마법인가?”

“위스퍼 마법이다. 수정구에 쓰이는 마법을 쓰면 테이블 가격보다 몇 배는 비쌀 게다.”

“아! 상당히 실리적인 선택이네요. 그나저나 이거 수도에 갖다 팔면 상당하겠는데요? 저도 마법진을 배워 마법 물건이나 팔아볼까요?”

“아이디어가 있으면 해보든지. 잘되면 많이 안 바란다. 10퍼센트 다오.”

수업료를 지불하고 배우는 제자와 오로지 능력만 보고, 혹은 후계자로 생각해 키우는 제자는 제국법상 확실히 구분됐다.

냉동고가 자신의 아이디어로 만들었다고 주장하는 제자 측과 자신에게 배운 마법으로 만든 물품임으로 이익을 분배해야 하다는 스승 측이 부딪힌 사건으로 인해 '냉동고 법'이라는 법까지 생겨났다.

냉동고 법에 의하면 스승에게 30퍼센트의 권리를 인정하고 있었다.

"10퍼센트라고 말씀하셨습니다. 나중에 더 달라고 떼를 쓰시면 안 됩니다."

"망했다고 손이나 벌리지 마라."

"당연히 벌려야죠. 불쌍한 동생이 거지처럼 하고 다니면 형님 욕 먹이는 겁니다."

"으이구! 말이나 못하면."

"헤헤헤! 아! 미안합니다."

사이팀의 주먹을 피하던 콜드는 지나가는 사람과 부딪혔다.

"괜찮아요. 피하지 못한 제 잘못도 있는 걸요."

고운 목소리에 돌아보니 황궁에서도 보기 힘든 금발의 미녀가 서 있었다. 미녀는 드레스가 아닌 경장 차림에 허리에 검을 차고 있었는데 그 모습이 섹시하기 그지없었다.

"아! 아, 아닙니다. 레이디, 혹시 제 실수를 만회할 시간을……."

"미안해요. 일이 있어서."

휑하니 발코니로 가는 그녀 뒤로 험상궂은 사내가 뒤따르고 있었다.

"스… 형님! 방금 그 여자 봤어요?"

"아마 이곳에 있는 모든 남자 중 못 본 사람은 없을 거다."

"죽이죠? 저 무슨 일이 있더라도 저 여자를 꾀고 말 겁니다."

"쯧쯧! 행여나 가까이 가지 마라. 그러다 죽는다."

"예? 저 레이디에게 질 거라고 생각하세요? 저랑 나이 차이
도 안 나는데요? 혹시 형님이 잊고 계신 것 같은데 저 5서클
입니다."

"알아. 하지만 장담하건데 네 어깨 위에 있는 물건은 5분
안에 떨어질 게다."

'허~ 저 나이에 거의 끝자락인가?'

사이텀은 세상은 넓고 인재는 많다는 사실을 여자를 보면
서 새삼 느끼고 있었다.

에리카는 자신을 바라보는 시선에 익숙했다. 그래서 무시
하는 법을 배웠다. 한데 도저히 무시할 수 없는 시선이 그녀
를 향하고 있었다.

담담한 눈빛이었지만 마치 자신의 내부를 샅샅이 훑는 기
분이 들었다.

'기운은 평범한데… 마도사?'

너무 평범해서 비범해 보인달까.

자신과 부딪힌 남자가 5서클 정도임을 생각한다면 그녀의

생각이 맞을 가능성이 높았다.

"아가씨, 경고라도 해줄까요?"

옆에 있던 포에르가 중년인의 시선을 느꼈는지 물었다.

"괜찮아요. 우리가 상대할 수 있는 이가 아니니 신경을 끄죠."

"아가씨가 그리 말할 정도라면……."

"맞아요."

"제국의 귀족이 휴가를 왔나 보군요. 혹시 모르니 마나 왜 곡 마법진을 설치하겠습니다."

"됐어요. 아직 대화 상대도 오지 않았는데 수선 떨 필요 없어요."

쓸데없는 짓이었다. 마도사가 듣고자 한다면 마나 왜곡진쯤이야 식은 수프 먹기처럼 풀어버릴 것이다.

"왔습니다. 저 잡니다."

석양을 바라보고 있는데 포에르가 낮은 목소리로 중얼거렸다.

그가 가리키는 곳을 보니 모자를 푹 눌러써서 나이를 짐작하기 어려운 사내가 어부 차림으로 술집에 터덜터덜 걸어오고 있었다.

일이 잘 풀리려고 그러는 건지 마도사 일행도 때마침 나가고 있었다.

"여어~ 안녕들 하슈~"

어부 차림의 사내는 너스레를 떨며 에리카의 맞은편에 앉았다.

"얘기에 앞서 통성명이나 합시다. 그래야 대화가 편하지 않겠소? 난 페페요."

"에리카예요."

"오케이. 통성명했으니 이제 술 한잔합시다. 육지의 술맛을 본지가 언제인지 기억이 안 나는군요. 게다가 에리카 양처럼 섹시한 여자와 마셔본 적이 없어서."

페페의 말에 포에르가 인상을 쓰며 나서려 했다. 그러나 에리카가 손을 들어 막았다.

"그래요. 해적과 술 마실 기회가 얼마나 되겠어요."

"크하하핫! 귀한 댁 영애치곤 성격이 화끈하군요."

술판이 벌어졌다.

페페는 분위기를 살리려는 듯 술을 마시며 음담패설과 아무짝에도 쓸모없는 소리를 호탕하게 외쳤다. 그러나 정작 에리카와 포에르가 조용히 술을 마시자 제풀에 지쳤다.

"쩝! 재미없군. 날 보자고 한 이유나 들어봅시다."

"한 가지 해줬으면 하는 일이 있어요."

"해적에게 부탁이라… 지정하는 배를 터는 거요?"

"비슷해요. 우리가 원하는 건……."

"배가 아니라면 마을을 공격하는 거요? 그딴 짓을 부탁하는 거라면 사람을 잘못 선택한 거요."

에리카는 자신의 말을 끊고 제멋대로 추측해서 인상을 쓰는 폐폐를 보곤 못마땅한 표정을 지었다.

"…끝까지 들어보는 게 어때요?"

"아, 미안하게 됐수. 은근히 그런 부탁을 하는 자들이 많아서 예단을 했네. 그럼 어디를 털어드리리까?"

"발트란."

"…요 뒤쪽에 있는 발트란 술집을 말하는 건 아닐 테고… 설마 감옥?"

"그래요."

"미쳤군. 그곳이 어떤 곳인지 알고나 하는 소리요? 그곳은 우리 해적들도 절대 가지 않아."

"누구보다 더 잘 알죠. 멀쩡히 들어가기도 힘들지만 나가는 시간을 알기 전엔 절대 나오지 못한다는 것도요."

"그런데도 그런 헛소리를 한다는 건가?"

발트란이란 말에 흥분을 한 폐폐가 말을 놓았지만 에리카는 차분하게 말을 이었다.

"들어갈 방법도, 나올 방법도 이미 생각해 뒀어요."

"그게 가능하다고?"

"설마 내가 나오지 못할 곳에 들어갈 거라 생각하나요? 나오지 못하면 어떻게 될지 빤한 일인데? 댁에게 바라는 건 많지 않아요. 침입을 해서 분탕질을 쳐주면 그걸로 충분해요. 물론 죄수를 노예로 잡아가고 싶다면 능력껏 하면 되고요."

"자세히 설명해 봐."

"미안하지만 허락하기 전까진 얘기할 수 없어요."

"그럼, 대가는?"

"착수금 1,000금, 성공 후 2,000금."

3,000금이면 평범한 중산층 4인 가구가 1,000개월을 살 수 있는 금액이었다.

페폐는 고민했다.

사실 텔레포트 마법진으로 인한 물동량이 늘어나면서 바다로 무역을 하는 배가 줄었다.

엎친 데 덮친 격으로 최근 상인들의 배는 해적선으로 잡기 힘들 정도로 빨라지고 있었고 넘쳐나는 마법사들을 고용해 해적질을 하려다 도리어 당하는 경우도 허다했다. 그래서 최근엔 간간히 어부로 지내는 중이었다.

한때 영역 싸움까지 해야 했던 해적 전성시대는 저물고 이젠 끼니를 걱정할 정도였다.

'슬슬 해적질도 그만둘까 생각 중이었는데 마지막으로 한탕하고 다른 곳으로 뜰까.'

한때 200명이 넘었던 해적단도 이제 50명도 채 남지 않았다. 대다수는 산적으로 전직했고 나머지는 용병을 한다며 떠난 것이다.

'아냐! 그래도 발트란은 너무 위험해.'

살아야 돈도 있는 거지 괜스레 돈 욕심에 개죽음을 당하는 건 사양이었다. 아니, 해적으로 바다에서 싸우다 죽는 건 상관

없었지만 발트란에 잡혀 평생 죄수로 사는 것은 질색이었다.

"믿을 수가 없어."

"알았어요. 여기 계산은 우리가 하죠."

에리카는 고민을 하던 페페가 믿을 수 없다고 말하자 자리에서 일어났다.

"자, 잠깐! 이대로 끝?"

"싫다면서요. 싫다는 사람에게 군이 맡길 생각 없어요. 보폴스 왕국 쪽의 해적과 접촉해 볼 생각이에요."

보폴스 왕국은 내정이 불안해 대규모의 해적들이 남아 있는 곳이었다.

에리카가 막상 떠난다고 하니 페페의 마음은 급선회했다.

"계획을 들어보죠."

"듣고 나면 무조건 해야 해요. 그래도 듣겠어요?"

"…거절하면?"

"발트란에 들르기 전에 하우드 섬에 가게 되겠죠."

하우드 섬은 페페의 해적단의 근거지였다.

"젠장! 그까짓 거 합시다, 해. 대신 착수금 1,500금. 보낼 사람들은 보내놓고 총력을 다할 테니."

"좋아요. 설명을 드리죠."

에리카는 자리에 앉아 그녀의 계획을 들려주었다.

"헐~ 들어갈 땐 전임 간수장의 안내로 들어간다고 치고 나올 때 이게 가능합니까?"

"가능해요. 우린 즉흥적으로 이번 일을 계획한 게 아니에요. 계획은 다음 주에 하는 걸로 하죠."

"뭐, 이왕 하기로 한 이상 믿죠. 한데 다음 주엔 안 될 거요."

"왜요?"

"이 시기엔 항상 태풍이 내려오죠. 짧게는 이 주, 길게는 한 달 정도 미뤄야 할 거요."

"음, 지켜보고 있다가 괜찮다 싶을 때 말해주세요."

곧 발트란으로 갈 거라 생각하니 조급해지긴 했지만 태풍 속에선 실행하기 힘든 계획이었다.

"그러죠. 한데 궁금해서 그런데 한 가지 물어봅시다."

"물어봐요."

"도대체 무슨 일 때문에 발트란을 털겠다는 위험한 생각을 하는 거요?"

에리카는 잠시 머뭇거리다 어두워진 바다를 보며 중얼거렸다.

"…구할 사람이 있어요."

*   *   *

'지긋지긋한 발트란의 개미지옥.'

가위에 눌렸을 때처럼 마음대로 생각할 수 없는 상태에서 하루 종일 머릿속을 맴도는 개미지옥은 말 그대로 지옥을 경험하게 해줬다.

아마 지금처럼 이렇게 생각을 할 수 있는 시간이 조금이라도 늦었다면 난 미쳤을지도 모른다.

불규칙적으로 움직이는 듯한 마나 흐름의 규칙을 알아내고 몽땅 외울 정도였으니 더 말해 무엇 하겠는가?

'…어라? 근데 나 살아 있는 건가? 아님 다른 사람의 몸?'

개미지옥을 한참 욕하고 나서야 내가 정신을 잃기 전에 켈베로 그 오크 똥만도 못한 놈에게 맞고 쓰러졌다는 걸 떠올렸다.

움찔!

손가락이 움직였다.

의식을 차리자 몸의 일부가 움직이는 것이 마치 새로운 몸으로 갈아탈 때처럼 비슷해 불안했다.

'제발! 엄청난 권력자의 아들이나 재능이 아우스의 열 배쯤 되는 애의 몸이길.'

평범한 아이라면 엔트 할아버지를 구하는 건 거의 불가능했다.

이런저런 생각을 하며 몸을 움직이려 노력했고 손과 팔이 움직였다.

그때 들려오는 목소리.

"방장님이 깨어났습니다."

"이안! 정신이 드나? 이안!"

들리는 목소리는 분명 47감방의 세레트의 목소리였다.

'살아 있구나!'

불행 중 다행이었다.

"……."

말을 하려고 하는데 입안이 말라 말이 나오지 않았다.

"물! 물!"

세레트가 눈치 빠르게 물을 입에 흘려주었다.

"…제, 제가 쓰으… 러진 지 얼… 마나 됐습니까?"

물을 마셨음에도 말이 제대로 나오지 않았다.

"한 달이 넘었어."

"…정확하게… 는요?"

"글쎄, 매일 똑같은 생활을 하니 정확하게는……."

"닷새간 연락이 없다가 의식이 없는 상태로 감방으로 온 지 35일 됐습니다."

절름발이 사내가 옆에서 말했다.

'40일… 준비했던 계획은 무용지물이 됐군. 근데 치료 능력이 제대로 작동하지 않은 건가?'

외적인 상처보다 마나의 길이 심하게 다쳐서 지금까지 혼수상태로 있었기에 알 길이 없었다.

"간수장이 몇 번 들러서 자네의 상태를 살피고 갔다네. 나흘 전에도 왔었어. 일어나면 보고하라고 했는데 어떻게 할까?"

"두서너 시간만 비밀로 해주세요. 몸 상태를 살펴봐야겠어요."

"말해도 될 때 신호를 보내게."

세레트가 감방 사람에게 입조심을 시키는 동안 일단 잘 움직이지 않는 몸을 살폈다.

힘겹게 목을 움직여 바라본 몸은 뼈만 남은 사람처럼 빼빼 말라 있었다.

'그리 나쁘지 않아.'

세레트와 감방 사람들이 날 돌봐준 것이 분명했다. 40일간 아무것도 먹지 않았다면 이미 난 이 세상 사람이 아니었을 것이다.

이번엔 눈을 감고 내부를 관조했다.

'헉! 이게 다 뭐냐?'

엉망인 외부에 비해 내부는 멀쩡하다 못해 예전보다 훨씬 좋아졌다.

게다가 다치기 전에 켈베로의 몸에서 본 마나의 길이 나에게도 생겨 있었다. 게다가 하단전의 마나가 예전에 비해 상당히 짙어진 느낌이었다.

왜 몸이 이렇게 되었는지는 중요하지 않았다. 내 것인데 내 것 같지 않은 몸인지라 이해하기를 포기했다는 게 맞을 것이다.

중단전은 여전히 얼어 있었기에 신경을 끄고 오로지 하단전에 집중했다.

하단전에서 소용돌이처럼 돌던 마나 하나가 배꼽, 명치, 윗입술까지 일직선으로 올라가 눈 쪽으로 돌며 머리 위까지 올라갔다가 내려왔고, 다른 하나는 꼬리뼈를 지나 척추를 타고 머리까지 올라갔다가 역시 내려왔다.

마나는 자세히 보지 않으면 알 수 없을 정도로 짙어졌다.

'라돈의 이론이 맞았어! 마나의 길이 바로 마나를 농축시키는 방법이었어.'

신기함에 계속해서 바라보았다. 그리고 마나의 길이 완성되기 위해선 마나가 막혀서 돌아오는 머리끝의 벽을 뚫어야 함을 깨달았다.

'켈베로가 빈사 상태였던 나를 버리지 않고 내버려 뒀다는 건 그 역시 뚫지 못했다는 얘기. 일단 몸을 정상으로 만들며 할아버지의 안위를 파악해야겠어.'

차근차근 해야 할 일을 정리했다.

'가만, 눈을 감고 있는데 개미지옥이 전혀 괴롭지가 않네.'

다른 곳에 집중을 하고 있어 그런가 싶었는데 인지했음에도 지금까지와 달리 전혀 불편하지 않았다.

곧 이유를 알게 됐다.

'맙소사! 개미지옥이 하단전 마나의 길을 나타내는 거였어!'

바다에 그려진 마법진이 하단전을, 개미지옥이 마나의 회전을, 절벽과 성이 몸을, 첨탑이 머리였고 그 주위를 흐르는 복잡한 마나의 흐름이 바로 마나의 길이었다.

그 사실을 깨닫고 나자 마나의 흐름 중 무엇이 가짜이고 무엇이 진짜인지 알 수 있었다.

'피트, 정말이지 당신은 대단해.'

경외감마저 들 정도였다.

죽은 자에 대한 칭송은 금방 끝냈다. 혹시 개미지옥의 탈출 방법도 담겨져 있지 않을까 싶어 찾아봤지만 금세 찾을 수 있는 건 아니었다.

생각을 마친 나는 깨어났음을 간수에게 알리라고 했다.

"깨어났다고? 오! 정신이 들었느냐? 몸은 어떠냐?"

켈베로는 마치 죽은 자식이 돌아온 것처럼 기뻐했다. 물론 필요 없다고 판단되면 물고기 밥으로 던져 버리겠지만 말이다.

"…일어서지 못해 죄송합니다. 오래 누워 있어서 그런지 현재는 몸 상태가 별로입니다만 몸조리만 제대로 한다면 조만간 예전으로 돌아갈 수 있을 것 같습니다."

난 몸조리를 강조했다. 감방보단 성에서 치료에 전념하는 것이 좋을 것 같다고 에둘러 얘기한 것이었다.

다행히 켈베로의 입에선 원하는 대답이 나왔다.

"그래? 하하하! 그거 참 다행이구나. 한데 이곳에서 몸조리하는 것보단 성에서 하는 게 좋을 것이다."

"배려해 주셔서 감사합니다."

"그렇게 생각한다면 얼른 낫도록 해라. 이안을 들어서 위로 옮겨라."

세레트에게 업힌 채 켈베로를 따라 감방을 나왔다.

'내가 깨어난 걸 후회하게 될 거야, 켈베로.'

앞서가는 켈베로의 등을 보며 다짐했다.

다음 대결 때 반드시 죽여 버리겠노라고.

*　　　*　　　*

제대로 된 식사를 하기 시작하자 몸은 빠르게 예전 상태로 돌아왔다. 나흘간 걷기와 스트레칭만 하다가 본격적인 수련에 돌입했다.

"훅! 훅!"

넓은 로비를 전력으로 한 바퀴 돌고 잠시 걸은 후 다시 전력 질주하는 걸 반복하고 있었다.

'회복이 예상보다 훨씬 빨라.'

최소 이 주를 생각했는데 일주일이면 원래 몸 상태로 돌아올 것 같았다. 그러나 틈틈이 몸이 좋지 않은 연기를 하는 걸 잊지 않았다.

켈베로가 보고 있을 게 뻔했다.

하지만 일단은 할아버지를 찾는 게 우선이었다.

엔트 할아버지가 어디쯤 있을 것이라는 건 게일─곱상한 청년─을 통해 파악할 수 있었다.

그에게 초콜릿을 준 이의 인상착의를 들어보니 엔트 할아버지일 가능성이 높았는데 현재 그가 있는 곳은 3층이었다.

3층에 올라가기 위해선 반드시 간수들을 지나쳐야 하는데 아직까진 방법이 없었다.

"그나저나 지독하게 쏟아지는군."

빗줄기는 마법으로 인해 깨지지 않는 창을 하염없이 두드리고 있었다.

북쪽의 더운 지방에서 발생한 거대한 태풍의 영향이라고 들었는데 도대체 얼마나 컸으면 이곳 바다까지 미쳐 날뛰는지 궁금했다.

나는 눈을 감았다. 개미지옥은 더 이상 두렵지 않았다. 이젠 오히려 마음이 편해지고 몸이 이완이 될 정도다.

태풍으로 인해 마나는 파도보다 더 지랄 맞게 움직이고 있었다.

'자연의 힘이 대단하긴 하네. 개미지옥이 전혀 맥을 못 추네.'

현재 개미지옥은 완전히 해제된 상태나 다름없었다. 그러나 이런 날 탈출할 사람은 아마 바보나 미친놈일 것이다.

번쩍! 우르르르콰콰콰쾅!

"이크! 깜짝이야."

다시 운동을 시작하라는 신호인지 어마어마한 마나 에너지가 눈을 뜨게 만들었다.

근육 운동, 뛰기, 권술, 스트레칭을 무리하지 않는 선에서 반복적으로 계속했다.

"야, 거기!"

스트레칭을 하는데 지하에서 나온 간수가 불렀다. 나는 얼른 일어나 고개를 살짝 숙였다.

"너 3층 마법 연구실에 가서 마나등 5개랑 알람 마법진 3개만 가지고 와. 빌어먹을! 어떻게 된 게 매번 번개만 치면 이 모양이야."

"알겠습니다!"

드디어 기회가 왔다.

방에서 운동해도 되는 데도 불구하고 뛰어야 한다는 핑계로 로비를 서성인 이유가 혹시 할아버지가 지나가지 않을까, 기회가 생기지 않을까 해서였다.

"위치는 알아?"

마음이 변할까 얼른 2층으로 올라가려는데 간수가 소리를 쳤다.

"3층이라고……."

알고 있었지만 이상하게 볼 것 같아 얼버무렸다.

"금장이 벗겨진 낡은 문이니까 아무 방이나 함부로 열지 마라. 늙은이가 있으니까 말하면 줄 거다. 그리고 경비 서는 애들에겐 샤프가 보냈다고 해."

알겠다고 대답을 한 후 발코니 안쪽의 복도를 통해 안으로 들어갔다.

"거기서 멈춰라. 무슨 일이냐!"

3층으로 올라가는 복도를 지키는 간수 두 명이 검 손잡이에 손을 올리며 물었다.

"샤프 님이 마나등과 알람 마법진을 가지고 오라고 했습니다."

"쯧! 샤프 이 자식, 지가 오면 될 일을 꼭 죄수들을 시킨다 말이야. 쓸데없는 생각 하지 말고 얼른 가지고 내려와."

경비 간수까지 무사통과한 나는 빠른 걸음으로 금장이 벗겨진 낡은 문까지 달려갔다.

'휴우~ 드디어……'

4년 전 헤어지던 그날이 떠올랐다.

마지막 인사로 욕을 했던 것이 얼마나 마음에 걸렸던가.

잠깐 망설이다가 노크를 했다.

"들어오십시오."

목소리를 듣는 순간 눈물이 시야를 가렸다.

천천히 문을 열었다.

한쪽에 서서 흰머리가 가득한 머리를 숙이고 있는 노인이 보였다.

"하, 할아버지……."

무사하다는 안도감이, 4년간 기다리게 했다는 미안함이, 다시 만나게 되었다는 기쁨이 눈물을 떨구게 만들었다.

"무, 무슨… 너, 넌… 아, 아우스?!"

"…네, 할아버지. 저 아우스예요. 무사하셔서… 정말 다행이에요. …다행이에요."

생각해 뒀던 말이 눈물과 함께 바닥에 떨어져 버렸나 보다.

말을 막 배운 아이처럼 다행이라는 말만 계속할 뿐이었다.

"네, 네가 여긴… 왜 온 거냐, 응? 곧 죽을 나 같은 늙은이를 위해……."

"그런 말씀 마세요. 그때… 마지막으로 했던 말은 진심이 아니었어요."

"안다. 하지만……."

"할아버지!"

난 더 이상 참지 못하고 그를 껴안았다.

나보다 더 컸던 그인데 발트란에서 늙고 지쳐서인지 이젠 내 품에 들어왔다.

"…많이 컸구나. 상상하던 그대로야. 죽기 전에 널 한 번 더 보고 싶다고 아라 님께 빌었는데……. 굳이 안 들어줘도 되는 소원은 들어주시는구나."

"그런 말씀 마세요. 무슨 일이 있어도 할아버지를 이곳에서 데리고 나갈 테니까요."

"…널 믿는다. 그러나 네가 잘못될까 불안하구나."

"그런 일은 없을 거예요. 저 엄청 강하거든요. 근데 할아버지는 다행히 감방에 안 계셨네요?"

"마법진에 대해 잘 안다고 해서 차출됐다. 덕분에 지금까지 살 수 있었지."

짧게 감격스러운 만남의 시간을 가졌다. 그러나 그동안 어떻게 지냈는지, 무얼 했는지 차분하게 얘기를 나누기엔 시간이 부족했다.

눈물을 닦고 냉철함을 되찾고자 노력했다.

"할아버지, 심부름을 왔기에 얼른 가봐야 해요. 나중에 여기 빠져나간 후에 천천히 얘기하기로 하고 일단 마나등 5개랑 알람 마법진 3개만 챙겨주세요."

"알았다."

엔트 할아버지가 물건을 챙기는 동안 책상의 펜과 종이에 마법진을 그렸다.

"마법진 연습을 게을리하지 않은 모양이구나. 파이어 볼과 매직 미사일이로구나. 한데 가운데는……."

"제가 만든 디그 마법진이에요. 이쪽은 흡입, 저장부로, 이쪽은 발현부로 되어 있어요."

"오! 이런 식으로도 가능하다니."

"합성 마법이라고 상극인 두 개의 마법을 이용해 공격력을 극대화할 수 있어요."

난 두 번째 전격 합성 마법의 마법진을 그리면서 합성 마법이 어떻게 작동되고 어떻게 만들어야 하는지 설명했다.

"이 두 가지를 만들어주실 수 있으세요?"

"걱정 마라."

"그럼 부탁드릴게요. 태풍이 지나가면 그때 구하러 올게요. 그때까지 부디 무사하세요, 할아버지."

"뭐가 어떻게 돌아가는지 모르지만 너야말로 무리하지 마

라. 난 네 얼굴을 본 것으로 충분하단다."

더 이상 머뭇거릴 수 없어 다시 한 번 그를 안아주고 밖으로 나왔다. 3층을 내려와 로비로 막 가려는 순간 샤프가 발코니로 올라왔다.

"죄송……."

짝!

말을 끝내기도 전에 싸대기가 날아왔다. 피할 수 있는 수준. 그러나 그대로 맞았다.

"이 개새끼가 심부름을 시킨 지가 언젠데 이제야 내려오는 거야!"

"헤맸습니다. 죄송합니다."

"헤매? 나랑 장난하자는 거냐? 이 새끼가 간수장님과 무술 연습한다고 눈에 뵈는 게 없나."

짝! 짝! 짝! 짝!

연속으로 싸대기를 맞았다. 뒤로 물러나면서 계속 맞았는데 어느 순간 얼어 있던 중단전이 풀렸다.

'아! 여기가 마법을 쓸 수 있는 지역이구나.'

바닥에 그려진 동그라미 문양 중 지름 1미터 원 안에서 마법이 가능했다.

싸대기 몇 대 맞은 것치곤 그리 나쁘지 않았다.

"너 내가 지켜본다. 조심해라."

샤프는 화가 어느 정도 풀렸는지 물건을 챙겨 내려갔다.

'슬립(Slip).'

슬립은 바닥에 얇은 얼음을 만들어 미끄러지게 하는 마법이었다.

우당탕!

"으악! …씨발!"

지하로 내려가던 샤프는 미끄러져 계단을 굴렀다.

사소한 복수였다.

그러나 그보다는 마법이 원 밖에서도 작용하는지 확인한 것이었다. 덕분에 성에 설치된 마나 제어 마법진은 중단전을 열리는 것이지 마나를 동결하는 마법진이 아님을 알게 되었다.

열로 얼음을 날려 버리고 로비로 내려온 나는 다시 몸을 움직였다.

태풍이 멈추는 날, 또 다른 태풍이 불게 될 것이다.

*   *   *

태풍이 잦아들고 몸이 완전히 나았음에도 켈베로와의 대결을 미루고 있었다.

개미지옥의 비밀을 밝히지 못하면 설령 켈베로를 죽인다 해도 섬에 고립될 것이 분명했다.

'찾았다!'

또 다른 태풍이 오기 전에 새로운 죄수들을 데리러 간다며 배가 나가는 것을 보고 힌트를 얻어 마침내 탈출 방법을 찾았다.

개미지옥이 입체적으로 그리는 마나의 길을 절반으로 잘라서 바닥에 눕히면 탈출로가 되었다.

1시간마다 탈출 경로가 조금씩 바뀌고 5분 정도 짧게 열렸는데 준비를 했다가 출항하면 빠져나갈 수 있을 것 같았다.

'간수들의 배를 조종할 사람이 필요한데……'

할아버지와 나, 둘만 빠져나가야겠다는 생각을 달리해야 했다.

"혹시 큰 배를 조종해 본 사람 있어요?"

식당에서 휴식을 취하고 있는 47감방 사람들에게 물었다. 다들 뭔 소리가 싶었는지 눈만 말똥말똥 뜬 채 쳐다볼 뿐이었다.

"없으면 말고요."

"한데 그건 왜 물어보시는 건지?"

"간수장이 알아보라고 해서요. 그럼 쉬어요."

별것 아닌 듯이 말하고 나가려는데 세레트와 절름발이가 따라왔다. 세레트가 나를 불렀다.

"이안, 잠시만."

"왜요?"

두 사람은 서로 눈빛을 교환했다. 그러더니 절름발이가 낮은 목소리로 말했다.

"혹시… 좋은 계획이 있다면 우리도 데리고 나가주었으면 합니다."

"…무슨 말인지 모르겠네요."

일단 시치미를 뗐다.

"정확하게는 알 수 없지만 당신이 어떤 목적 때문에 이곳에 왔다는 거 압니다. 탈출을 생각하고 있다는 것도 알고요. 절대 발목 잡는 일은 없을 테니까 우리도 끼워주십시오."

"이안, 부탁하네. 자네도 이분이 누군… 험! 아무튼 난 절대 여기서 죽을 수 없어. 내 가족들을 구해야 해. 그러니 제발 우릴 버리지 말아주게."

"일단은 긍정적으로 생각할게요."

상황이 어떻게 전개될지 모르는 상황에서 확답은 할 수 없었다.

그들을 뒤로하고 21감방으로 갔다.

"살아 있었구나, 이안! 젠장! 난 또 연락이 없기에 죽은 줄 알았어. 도대체 뭘 하고 있었던 거야?"

라돈은 반갑다는 인사와 함께 그간 연락이 없었던 것에 대해 화냈다.

"맞아서 40일간 혼수상태였어요."

"휴우~ 역시 그랬구나. 앉아. 몸은 좀 어때?"

"보다시피 이젠 괜찮아요. 좀 강해졌습니까?"

"보다시피 아주 약간. 하지만 한 가지 중요한 걸 알아냈어.

그건 바로 이곳 발트란엔 특별한 뭔가가 있다는 거야. 가만히 있어도 하단전이 강해지고 스스로 움직여. 비록 나처럼 민감한 사람이 아니라면 알아채기 힘들 정도로 미세하지만."

"대단하네요. 그걸 알아내시다니."

라돈이 역사학자로서 어땠는지는 모르지만 무술가가 되었다면 아마 세상에 이름을 날렸을 것이다.

"호흡을 하면서 하단전에 집중을 하면… 어라? 말투를 듣자하니 이미 알고 있었던 거야?"

"느끼고 있었던 거죠. 아무튼 지금은 그게 중요한 게 아니에요. 혹시 감방 사람들 중 배를 조종할 사람이 있을까요?"

"갑자기 배는 왜? 마법을 작동시키는 것 말고는 나도 할 줄 알아. 세계 이곳저곳을 돌아다니다 보면 별일이 다 있거든."

"잘됐네요. 그럼 괜스레 수련한다고 힘 빼지 말고 대기하고 계세요."

"무슨 대기?"

"머리 좋은 사람이 이런 쪽으로는 둔하군요. 갔다 올게요."

21감방을 나와 로비로 올라갔다.

"켈베로 님, 준비되었습니다!"

천장에 박힌 수정구를 향해 소리쳤고 잠시 후 켈베로가 내려와 검을 던졌다.

"며칠 더 걸릴 줄 알았는데 준비는 됐나?"

"네."

"탈출 준비도?"

"…알고 있었습니까?"

켈베로의 말에 놀라긴 했지만 세레트와 절름발이가 눈치챌 정도라면 켈베로가 모르는 게 이상했다.

"목적이 있어 일부러 이곳에 들어왔다는 건 처음부터 알고 있었지."

"그런데 왜 그냥 둔 겁니까?"

"네가 이곳에서 뭔가를 할 수 있을 거라곤 생각하지 않았기에 신경 쓰지 않았지. 지금도 마찬가지야. 다만 필요한 자가 도망가지 못하게 지켜본 것뿐이야."

"휴우~ 그럼 지금 제가 뭘 생각하는지도 알고 있겠군요?"

"물론, 걱정 말게. 필요한 것을 얻기 전까진 자넬 죽일 생각은 없으니까. 다만 네 할아버지와 감방 동료들은 네가 질 때마다 한 명씩 죽게 될 거야."

놈을 죽여야 할 이유가 하나 더 생겼다.

"크크크! 좋아, 시작할까?"

그 말과 함께 켈베로를 향해 몸을 날렸다.

*   *   *

"우웩!"

선착장에 내린 콜드는 비틀거리며 뛰어가 바다를 향해 구토를 했다.

사이텀은 그런 그의 모습에 혀를 차며 말했다.

"쯧쯧! 어디 가서 내 제자라고 하지 마라. 5서클이나 되는 놈이 무슨 뱃멀미를 그렇게 하냐?"

"우웩! …스, 스승님, 뱃멀미랑 서클이랑 무슨 상관입니까?"

"당연히 상관있지. 하단전이 바로 서고 검을 휘두르다 보면 자연스럽게 어떠한 움직임에도 평형기관이 중심을 잡아준다. 넌 검을 휘두르다가도 멀미할래?"

"누가… 우욱! 뱃멀미를 했다고 그러십니까. 이건 그저… 어제 술이 과해서 그런 겁니다."

"으이구! 말이라도 못하면."

사이텀은 핼쑥해진 콜드의 모습에 더 이상 잔소리를 하지 않았다.

"사이텀 백작님, 짐을 승강기까지 옮겨야 하니 제자분과 함께 승강기로 먼저 올라가십시오."

엠블이 배에서 내리며 말했다.

"인력을 이용한 승강기 같은데 번거롭게 할 수야 없지. 잠깐 주변을 구경하고 있을 터이니 신경 쓰지 말고 일 보게."

죄수들을 걱정해서 하는 말이 아니었다. 그저 발트란의 개미지옥에서 느껴지는 마나와 마법진을 살펴보고 싶었을 뿐이었다.

"그러십시오. 참! 저쪽 모퉁이를 돌아가면 쓰론 남작이 있을

지 모르겠습니다."

"쓰론 남작이?"

"예. 특별한 일 없으면 매일 발트란 주위를 돌고 계시죠."

엠블은 껄끄러운 감사관 사이팀을 떼어내기 위해 의미 없이 한 말이었지만 사이팀으로서는 꽤 흥미가 갔다.

'마법진의 비밀을 알아낸 거라도 있나? 10년 동안 있었으면 불가능한 얘기도 아닐 테지.'

혹시나 하는 마음에 콜드를 내버려 두고 서둘러 엠블이 가리킨 곳으로 갔다.

어느 정도 그곳과 가까워지자 발트란 전역에서 일렁이고 있는 희미한 마나의 움직임과 달리 또렷한 마나의 유동이 감지됐다.

"험! 험!"

사이팀은 헛기침으로 인기척을 낸 후 모퉁이를 돌아섰다.

"아! …감사관이신 사이팀 백작님?! 발트란을 책임지고 있는 쓰론 남작입니다. 일찍 도착하실 줄 알았다면 마중을 나갔을 터인데 죄송합니다."

마나의 흐름을 바라보고 있던 쓰론 남작은 마나 디텍팅으로 모습을 드러내며 얼른 고개를 숙였다.

"신경 쓰지 말게. 태풍에 발이 묶여 일정이 늦어져서 내가 엠블 경에게 서두르자고 한 것이니. 그리고 수도에서 편하게 지내던 늙은이가 휴가차 온 것이라 생각하고 편하게 하게."

"어찌 그럴 수가 있겠습니까. 아, 여기서 이럴 게 아니라 안으로 들어가시죠. 연락을 받자마자 사무실에 서류를 준비해뒀습니다."

두 사람은 천천히 승강기를 향해 걸었다.

"한데 거기선 무얼 하고 있었나? 낚싯대가 없는 걸 보니 낚시를 하는 것 같지 않고 말이야."

"딱히 할 일이 없는 곳인지라 뭐든 집중을 해야 시간이 간답니다. 저 같은 경우엔 피트 님이 이곳에 펼쳐둔 마법에 집중하고 있습니다."

"뭔가 얻어낸 것이 있나?"

"…허허허! 6서클에 불과한 제가 9서클인 피트 님이 만든 마법진에서 뭘 얻을 수 있겠습니까. 그저 소일거리에 불과하죠."

쓰론 남작의 눈빛이 아주 짧은 순간 흔들렸다.

유심히 그를 바라보던 사이팀은 그 눈빛을 놓치지 않았다. 성급하게 얘기해서 경계심을 불러일으킬 필요는 없었다.

"이런 답답한 곳에 있었다면 나 역시 쓰론 남작처럼 했을 거야. 한데 남작은 어느 마탑 출신인가?"

"마탑이라고 할 만큼 크지 않은 벨폰이란 곳에서 배웠습니다."

"벨폰……?"

머릿속을 샅샅이 뒤져보았지만 들어본 적이 없는 이름이었다.

"이젠 사라진 곳입니다."

"그렇군. 이곳에 배속되기 전에 서쪽의 에시드 왕국과 접한 국경 지대에 있었다면서? 고생했겠군."

"정말 죽을 고비를 많이 넘겼습니다. 한데 그 덕에 6서클에 이르렀으니 좋았던 경험이라고 해야 할지 끔찍했던 경험이라고 해야 할지 모르겠습니다."

"아이러니하군. 그런데 이곳 생활이 끝나면 뭘 할지 생각해 봤나?"

"글쎄요… 은퇴를 하고 작은 학원을 차릴까, 아님 지방 아카데미의 교수가 될까 고민 중입니다."

"쯧쯧! 제국을 위해 험지에서 고생한 자네 같은 사람이 은퇴를 하면 제국의 손실이 아닌가. 황실 마탑에도 자네 같은 인재가 필요하다네."

쓰론 남작은 바보가 아니었다. 오랜 전투에서 살아남을 만큼 영악했다.

그는 사이팀이 현재 그가 가진 비밀을 원하고 있고 그 대가로 황실 마탑에 꽂아주겠다고 제안하는 것임을 알았다.

물론 성급하게 결정할 이유는 없었다. 충분히 의견을 나눠본 뒤 결정하면 될 일이었다.

"…황실 마탑에 일할 수 있다면 영광이죠. 한데 미천한 제 재주로 가능할지 모르겠습니다."

"하하하! 떠날 때까진 시간이 있으니 천천히 생각해 보세. 우리 저녁이나 같이하면서 마법에 대해 얘기해 보는 건 어떤가?"

"그럴 기회를 주시면 저야 영광이죠. 허허허! 어……! 근데 저자는……?"

"왜 그런가? 아는 자인가?"

쓰론 남작이 보고 있는 이는 마나 수갑을 찬 채 물건을 나르고 있는 50대 초반의 남자였다.

"베이록 백작가의 마법 기사단 단장이었던 자 같아서 말입니다."

"아하! 에시드 왕국 접경 지역이 베이록 백작가의 영지였지. 얼마 전 선대 백작이 갑자기 죽으면서 형제들 간에 다툼이 있었네. 둘째가 백작 위를 받았다고 했는데 저자는 첫째를 지지한 모양이네."

"…그렇습니까?"

"신경 쓰지 말게. 앞으론 상당수의 귀족이 이곳으로 올지도 몰라. 요즘 황제파와 귀족파 간의 분위기가 심상치 않거든."

"음, 경비에 좀 더 신경을 써야겠군요. 저런 자들이 탈출해 날뛴다면 문제가 심각해질 테니까요."

"감옥에서 못 움직이게 하는 게 가장 좋겠지."

"그래야겠습니다. 오르시지요."

두 사람이 다가가자 엠블은 죄수들을 한쪽으로 몰아 공간을 만들었다.

"오! 장관이군."

사이팀은 절벽 중턱까지 올라간 승강기에서 바다를 보며 감탄했다.

"며칠만 지나시면 지겨울 겁니다."

"하하하! 지금은 과연 그럴까 싶네. …응? 근데 저기 수평선 끝에 있는 건 배 아닌가?"

"지나가는 해적선들일 겁니다. 때때로 발트란이 신기한지 앞에까지 왔다가 돌아가는 놈들이 있습니다. 아주 가끔 개미지옥에 걸려 물고기 밥이 되는 놈들도 있고요."

"재미있는 족속들이군."

사이팀은 점점 다가오는 해적선에 신경을 끄고 다시 두리번거리며 발트란 주변을 구경했다.

*   *   *

"발트란 감옥이 보입니다!"

전망대에서 감시를 하던 해적이 외쳤다.

"10분쯤 후에 완전히 보일 거요. 이봐요, 영감. 당신, 확실히 알고 있는 거 맞지?"

페페는 항해 내내 술병을 놓지 않고 있는 늙은 술주정뱅이를 향해 외쳤다.

"썩을 놈! 걱정 마. 내가 발트란에서 근무를 한 세월이 20년이야. 진입 시간쯤은 눈을 감고도 알아."

"아까는 15년이라며! 도대체 술을 얼마나 처먹었기에 그것도 헷갈리는 거야."

"흥! 15년이나 20년이나. 설마 내 목숨이 걸린 일인데 함부로 할까."

벌컥벌컥!

"망할 영감탱이! 이제 그만 처먹어!"

페페는 노인이 마시는 술병을 빼앗아 일렁이는 바다로 던져 버렸다.

"이 빌어먹을 놈이……! 그게 얼마나 비싼 술인데."

"무사히 땅만 밟게 해주면 내가 한 박스라도 사줄 테니 세수나 좀 해, 이 영감탱이야!"

노인은 뭔가를 더 말하려다가 페페가 한 박스를 사준다고 하자 입을 닫았다.

페페는 발트란이 가까워졌다는 것에 날카로워져서 화를 풀지 못하고 뱃머리에 서서 앞만 보고 있는 에리카에게 화살을 돌렸다.

"저런 술주정뱅이를 안내자라고 데려오다니, 잘하는 짓이요!"

"걱정 말아요. 그 사람, 당신만큼 강해서 쉽게 취하지 않아요."

에리카는 앞에서 시선을 떼지 않은 채 말했다.

에리카의 말을 들었는지 자신이 취하지 않았음을 보여주려는 듯 노인이 벌떡 일어났다. 한데 때마침 파도를 넘느라 배가 출렁였고 노인은 사정없이 바닥에 꼬꾸라졌다.

"…이래도 말이오?"

"……."

"쌩 까지 마쇼! 빌어먹을! 돈이 웬수지, 웬수야!"

제풀에 지칠 때까지 에리카는 안 들리는 척했다.

'발트란!'

수평선 끝에 드디어 발트란 감옥이 보였다.

'여기까지 오는 데 4년이 넘게 걸렸네. 무사하시겠지?'

에리카가 발트란을 찾은 이유는 실종된 할아버지를 찾기 위해서였다.

어린 시절 무척이나 따랐던 할아버지가 마법을 배우기 위해 떠난 후, 그녀는 한 달에 한 번 할아버지의 집에 들러 그가 돌아왔는지 확인을 했었다.

나이가 들수록 잊을 만도 한데 5년이라는 세월 동안 그녀는 변함이 없었다. 그리고 마침내 5년이 조금 넘어 할아버지 방에 손때 묻은 책들이 텔레포트되어 온 것을 발견했다.

물건이 텔레포트되어 왔다는 건 곧 돌아온다는 것임을 알았기에 그녀는 설레는 마음으로 할아버지를 기다렸다.

한데 감감무소식.

한두 달이 지났을 땐 여행을 하면서 돌아오시나 했다. 그러나 서너 달이 지나자 혹시 사고나 난 건 아닌지 걱정이 되기 시작했고 결국 6개월째가 되서야 그녀와 그녀의 가족들은 할아버지의 행방을 수소문했다.

결국 두 달 후, 마나석 광산에서 일하던 노예로부터 그가 발트란에 갇혔다는 것을 알게 되었다.

'러스라는 노예의 말에 의하면 아우스라는 놈 때문에 할아버지가 그렇게 되었다고 했었지.'

그녀의 부모는 다방면으로 할아버지를 구하기 위해 노력했다. 그러나 국경 문제로 한참 발칸 제국과 플린 왕국의 사이가 냉랭했던 시기인지라 어찌할 수 없었다.

가족들은 일단 발칸 제국과의 관계가 개선될 때까지 기다리자고 했지만 그녀의 생각은 달랐다.

발칸 제국과 견줄 수 있는 뮤트 제국으로 유학을 가 뮤트 제국인으로서 할아버지에 대해 조사를 시작했다. 그와 함께 만일의 경우를 생각해 어린 시절부터 재능이 있던 검술에 파고들었다.

'…아우스, 잘 지내겠지?'

자신에게 고백해 오는 수많은 남자를 돌같이 보며 오로지 검술에 매진하던 그녀의 눈에 처음 들어온 남자가 아우스였다.

공교롭게도 할아버지를 발트란으로 가게 만든 아우스와 같은 이름이라는 데서 오는 미움이란 감정 때문이었다.

미움에 눈이 갔지만 그를 계속 살피다 보니 나쁜 사람이 아님을 알게 되었다.

결국 노예 아우스와 그가 다르다는 것을 인정할 수밖에 없었다. 한데 인정하고도 그에게서 시선을 뗄 수가 없었다.

미움이라는 감정이 어느새 좋아함으로 바뀌어 버린 것이다.

에리카도 여자였다.

비록 계속될 운명은 아니었지만 처음으로 좋아하게 된 이에게 고백을 하고 싶었다. 그래서 무도회 마지막 날 만나자고 했다.

그러나 무도회에 참석하기 며칠 전 그동안 알아내려고 노력했던 발트란의 정보를 포에르가 구해왔다. 그에 한시라도 서둘러야 했던 그녀는 뮤트 제국을 떠날 수밖에 없었다.

'미안. 혹시 인연이 돼서 다시 만난다면 그날 일을 사과할게, 아우스.'

머릿속으로 4년이 넘는 시간이 주마등처럼 지나가는 동안 배는 어느새 발트란 가까이에 이르렀다.

"이봐요, 에리카 양!"

페페의 부름에 더 이상 모른 척하지 않고 고개를 돌렸다.

"왜요?"

"우리 목숨은 당신한테 달렸소. 무슨 일이 있더라도 탈출로를 부탁하오."

"걱정 말아요. 반드시 성공할 테니까요."

에리카는 페페에게는 물론이고 스스로에게 다짐하듯 힘주어 말했다.

"구하고자 하는 이도 포에르와 내가 꼭 찾겠소. 그럼 좀 이따가 봅시다. 자, 우린 우측으로 움직인다."

페페는 엄지를 들어 보인 후, 발트란의 오른쪽으로 해적선을 몰았다.

페페 해적단과 포에르의 역할은 우측 죄수들의 일터를 통해 절벽 중간으로 잠입해 그녀의 할아버지를 찾는 것이었다.

에리카의 역할은 항구´ 쪽으로 침입해 탈출로를 만들고 성문이 열리길 기다리는 것이었다.

개미지옥에 어느 정도 가까워지자 그녀가 탄 해적선와 또 다른 해적선이 닻을 내리고 섰다.

"배를 내려주세요."

그녀의 말에 해적 두 명이 배에 달린 작은 쪽배를 내렸다.

쪽배에는 해적선의 기둥과 연결된 엄청나게 긴 줄이 담겨져 있었는데 에리카는 줄이 없는 작은 공간에 뛰어내렸다. 그리고 페페의 해적선이 간 오른쪽을 보며 기다렸다.

얼마나 기다렸을까 '펑' 하는 소리와 함께 공중에서 마법이 터졌다. 개미지옥으로 진입해도 된다는 신호였다.

그녀는 해적선과 연결된 고리를 풀며 발로 차듯 밀었다.

'제가 가요, 할아버지.'

개미지옥으로 접어든 작은 배는 개미지옥의 당기는 힘에 이끌려 배가 서 있는 선착장 쪽으로 빠르게 앞으로 나아갔다.

27장
탈출

콰앙! 지지지직!

두 개의 힘이 부딪히는 것만으로도 폭발음이 터졌다.

마법진에 의해 만들어져 바닥을 보호하고 있던 마나 막이 그 힘을 이기지 못하고 옆으로 밀렸다.

쾅! 쾅! 파지직!

또다시 일어난 두 번의 충돌에 결국 대리석 바닥은 산산이 부서졌고 피해가 누적된 마법진은 힘을 잃고 정지했다.

폭발의 힘은 바닥을 부순 것에 만족하지 못하고 나와 켈베로를 떨어지게 만들었다.

켈베로는 2미터 정도 물러선 것에 비해 난 3미터가 넘게 물러섰다. 나보다 그가 강하다는 증거였다.

"젠장! 실력을 숨기고 있었군."

파르르 떨리는 손을 털면서 말했다.

"내가 하고 싶은 말이야. 설마 했는데 전력을 다하게 만들 줄이야. 도대체 어떻게 하면 실력이 그렇게 빨리 늘 수 있는 거지?"

"내가 좀 잘났거든."

"인정하지. 한데 그것만으론 설명이 부족해. 러너에서 유저가 된 것이라면 이해해. 하지만 유저에서 엑스퍼트가 된 것은 이해하기 힘들어."

"훗! 많이 잘났나 보지."

"말해주기가 싫은가 보군. 그럼 토해내게 할 수밖에."

"능력이 된다면."

켈베로는 공간을 접듯이 빠르게 다가오며 심장을 향해 손을 뻗었다. 푸르스름한 마나를 두른 주먹에 막을 엄두가 나지 않았다.

발을 안으로 움직이며 그 힘을 무릎과 허리, 어깨로 전달시켰다. 그리고 전사경으로 증폭된 힘에 마나의 힘을 더해 그의 팔을 잘라갔다.

쓰윽!

검이 닿기도 전에 그는 팔을 뺐다. 그리고 순간적으로 시야에서 사라졌다.

'또! …왼쪽!'

물론 뜨고 있는 오른쪽 눈이 그를 놓친 것이지 마보세를 보는 왼쪽 눈마저 놓친 것은 아니었다.

문제는 사라졌음을 느끼고 어디로 갔는지 확인하기 위해 눈을 한 번 깜빡이는 것보다 짧은 시간 동안 위험에 노출된다는 것이었다.

"큭!"

뒤통수를 향해 날아오는 주먹을 피해 아예 바닥에 엎드렸고 바닥을 밀며 거리를 벌렸다.

"풉! 흡사 바퀴벌레 같군."

오로지 거리를 벌리기 위한 내 행동이 어이가 없었는지 켈베로는 그 자리에서 웃음을 터뜨렸다.

"…인정. 한데 죽고 죽이는 싸움에서 어떻게든 위험을 피하면 되는 거 아닌가?"

"맞아. 서로 죽이려는 싸움에서 어떤 행동을 하든 상관없지. 마음에 드는 말이군. 그동안 이곳에서 지내느라 그걸 잊고 있었어."

켈베로의 눈빛이 달라졌다.

탁! 다다다!

그는 발을 내디디며 부서진 바닥의 돌을 찼다. 그리고 번개처럼 다가왔다.

작은 돌이었지만 거기에 담긴 힘은 만만치 않았다.

'검으로 막아? 발로 막아?'

그의 다음 수를 고민하던 나는 그가 생각하지 못하게 검의 손잡이 뒷부분으로 쳐내려 했다.

파악!

한데 갑자기 돌이 부서지며 비산했다. 갑작스러운 일이라 본능적으로 검을 가로로 눕혀 눈을 막았다.

'당했다!'

그의 주먹이 옆구리로 다가오고 있었다. 막거나 피하는 건 불가능한 상태.

단전의 마나를 그가 때리려는 곳으로 보냈다.

퍼억!

한데 예상이 빗나갔다. 돌연 그의 주먹은 방향을 바꿔 다리를 때렸다.

더 큰 충격을 줄 수 있는 허리를 때리지 않고 왜 허벅지를 때렸는지 의문이 생겼다. 그러나 이어지는 그의 공격에 이유를 알 수 있었다.

멍해진 허벅지는 내 생각대로 반응하지 않았다. 아주 자그마한 차이었지만 이후에 사라지는 것처럼 보이는 보법이 더해지면서 그의 공격을 계속해서 허용했다.

'천근! 정중동!'

연속적인 공격을 허용해 비틀거리던 나는 몸에 무게를 더해 자세를 바로 하고 움직임을 최소화해 공격을 막았다.

"제법. 그럼 이것도 막아봐. 카악! 퉤!"

더러운 새끼!

얼굴에 침을 뱉었다.

'막아야 하는데……'

몇 대 맞아 욱신욱신한 몸은 침에 신경 쓰지 말고 이어질 공격을 대비하라고 말했다.

침은 결국 내 얼굴에 붙어 흘러내렸다. 그러나 더러움을 참고 그에게서 시선을 떼지 않았다.

이어질 동작은 당연히 보법. 그가 사라졌다.

'오른쪽? 왼쪽? 젠장! 위다!'

완전히 당했다.

그의 무릎이 머리를 향해 다가왔고 난 피해를 최소화하려고 머리를 감싸고 점프를 했다.

퍼억!

큰 충격과 함께 나뒹굴었다.

서둘러 물러나며 자세를 잡아보지만 뇌가 진탕되었는지 로비 전체가 흔들렸고 머리에서 주룩 피가 흘러내렸다.

"아깝군. 기절했으면 깨어났을 때 영감의 목을 볼 수 있게 매달아뒀을 텐데 말이야."

으득!

분노가 싸움에 도움이 되지 않는다는 걸 잘 알고 있는데도 욱하고 올라왔다.

"화가 나나? 큭큭큭! 한데 힘없는 자의 항변은 개소리에 불과하고 분노는 발악에 불과해."

"…그래! 네 말대로 발악 한번 해볼게."

남은 오른쪽 눈을 마저 감았다.

지금까지 굳이 한쪽 눈을 뜬 건 마보세의 경우 머리가 아플 정도로 너무 많은 정보를 보여줘서 산만하다는 것과 눈만 감으면 개미지옥의 마나 흐름이 보였기 때문이었다.

한데 지금은 눈이 오히려 방해가 되었다.

'뇌가 녹는 한이 있더라도 눈을 뜨지 않겠어. 피할 수 없다면 이겨내야지.'

사실 마보세에 적응하기엔 좋은 시점은 아니었다.

이곳에선 중단전이 얼어서 마보세가 확장된다고 해서 멈출 수도 없지 않은가.

하지만 이래 죽으나 저래 죽으나 매한가지라는 생각이 들어 두 눈을 감았다.

"눈을 감다니 포기를 한 건가? 혹시 그렇게 하면 내가 자비를 베풀 거라 생각한다면 오산이다. 난 꼬리를 내리는 자들을 살려둔 적이 없다."

"어차피 너한테 살려달라고 말할 생각도 없었어. 이제 끝장을 보자."

"훗! 자신 있게 말하는 걸 보니 네놈의 능력인가? 아님 될 대로 되라는 허세인가? 금세 밝혀지겠지."

말을 하는 켈베로의 하단전이 빛나며 일부는 다리로 일부는 팔로 향했다. 다리로 향했던 마나가 발바닥에서 뿜어지며 급속도로 가까워지는 그.

켈베로가 다가오는 곳을 향해 검을 뻗었다.

약간 늦은 타이밍. 부딪히면 나도 무사하지 못하겠지만 그도 무사할 수 없는 수였다.

켈베로는 다치긴 싫었는지 뒤에 있던 그의 왼발로 마나를 분출시켰고 동시에 몸을 낮췄다.

'사라지는 보법이 이거였군!'

시선의 사각지대로 빠르게 움직이는 것. 별것 아닌 동작에 지금까지 농락당했다는 것이 억울할 만큼 간단한 동작이었다.

딛고 있던 오른발을 바깥으로 돌리며 그가 했던 것처럼 마나를 뿜었다. 거기에 전사경을 더하며 오른쪽 대각선으로 검을 그었다.

"헉!"

켈베로의 입에서 다급한 비명이 터져 나왔다.

그는 빠르게 몸을 더 낮추며 뒤로 물러났다. 하지만 검 끝에 옷이 걸렸는지 손으로 느껴졌다.

'너무 강하게 배출했어.'

그의 옷깃을 베었다는 기쁨 따윈 없었다.

방금 전 마나를 너무 많이 배출해 몸이 뜨지 않았다면 분명 그의 살을 베었을 것이다.

그가 했던 것처럼 발바닥으로 마나를 뿜으며 물러선 그를 향해 빠르게 다가갔다.

"괴물……'

켈베로는 눈을 감고 검을 휘두르는 아우스를 보며 중얼거렸다.

그가 달라진 것은 눈을 감은 후부터였다.

조금 전까지 자신에게 형편없이 당하던 놈이라 생각할 수 없을 정도로 달라졌다.

자신이 어디로 움직이는지 어떻게 공격하는지 알고 있는 듯 대응했고 자신이 새로운 기술을 쓰면 몇 수 지나지 않아 그대로 카피해서 따라 했다.

아니, 카피가 아니었다. 수십 년을 수련한 자신과 다를 바 없이 사용했다. 심지어 그의 가문의 비전이라고 할 수 있는 기술마저 검술로 응용해 펼쳤다.

'이러다 질지도……'

기술적인 면에서 몇 수는 앞섰다고 생각했는데 더 이상 차이가 없어졌다고 생각하니 문득 두려운 생각이 들었다.

'내가 이딴 놈에게 두려움을 느껴? 아냐! 그런 일은 절대 없어!'

그가 지금까지 스쳐간 죄수들과 아우스에게 바라던 것은 두근거림이었지 두려움이 아니었다.

발작적으로 스스로에게 외쳤다. 그러나 시간이 지날수록 아우스는 점점 강해지고 있었고 한번 싹튼 두려움은 그에 비례해 커져갔다.

그리고 두려움은 그를 잡아먹기 시작했다.

검이 대각선으로 베어왔다. 그는 접근할까 피할까 고민하다가 뒤로 물러섰다.

스각!

충분히 피할 수 있을 거라 생각했던 검이 순간 더욱 빨라지며 그의 가슴을 베었다.

붉은 피가 그를 분노하게 만들었다.

"으아아아아아! 죽여 버리겠다!"

"훗! 아까 어떤 놈이 힘없는 자의 분노는 발악이라고 했는데 지금 나에게 분노를 표하는 건가?"

"…코피나 닦고 얘기해. 화나기보단 웃기잖아."

전쟁터에서 이십 년간 굴러먹던 그가 이죽거림 따위에 분노를 표할 일은 없었다.

그저 자신이 두려움에 떤다는 사실에, 하찮은 놈의 검에 피를 흘렸다는 사실에 순간 분노한 것이다.

우우웅!

그의 팔에 새파란 파란색 마나가 둘러졌다. 마스터만 쓸 수 있다는 권강이었다.

엑스퍼트의 끝자락에 이르면 강제로 마나를 내뿜어 쓸 수도 있었다. 하지만 5분이 한계였다.

'1분 안에 죽여주마!'

살려서 이용하려던 생각을 버렸다. 현재 그가 유일하게 앞서는 마나의 힘으로 밀어붙일 생각이었다.

그는 방금 전보다 두 배는 빠른 속도로 접근해 주먹을 휘둘렀다.

'권강을 막으려고 하다니, 어리석은 놈.'

단숨에 검을 부러뜨리고 놈의 몸을 박살 낼 거라 믿어 의심치 않았다.

콰앙!

검과 권이 부딪히자 천둥이 치는 소리가 들렸다.

'막았다?'

자신의 눈을 의심하며 계속 공격했다. 한데 아우스의 검기만 두른 검은 그의 공격을 잘도 막았다.

'…설마?'

몇 번 더 공격하던 그는 부딪히는 순간 아우스의 검에 검강이 잠깐 맺히는 것을 볼 수가 있었다.

하단전 마나의 부족함을 마나를 다루는 능력으로 메우고 있었다.

'내일이면 날 잡아먹을 놈이야! 반드시 죽여야 해.'

켈베로는 방어를 최소화하고 공격에 집중했다. 그러나 아우스는 마치 기다렸다는 듯 충돌을 피하며 차근차근 상처를 입했다.

'이, 이럴 순 없어. 내, 내가……'

가득했던 마나가 점점 줄어들었다.

두근두근!

죽게 된다는 두려움, 자신의 처지에 대한 분노, 아우스의 재능에 대한 질투심, 절망, 갈망 등 수많은 감정이 그의 머리를 어지럽혔다. 그리고 그 모든 생각을 뚫고 하나의 감정이 올라왔다.

'살고 싶다!'

원초적인 그의 열망은 기적을 만들어냈다.

빠르게 돌던 하단전의 마나가 마나의 길을 따라 빠르게 올라갔고 마지막 남은 머리끝의 벽에 부딪혔다.

퍼엉!

머리가 터지는 듯한 소리가 들렸다.

마치 꽉 막힌 곳에 있다가 탁 트인 곳으로 나간 듯한 시원함이 느껴졌다. 그와 함께 마나는 하단전을 시작으로 원을 그리며 돌기 시작했다.

그리고 그려진 원은 몸에 흩어져 있던 마나는 물론 주위의 마나를 끌어당겨 비어가던 하단전을 채웠다.

"하하… 하하… 하하하! 크하하하하! 드디어 이루었다! 드디어! 크핫핫핫핫!"

바라던 마스터가 된 켈베로는 광소를 터뜨렸다.

내가 켈베로의 변화를 감지한 것은 새파란 빛 하나가 단전에서 나와 빠르게 위로 올라갈 때였다.

'뭐지?'라는 의문을 떠올리기도 전에 머리끝의 벽에 부딪혔고 빛의 폭발이 일어났다.

'마나의 길이 완전한 원을 이뤘다!'

하단전에서 나온 마나는 척추를 지나 올라가서 머리를 통과하고 앞으로 내려와 하단전에 다시 돌아왔다.

로돈이 말한 하단전 마나 응축법이 켈베로의 몸에서 이루어진 것이다.

'마나를 응축시키기 시작했어! 이대로 두면 위험해.'

뒤로 물러나 마나의 길을 움직이는 마나를 회수해 켈베로가 했던 것처럼 마나를 척추 쪽으로 쏘았다.

터엉!

머리끝의 벽에 부딪힌 마나는 조그마한 흠도 만들지 못한 채 튕겨져 나왔다.

마보세를 보느라 터진 코피가 수도꼭지를 튼 듯 주룩 흘러나왔고 몸이 의지완 상관없이 부르르 떨렸다.

한 번, 두 번, 세 번…….

이러다 죽겠다 싶어 멈췄다. 아직 나는 마스터가 될 준비가 안 된 모양이었다.

'완성되기 전에 죽여야 해.'

켈베로의 단전은 지금까지와 달리 깊은 바다만큼이나 진한 파란색으로 빛나고 있었고 빠르게 차오르고 있었다.

벽을 뚫느라 머리가 어지럽고 몸 상태가 좋지 않았지만 켈베로가 더 강해지기 전에 끝내려 검에 마나를 보내 응축시켰다.

마법의 검처럼 마나로 일렁이는 검을 광소를 터뜨리고 있는 켈베로에게 겨누고 발을 박찼다.

장담컨대 블링크를 펼친다고 해도 지금보다 빠르게 움직일 수 없다고 생각했다.

터억!

검은 그의 심장 한 치 앞에서 멈췄다.

켈베로의 손이 검을 움켜잡은 것이다.

"마스터가 되고 나니 한 가지는 확실히 알겠군."

그는 윗니가 거의 다 보일 정도로 환하게 웃으며 말했다.

"그건 엑스퍼트로는 죽어다 깨어나도 마스터를 흉내 낼 수 없다는 거야."

그는 팔에 힘을 주었고 그 힘을 이기지 못해 검은 서서히 부서지고 있었다.

"씨발… 좆 됐네."

나는 현재의 솔직한 심정을 중얼거렸다.

드득!

켈베로의 힘에 검이 부러졌다. 아니, 뜯겼다고 하는 게 옳은 표현일 것이다.

그는 뜯어낸 검 끝을 손가락으로 튕겼다.

'위험!'

몸을 뒤로 눕히며 발바닥으로 마나를 분출시켰다.

공중에서 빙글빙글 돌며 피하려는 찰나 어느새 다가온 켈베로가 퍽, 하고 찼다.

푸욱!

"크윽!"

검 끝이 허벅지에 박혔다. 그리고 중심이 깨져 형편없이 바닥에 나뒹굴었다.

"쯧쯧쯧! 마스터는 흉내 내지 못하는 거냐? 언제까지 따라오나 궁금했는데 여기까지가 한계인가?"

승자가 된 듯 느릿느릿한 걸음으로 다가오며 말했다.

'아직은 아냐. 현재 위치가······.'

내 목숨만 걸려 있다면 포기했을지도 모른다. 10번째 살아났는데 11번째라고 없을까.

그러나 엔트 할아버지의 목숨은 하나였다.

"…방금 전까지 죽을까 봐 두려움에 떨던 놈이 잘난 척은. 그때의 네 모습이 어땠는지 가르쳐… 컥!"

켈베로의 눈썹이 일순 꿈틀댔고 뒤이어 발이 복부로 날아왔다.

방어를 위해 두른 마나가 산산조각 나며 의지와 상관없이 몸이 날아갔다.

만약 계단에 걸리지 않았다면 50미터는 더 날아갔을 것이다.

"남은 것이 그 매끄러운 혀밖에 없다면 실망인데."

"무력으로 사람으로 죽인다면 얼마나 죽일 수 있을까? 하지만 혀로는 나라를 전복시킬 수 있는 법이야. 이만하면 대단하지 않나?"

난간을 붙잡고 일어서면서 지지 않고 대꾸했다.

"훗! 틀린 말은 아니지만 그 혀로 날 죽일 수 있나?"

"테스트해 볼까? 죽어!"

하나 '죽어!'라는 말은 넓은 로비를 울릴 뿐이었다.

"큭큭큭! 죽은 척이라도 해줘야 하나? 더 놀아주고 싶지만 밖에 손님이 오신 것 같으니 이만 끝내야겠군."

창밖을 흘깃 본 켈베로는 몸을 날려 접근해 왔다.

망가진 검을 던지고 검 끝이 박힌 오른발을 대신해 양팔로 난간을 밀치며 뒤로 몸을 날렸다.

콰앙!

만들 당시와 다름없이 천 년 동안 보존되어 오던 계단의 일부가 부서졌다.

"유물 파괴 죄로 발트란에 갇히는 거 아냐?"

"미꾸라지 같은 놈!"

멀쩡한 상태에서도 피하기 힘든데 박힌 검 끝 때문에 힘을 줄 때마다 상처가 커지는 다리론 두 번 이상 피하기 힘들었다.

세 번째 발코니 난간에 등을 걸친 채 붙잡혔다.

켈베로가 목을 잡자 온몸에 힘이 쭉 빠졌다.

"어디 다시 한 번 도망가 보지그래?"

"…목이나 놓아주고 그런 말을 해야 공정한 거 아닌가? 마지막까지 신기한 수법을 보여줘서 고마워."

"큭큭큭! 끝까지 재미있는 놈이군. 살려달라고 빌지 않으니 고통 없이 보내줄게. 참, 날 마스터에게 이르게 해줬으니 고맙다는 인사는 하지."

지금껏 감고 있던 눈을 떴다.

"그렇게 고마우면 내 마지막 능력을 쓰게 해주는 건 어때?"

"크하하하하하! 좋아! 대신 네놈 혀를 뽑고 난 후에 죽이기로 하지."

"절대 그런 일은 없을 거야. 죽어!"

내가 서 있는 곳은 마법을 사용할 수 있는 곳이었다.

중단전이 내 의지를 따라 빠르게 돌기 시작했다. 그리고 토우에게 빼앗았던 암흑 계열의 마법인 투명한 손을 소환했다.

소환된 손은 지체하지 않고 다리에 박힌 검 끝을 쥐고는 내 다리를 뚫고 그의 단전에 박혔다. 그리고 위로 방향을 틀어 장기를 꿰뚫으며 올라가 심장에 박혔다.

"컥!"

켈베로의 손이 풀렸다. 그는 이해하지 못한 눈빛으로 나와 가슴을 뚫고 삐죽 튀어나온 검 끝을 보았다.

"내가 말을 안 했나? 나 원래 마법사야. 마지막 능력은 바로 마법이야."

"…크륵! 크……."

울컥!

켈베로는 분노로 얼굴을 일그러뜨리며 말을 하려 했지만 피만 게워낼 뿐이었다.

"참! 고마워하지 않아도 돼. 내 덕에 얻은 능력을 앞으론 쓸 일이 없을 테니까."

난 서서히 무너지는 그의 머리를 발꿈치로 후려쳤다.

퍼억! 뿌득!

켈베로는 머리가 반쯤 함몰되고 목뼈가 부러진 채 바닥에 쓰러졌다.

"휴우~ 힐링!"

발코니 난간에 발꿈치로 기대고 잠시 휴식을 취하면서 마법을 실행했다.

뚫렸던 허벅지에 마나가 스며들며 빠르게 회복되어 갔다.

한숨을 돌리는 것만으로 짧은 휴식은 끝이었다.

손을 뻗었다. 구석에 나뒹굴던 부러진 검이 날아와 손에 잡혔다.

"쳇! 이 원을 벗어나기 싫어지는군."

마법만 쓸 수 있었다면 이토록 고생하지 않았을 것이다.

"뭐, 덕분에 무술이 늘었으니 그걸로 위안을 삼을까."

원을 벗어나 3층으로 향했다.

"웬 놈……."

"넌……."

3층 입구를 지키고 있던 두 명의 간수는 검을 뽑기도 전에 목에서 피를 뿜으며 쓰러졌다.

그들이 입에 달고 살던 목을 베겠다는 말대로 해준 것이다.

쓰론 남작이 나타난다면 모를까 거칠 것이 없었다.

"할아버지!"

"아우스! 괘, 괜찮은 거냐?"

문을 열고 들어가자 엔트 할아버지는 엉망진창이 된 나를 보고 놀라 물었다.

"괜찮아요. 이제 탈출할 시간이에요. 챙길 것 있으면 얼른 챙기세요!"

"이거면 됐다. 자, 네가 부탁했던 것."

할아버지는 내 모습에서 다급함을 느꼈는지 더 이상 묻지 않았다. 그리고 마법진을 그리는 펜과 내가 부탁했던 합성 마법패를 챙기며 나에게 건넸다.

나는 마법패를 받아 허리춤에 끼운 후 등을 내밀었다.

"업히세요. 꼭 잡으세요."

할아버지가 업히자마자 내달려 로비로 향했다.

"저자는……!"

발코니에 쓰러져 있는 켈베로를 보고 놀랐는지 목을 두른 손에 힘이 들어갔다.

"걱정 마세요. 두 번 다시 깨어나지 못할 테니까요."

"…그래 보이는구나. 한데 어디로 가는 거냐? 안에서 문을 여는 건 쓰론 남작과 켈베로만 가능하단다."

밖으로 나가는 대문은 소장과 간수장이 자신의 방에서 열어주거나 주문으로만 가능했다.

"알아요. 더 구해야 할 사람이 있어 지하로 내려갈 거예요. 혹시 피를 싫어하시면 눈을 감으세요."

왼손으로 할아버지의 엉덩이를 받치고 오른손에 검을 들고는 지하로 내려갔다.

'이게 무슨 소리지?'

평소라면 지하 1층을 오가는 간수가 몇 명쯤은 있을 텐데 아무도 없었다. 대신 지하 2층에서 꽤나 소란스러운 소리가 들려왔다.

"활을 쏴! 단 한 놈도 올라오지 못하게 만들어."

"해적들이 죄수들과 섞여 제대로 쏠 수가… 으악!"

"죄수 따윈 신경 쓰지 말고 그냥 닥치는 대로 쏴!"

계단에서 본 지하 2층은 엉망진창이었다.

각종 무기를 든 자들이 감방 문을 열며 계단으로 올라오고 있었고 쏟아져 나온 죄수들은 밑으로 내려가려는 자와 위로 올라가는 자들로 엉겨 있었다.

간수들은 내가 뒤에 있는 것도 눈치채지 못하고 일제히 화살을 날리며 올라오는 자들을 막으려 했지만 해적들이 쏜 표창과 갈고리에 하나둘씩 죽어가고 있었다.

'로돈!'

21감방의 문도 열렸다.

맨 먼저 나온 로돈은 어떻게 해야 할지 몰라 두리번거리다 나와 눈이 마주치자 화살을 피해 위로 향했다.

"젠장! 위에서는 왜 아무도 안 오는 거야! 간수장님은 아직도 그놈과 대결 중인가? 당장 위로 가서 상황을 알려."

"예! …어, 넌? 간수장님은… 끄륵!"

"뭐, 뭐야?"

부간수장과 간수들이 나를 발견했다.

난 맨 처음 날 발견한 자의 심장을 찌른 후 바로 그들을 덮쳐갔다.

'방심해 있는 적에게 시간을 끌 필요 없겠지.'

짙은 마나로 일렁거리는 검을 좌에서 우로 최대한 넓게 그었다.

빠르긴 했지만 단순한 동작.

간수들은 검을 빼어 들어 막거나 실력이 떨어지는 자들은 들고 있던 활로 막았다.

"마스터?!"

엑스퍼트급인 부간수장 프라이어를 제외하곤 모두 들고 있던 무기처럼 두 동강이 나서 뒹굴었다.

일반 병사도 있었지만 기사도 있는 상황. 방심하지 않았다면 이렇게 쉽게 죽이진 못했을 것이다.

"네, 네놈이 어떻게……? 커억! 으아아아악!"

나의 한 수에 놀라 뒤를 신경 쓰지 못한 프라이어는 해적의 갈고리에 걸려 난간 밖으로 끌려 나가 떨어져 죽었다.

방어를 하는 간수들이 모두 죽고 나자 죄수들과 해적들의 올라오는 속도는 더욱 빨라졌다.

난 서둘러 식당으로 달려갔다.

문을 열자 세레트와 절름발이를 선두로 모두 옹기종기 모여 있었다.

"……."

세레트와 절름발이는 말 대신 자신들을 데려가 달라는 눈빛을 보냈다.

끄덕!

솔직히 모두를 무사히 데리고 갈 자신이 없었다. 해적들이 왜 왔는지는 모르지만 죄수들을 죽이지 않는 걸 보니 운이 좋으면 다른 죄수들도 살 수 있을 것이다.

다른 이들이 못 알아보게 살짝 고개를 끄덕이는 걸로 두 사람에게 대답을 대신했다.

47감방 사람들도 밖의 상황을 알았는지 일제히 흩어지기 시작했다.

"헉헉! 이, 이안! 이젠 어떻게 할 거지?"

로돈은 누구보다도 빠르게 위로 올라왔다.

"내 뒤를 바짝 따라와요."

어차피 죽기 살기로 따라올 것이 분명했기에 늦으면 놓고 간다는 말은 하지 않았다.

난 앞장서서 뛰어가며 눈을 감았다. 뒤에 따르는 이들이 있으니 아무래도 조심하는 편이 좋았다.

"이안, 문은 이쪽… 인데……."

로비를 지나 2층으로 가려 하자 로돈이 외쳤다. 그러나 걸음을 멈추지 않았다.

3층으로 올라가는데 한 명이 내려오고 있는 게 느껴졌다. 단전을 살펴보니 그저 평범한 사람이었다.

혹시 몰라 검을 겨누려는데 다급히 외치는 소리가 들렸다.

"이안! 나야, 나! 이게 다 어떻게 된 거야? 발코니를 보니 켈베로도 죽어 있던데."

눈을 뜨니 게일이었다.

할아버지를 만나게 해준 그였기에 선택권을 줬다.

"길게 설명 못 해. 지금 탈출할 생각인데 따라오려면 따라와."

"게일!"

"응? 마법사 할아버지! 이안, 너 설마 엔트 할아버지가 말하던… 아우스?"

엔트 할아버지와 알고 있던 사이인 모양이었다.

"뭐야? 할아버지를 알고 있었어? 그때 내가 물었을 때 왜 그렇게 두루뭉술하게 말한 거야?"

"네가 두루뭉술하게 물었으니까. 그리고 이곳에서 누굴 믿겠어?"

옳은 말이었다.

"한데 탈출한다면서 어디로 가는 거야?"

"첨탑."

"첨탑? 거기서 어떻게 탈출하려고?"

"방법은 있어. 결정은 네가 해."

한 명씩 늘어날 때마다 부담은 내 몫이었다.

다시 뛰기 시작했다. 잠깐 망설이던 게일은 곧 뒤따라왔다.

'근데 왜 다섯이지?'

퍼뜩 생각이 나지 않아 따라오는 이들의 이름을 생각하는데 검을 뽑고 다가오는 간수 두 명이 보였다.

그 둘을 베고 첨탑까지 가는 동안 네 명의 간수를 더 만났지만 내 상대가 되지 않았다.

첨탑을 지키는 간수를 처치하는 것으로 드디어 첨탑에 도착했다.

첨탑은 성에서 유일하게 창문이 없는 곳으로 섬의 사면을 모두 볼 수 있는 곳이었다.

"으아~ 여, 여기서 어떻게 탈출하려고 그러십니까? 이럴 줄 알았으면 다른 곳으로 갈걸. 젠장!"

여기에 있으면 안 되는 사람의 목소리가 들렸다.

"카루소, 당신이 여긴 왜?"

"아까 여기 두 사람과 눈빛을 주고받는 걸 보고 뭔가 있겠다 싶어 쫓아왔죠. 한데 설마 이런 곳일 줄은… 어! 저기 죄수들이 배를 타고 있습니다! 지금 당장 저기로 가야 합니다!"

카루소는 왼쪽 방향을 보고는 외쳤다.

그가 바라보니 해적들이 타고 온 듯한 배에 수많은 죄수가 기어오르고 있었다.

이미 갑판은 만원인 상태. 죄수들도 더 이상 타면 곤란하다고 생각했는지 배를 출발시키려 했다.

"지금 출발하면 안 돼!"

나도 모르게 외쳤다. 그러나 까마득히 먼 곳까지 목소리가 닿을 리가 없었다.

서서히 뭍에서 벗어난 배는 얼마가지 못해 암초에 부딪히며 가라앉았다.

모두들 말을 잃고 그 모습을 지켜보았다.

난 가장 먼저 고개를 돌려 주변 상황을 파악했다.

'항구에 한 척. 개미지옥 밖에 대기하고 있는 두 척의 배는 해적선인 듯한데 어떻게 탈출하려고 저기에 서 있는 거지? 뭐, 알아서 하겠지. 그나저나 쓰론 남작은 저곳에 있군. 승강기를 이용하려면 싸울 수밖에 없나?'

쭉 훑어보는 것으로 상황 파악을 끝냈다.

짝짝!

박수를 쳐서 복잡한 심정으로 난파한 배를 보고 있는 이들의 정신을 일깨웠다.

"지금부터 잘 들어요. 내가 아래로 뛰어내린 후에 신호를 보내면 다른 분들도 뛰어내려요."

"미, 미친 거야? 밧줄로 내려가는 것도 아니고 뛰어내리자 고? 난 싫어!"

게일은 질색을 하며 뒤로 물러섰다.

"싫은 사람은 그냥 돌아가도 좋아."

"이안, 아니, 아우스라고 했든가. 무슨 방법이라도 있는 거야?"

로돈이 첨탑 밑을 한 번 보더니 몸을 부르르 떨며 물었다.

"아마도요. 무슨 말을 하든 어차피 믿지 않을 테니 제가 뛰 어내리는 걸 보고 결정하세요."

웅성거림을 무시하고 발을 박차 첨탑의 난간으로 올라갔 다. 어차피 입 아프게 설명해 봐야 의심할 수밖에 없는 상황 이었다.

'내 예상이 맞아야 할 텐데……'

'아마도'라고 대답한 건 한 가지 확실하지 않은 게 있어서였다.

첨탑에서 뛰어내리면 그건 성의 밖일까, 안일까?

난 밖이라고 생각하고 있었다.

"할아버지, 괜찮으시겠어요?"

엔트 할아버지에게 물었다.

"난 너를 믿는단다. 나를 데리러 온다던 약속까지 지킨 너 인데 뭔들 못 믿겠냐, 허허허!"

"하하하! 믿어주셔서 감사해요. 그럼 갈게요. 후우~"

심호흡을 한 나는 난간에서 뛰어내렸다.

예상이 맞았다. 두 다리를 떼는 순간 얼어붙어 있던 중단전이 풀렸다.

"플라잉!"

5서클 플라잉 마법은 몸을 가볍게 하는 라이트 마법의 중첩형이다. 땅을 벗어나 공중을 날 수 있다는 장점을 가지고 있는 반면 많은 마나가 소모되는 단점이 있다.

거리와 무게의 제곱. 가령 한 몸을 10미터 띄우는 데 10의 마나가 든다면 두 사람을 20미터로 띄울 땐 160의 마나가 드는 마법이었다.

그러나 떨어질 때는 그저 낙하 속도만 조절하면 되었기에 별로 부담감이 없었다.

마치 계단을 밟고 내려오는 것처럼 발트란의 지붕에 안착했다.

"아우스, 벌써 5서클이라니 축하한다."

엔트 할아버지는 마치 자신의 일이라도 되는 양 환하게 웃으며 축하를 해줬다.

난 빙긋 웃어준 후 다섯 명에게 위스퍼 마법을 사용했다.

[내려와요.]

다들 목만 빼놓고 내려올 생각을 못 하고 있었다.

[서두르지 않으면 놓고 갑니다.]

발트란에 들어온 이유는 엔트 할아버지를 구하기 위함이었다. 모질다고 할지 모르겠지만 할아버지 무사 구출이 최우선이었다.

그러나 협박을 했는데도 뛰어내리는 이가 없었다.

'쩝! 어쩔 수 없나.'

포기하려고 고개를 돌리려는 순간 난간에 올라서는 이가 있었다. 절름발이었다.

그는 올라오자마자 몸을 날렸다.

뛰는 거리의 한계가 있었기에 그가 3분의 1쯤 떨어지자 투명 손을 이용해 그를 받았다. 그리고 천천히 지붕으로 내려주었다.

"…헉헉! 암흑 계열 마법사일 줄은 몰랐습니다."

"진정하고 계세요. 또 내려오네요."

절름발이가 안전하게 내려오는 것을 보자 사람들이 한 명씩 뛰어내렸다.

"맙소사! 너 마법사였어? 그만한 무술 실력에 플라잉 마법까지, 도대체 정체가 뭐냐?"

마지막으로 내려온 로돈은 첨탑과 나를 번갈아보며 흥분했다.

"쉿! 조용히 해요. 아직 끝난 게 아니에요."

지붕에서 쓰론 남작과 간수들이 있는 곳까지 거리가 상당하다고 해도 조심해야 했다.

할아버지를 내려놓고 지붕에 바싹 엎드리며 전진해 성 밖 상황을 살폈다.

'성안에 왜 간수들이 없나 했더니 여기 다 있었군. 6서클인 쓰론 남작, 5서클인 청년, 엑스퍼트인 엠블. 조심해야 할 사람은 이 세 사람인가?'

당장 내려가도 될 것 같았다. 하지만 켈베로에게 심하게 당했던 경험 때문인지 좀 더 신중해졌다.

'한데 저 중년인이 누구기에 쓰론 남작이 저렇게 저자세인 거지?'

멀어서 얼굴이 자세히 보이진 않았지만 옷차림을 보아하니 처음 보는 사내였다.

마보세로 보니 평범한 사람이었다.

굳이 어색함을 찾으려면 사람 형체를 나타내는 테두리가 없으면 주변 환경과 구분할 수 없을 만큼 자연스럽다고나 할까.

'쓰론 남작이 성안으로 들어가면 움직일까? 젠장, 완전히 겁먹은 아이 같군.'

조심성이 나쁘진 않았지만 너무 심해지면 우유부단해지게 마련이었다.

'바로 움직인다. 일단 옆 지붕으로 가서……'

막 일어나 움직이려는 순간 발트란 성으로 들어가는 커다란 철문이 열리기 시작했다. 그리고 죄수들과 해적들이 쏟아져 나왔다.

＊　　　＊　　　＊

쾅! 쾅!

위에서 들리는 폭발음에 절벽을 오르던 에리카는 고개를 들었다.

'벌써? 해적들이 생각보다 잘한 모양이네. 한데 포에르가 할아버지를 찾았을까?'

마음이 급해진 그녀는 하단전의 마나를 좀 더 끌어 올린 후 절벽에 날카로운 권갑을 박았다.

위이잉~

새로운 태풍이 서서히 남하를 하는지 바람이 아까보다 훨씬 거세졌다.

에리카의 허리에는 길고 두꺼운 줄이 묶여 있었는데 그 줄이 바람에 휘날리며 그녀를 절벽에서 떼어내려 했다. 순간 그녀는 휘청하며 한 손을 놓쳤다.

까강! 그그그그극!

절벽을 쉽게 오르기 위해 낀 권갑을 절벽에 다시 박으려 했지만 쉽지 않았다.

겨우 작은 홈을 잡고 버틸 수 있었다.

"큭! 생각보다 쉽지 않네. 후우~"

숨을 길게 내쉰 그녀는 잡을 곳조차 마땅치 않은 절벽을 빠르게 오르기 시작했다.

쿠앙! 쾅!

"으아아아아!"

절벽 위의 싸움은 점점 거세지는지 비명 소리와 함께 절벽으로 떨어지는 이들이 하나둘씩 늘어났다.

'7미터 정도.'

드디어 끝이 보였다. 그녀는 몸을 움츠렸다 펴며 팔다리에 동시에 힘을 가했다.

마치 폭포를 거슬러 오르는 물고기처럼 단숨에 절벽 위의 평지로 올라온 그녀는 일단 눈앞에서 벌어지는 전투를 무시했다.

등에 메고 있던 가시 박힌 우산처럼 생긴 쇄기를 풀었다. 그리고 쇄기의 가시에 줄을 여러 번 돌린 후 마나를 주입해 땅에 박았다.

쿠웅!

주위에서 싸우던 자들이 깜짝 놀라 일순 싸움을 멈출 정도로 큰 소리가 났다.

"탈출로가 만들어졌다!"

잠깐의 침묵 후, 해적 한 명이 외쳤다. 그리고 그 해적은 재빨리 에리카 쪽으로 달려갔다.

품에 있던 끈을 바닥에 던져놓은 그는 허리춤에 달린 고리를 빼내 줄에 걸더니 그대로 절벽을 향해 몸을 날렸다.

절벽 위에 있던 대부분의 사람은 그가 미친 게 아닐까 생각했다. 하지만 벨트란의 절벽 위에서 배까지 이어진 줄을 타고 활강하는 그는 곧 개미지옥 밖에 있는 배에 도착했다.

그게 시작이었다.

이미 탈출로에 대해 알고 있던 해적들을 하나둘씩 탈출을 했고 갈팡질팡하던 죄수들은 해적들이 던지고 간 끈을 집어 들더니 허리에 차고 똑같이 고리를 걸고 탈출을 감행했다.

개중의 몇 명은 허리에 잘못 차서 절벽 아래로 떨어지는 경우도 있었다.

"뭣들 하느냐! 놈들이 탈출을 한다! 도망가지 못하게 줄을 잘라라! 파이어 볼!"

워낙 순식간에 일어난 일이라 멍하니 그 광경을 지켜보던 쓰론 남작은 정신을 차리고 소리쳤다.

파이어 볼 여러 개와 간수 몇 명이 달려왔다.

탈출하려던 해적들과 죄수들 몇몇은 엎드렸고 몇 명을 서두르다 절벽 아래로 떨어졌다.

오직 한 사람, 에리카만 한 발 앞으로 나아갔다.

그림처럼 그녀는 폭이 일반 검보다 훨씬 좁은 사이드 소드로 원을 그리며 뽑았다.

단순한 그 동작 하나만으로 그녀를 향해 다가가던 간수 두 명의 목이 잘렸고 여러 개의 파이어 볼이 반으로 잘리며 사라졌다.

이어 두 번 더 동작이 이어지자 세 명의 간수와 나머지 마법 공격이 사라졌다.

그녀는 엎드린 채 경이로운 표정으로 자신을 보고 있는 해적에게 물었다.

"나와 함께 온 이는 어디에 있죠?"

"아……! 그자, 아니, 그 사람은 두, 두목과 함께 성안을 뒤져본다고 했습니다."

에리카의 표정은 한순간 어두워졌다. 아무래도 너무 늦게 온 모양이었다.

"…얼른 탈출해요. 여긴 내가 지킬 테니까요."

그녀의 강함을 본 해적들과 죄수들은 안심하고 달려와 탈출을 시작했고 간수들은 쉽게 접근을 못 했다.

그러나 곧 멀찍이 서 있던 쓰론 남작과 그 옆에 서 있던 중년인 그리고 청년이 그녀를 향해 다가왔다.

'저자는!'

그녀는 중년인의 얼굴에 시선이 멈췄다.

페페와 만났던 술집에서 본 마도사.

'설마 저자를 여기에서 만나게 되다니… 포에르, 어서 할아버지를 찾아 와요.'

쓰론 남작은 무섭지 않았다. 한데 중년인이 가세한다면 얼마나 버틸 수 있을지 의문이었다.

그때 그녀의 옆으로 수갑과 족쇄를 찬 죄수가 다가와 손을 내밀었다.

"잘라달라는 건가요?"

온 정신을 중년인에게 집중하던 터라 살짝 짜증스러웠다. 그러나 팔 한번 놀리면 되는 일이었기에 마다할 수 없었다.

"고맙소."

웬만한 사람이라면 번쩍이는 검광에 눈을 감았을 것이다. 한데 사내는 태연했다. 게다가 손발이 자유로워진 그는 허리를 굽혀 탈출 도구를 집는 대신 쓰러진 간수의 검을 잡았다.

"뭐죠?"

"저기 뺀질뺀질하게 생긴 중년인을 쓰러뜨리기 전엔 배를 탄다고 해도 탈출한 것이 아니오."

"저자의 정체를 아나 보군요?"

"사이팀 B 론첸 백작. 20년 전, 7서클에 오른 천재 마법사이자 한때 존경했던 인물이요."

"아직 8서클은 안 됐나 보군요?"

"훗! 꽤나 긍정적이오. 설령 당신이 마스터라고 해도 저자는 조심해야 하오."

7서클과 마스터는 같은 등급이지만 둘이 붙으면 마스터가 더 강하다는 게 상식이었다. 그러나 성취를 이룬 시간이 비슷할 때의 얘기였다.

20년 동안 7서클이었다면 7서클의 끝자락에 이렀다고 볼 수 있었다.

"그런 사람이 검을 잡다니 이상하네요."

"말했잖소. 저자가 서 있는 한 탈출은 무의미하다고."

"그럼 이길 수 있다고 생각하나요?"

"전혀, 스스로 목숨을 끊는 것도 싫고 이곳에서 죽을 때까지 지내기도 싫고… 아무튼 저기 있는 꼬맹이랑 소장은 내가 맡겠소."

"아무튼 고맙군요."

어찌 되었든 부담을 덜어주니 다행이었다.

"모두 멈춰라."

사이텀이 입을 열었다.

나지막했지만 모두의 귀에 천둥처럼 들렸다. 게다가 드래곤 피어와 비슷한 힘이 있어 달려오던 해적과 죄수들도 걸음을 멈췄다.

"신경 쓰지 말고 탈출해요!"

에리카는 뾰족한 고음으로 외쳤다. 그리고 그녀의 목소리는 사이텀이 건 마법을 깨뜨렸다.

사이텀의 얼굴에 부모가 자식을 보며 웃는 듯한 표정이 떠올랐다.

한데 에리카는 따뜻함보단 오싹함을 느껴야 했다.

"꽤 하는구나?"

"백작의 유치한 장난에 장단을 맞춰봤어요."

"하하! 그럼 이번에도 장난을 쳐볼 테니 장단을 맞춰보거라."

사이텀은 마치 보라는 듯 손을 들어 올렸다.

드드드드!

땅이 흔들리는 듯한 착각이 들 정도로 강력한 마나 폭풍이 그의 손에서 일어났다.

그리고 붉다 못해 태양처럼 노랗게 변한 파이어 볼이 생겨나더니 화살처럼 날아왔다.

"3중첩 파이어 볼이오! 피하시오!"

사내가 멀찍이 떨어지며 소리쳤지만 에리카는 전혀 움직이지 않았다.

"아직까진 안 돼요."

아직 거리가 있는데도 살이 따끔거릴 정도의 열을 내뿜는 3중첩 파이어 볼. 피해야 한다는 걸 알고 있었지만 피하면 탈출로가 망가질 게 뻔했기에 피할 수가 없었다.

그녀의 검이 새파랗게 빛나기 시작했다.

마스터의 흉내 내기 검강. 그녀는 허리를 좌로 돌렸다가 몸의 회전을 더하며 파이어 볼을 갈라갔다.

멀찍이 피했던 사내는 그런 그녀의 행동을 보며 고개를 저었다. 마스터라면 모를까 흉내 내기로 감당할 수준의 마법이 아님을 알고 있었다.

검과 3중첩 파이어 볼이 부딪혔다.

푸왁~!

폭발음이 아닌 천이 찢어지는 소리가 들렸다. 그리고 잘린 파이어 볼은 서서히 자연 상태의 마나로 바뀌며 사라졌다.

"······!"

쓰론 남작도, 사내도, 청년도, 3중첩 파이어 볼의 위력에 대해 알고 있는 사람들은 모두 자신의 눈을 의심하며 망연자실했다.

한데 사이텀의 중얼거림을 듣고 나서야 이해가 된다는 듯 놀란 입을 닫았다.

"마법검 갈린."

"예에? 스승님, 저 검이 갈린 혼 앤티시아 님이 자신의 정수를 담아 남겼다는 그 갈린이라고요?"

"그래. 7서클 마법을 자르는 것만으로 디스펠시킬 수 있는 검은 갈린뿐이다."

"우와! 대박! 한데 갈린은 황실에서 보관하고 있다고 들었는데 왜 저 레이디가?"

"그건 아마 250년 전 발트란의 비극과 연관이 있을 것이다. 당시 황제 폐하께서 비극을 종결시킨 아라교에 갈린을 하사했다는 소문이 돌았었다."

"그렇다면 아라교가 가지고 있어야··· 아! 아라교에서 팔아 버린 거군요."

"아마도. 황제께서 하사한 영지도 빈민들 구제를 위해 팔아 버리는 이들이니까."

"저 검, 가지고 싶군요."

'발트란의 죄수였던 갈린이 남긴 검이 발트란으로 돌아오다니, 나에게 새로운 경지를 보라는 신의 계시인가.'

콜드에 말에 사이텀은 아무 말도 하지 않았지만 눈빛은 욕심으로 번들거렸다.

"백작님, 저러다 죄수들이 모두 도망가겠습니다."

쓰론 남작은 얼마 남지 않은 죄수들을 보고 다급하게 말했다. 그때 뒤쪽 철문에서 두 명의 사내가 튀어나와 에리카 쪽으로 달려가는 것을 보자 몇 남지 않은 간수들에게 소리쳤다.

"저, 저놈들은 뭐야! 멍청한 놈들! 네놈들은 뭐 하는 거냐!"

"신경 쓰지 말게. 이곳에서 한 명도 빠져나가지 못할 테니. 그럼 시작해 볼까."

사이텀에겐 조무래기 몇 명이 저들에게 붙든 상관이 없었다. 그의 머리엔 에리카를 죽인 후 갈린을 어떻게 자신의 것으로 만드는지에 대한 생각뿐이었다.

사이텀이 거리를 좁히고 있음에도 에리카는 그에 신경 쓰지 못하고 있었다.

"…안 계시다고요?"

"예… 아가씨. 면목이 없습니다."

"아, 아니에요. 제가 늦게 왔기 때문인 걸요. 좀 더 일찍 왔어야 했는데……."

에리카는 눈물이 나려는 걸 애써 참았다.

문득 불어온 차가운 바람에 정신을 차린 그녀는 다가오고 있는 사이텀과 쓰론 남작을 발견했다.

"두 사람은 얼른 탈출하세요."

"그럴 수 없습니다. 전 끝까지……!"

에리카는 갑자기 그의 목덜미를 쳐서 기절시켰다. 그리고 페페에게 넘겼다.

"뭐 하는 거요!"

페페는 황당한 표정으로 소리쳤다.

"잔금 받으려면 이 사람 데리고 어서 탈출해요. 저기 오는 자, 7서클 마도사예요."

페페는 잠깐 고민하더니 미안하다는 듯 살짝 고개를 숙인 후 줄을 타고 탈출했다.

"당신은 안 가요? 마지막 기회예요."

사내를 바라보며 물었다.

"이 아가씨 어지간히 말귀가 어둡군. 다시 말해줘야겠소?"

"아아, 탈출이 불가능할 거라고 했죠. 아무튼 도와줘서 고마워요."

"그런 소리는 내가 저 두 사람을 무사히 막으면 하시오. 아마 5분 이상 버티기 힘들 거요."

사내는 말이 끝남과 동시에 사이텀을 제외한 두 사람을 향해 범위 마법인 라이트닝을 날렸고 그것이 신호라도 되는 듯 전투가 시작됐다.

　　　　　*　　　　　*　　　　　*

'싸움이 시작되면 내려가서 저 줄을 이용해 탈출하는 것도 나쁘지 않겠어.'

여자를 도와서 7서클 마도사를 상대할까도 생각해 봤다. 한데 싸우는 모습을 보니 견적이 나오지 않았다.

해적들과 한편인 것 같은데 그녀 덕분에 직접 7서클과 싸우지 않게 된 것도, 그녀의 검술을 보며 몇 가지 얻은 것도 고마웠다.

그러나 고맙다고 목숨까지 걸 이유는 없었다.

"어떻게 되어가고 있어?"

지붕 구석에 몸을 웅크리고 있는 게 지겨웠는지 로돈이 기어서 옆으로 다가왔다.

"곧 7서클과 저 여자의 싸움이 벌어질 거예요. 그러면 내려가서 저 해적처럼 줄을 타면 개미지옥 밖의 배에 도착할 거예요."

막 해적 한 명이 여자에 의해 기절한 사람을 어깨에 들쳐 메더니 줄을 타고 탈출하고 있었다.

"으~ 오늘 이후로 높은 곳이 싫어질 게 분명해. 근데 저 여자, 멀리서 봐도 몸매 죽인다."

"…그런 게 지금 눈에 들어와요?"

"역사학자가 말한 농담 중에 이런 말이 있어. 1년 굶으면 드레스만 입어도 예뻐 보이고, 2년 굶으면 할머니도 예뻐 보이고, 3년 굶으면 여자 유골만 봐도 예뻐 보인다고."

"…이런 상황에 농담이 나와요?"

"죽기 직전에 성욕이 가장 강한 법이잖아."

"네네, 제국의 역사학계가 어떤지 대충 알겠네요. 아! 시작 전이에요. 준비하세요."

여자와 한편인 듯한 얼굴이 반쯤 수염으로 덮인 사내의 중단전이 빛나는 걸 보니 전투가 시작될 것 같았다.

뒤로 물러나 사람들에게 말했다.

"내려가면 제 뒤를 바싹 뒤따라 쫓아와요. 저들은 서로 싸우느라 우리에게 신경 쓰지 않을 거예요.

지지직! 쾅!

싸우는 소리가 들리자마자 할아버지를 업고 지붕에서 뛰어내렸다.

첨탑만큼은 아니더라도 상당한 높이었기에 플라잉을 썼다. 이어 암흑 마법을 이용해 일행들을 내려주었다.

전혀 위협이 되지 않는다는 걸 보여주기 위해 천천히 걸어서 접근했다.

맨 처음 7서클 마도사가 날 흘끗 봤지만 예상대로 여자와 싸우느라 신경 쓰지 않았다.

"저기 죄수들이 도망간다!"

이어 몇 명 남은 간수가 우릴 보고 소리를 질렀지만 그들과 우리 사이에서 벌어지고 있는 흉흉한 싸움 때문에 입만 떠들 뿐이었다.

"이걸 허리에 차고 꼭 채우세요. 조금 전에 잘못 채워서 떨어진 사람만 십여 명이었어요."

바닥에 널려 있는 탈출 도구를 주워 허리에 차는 법을 보여 주었다.

일행들은 떨어져 죽기는 싫은지 몇 번을 확인했다.

"누구부터 가실래요?"

"저부터 가겠습니다."

이번에도 절름발이가 먼저 손을 들었다. 그는 망설이지 않고 줄에 고리를 채우고 뛰어내리려 했다.

"위험!"

난 재빨리 그의 옷을 붙잡았다.

"왜……? 아!"

해적선에서 줄을 푼 모양이었다. 팽팽하던 줄이 축 쳐졌다.

'젠장, 어쩐지 일이 잘 풀리더라니. 설마 저 두 사람을 놓고 갈 줄이야.'

잠깐 당황스러웠지만 곧 새로운 방법을 생각해 냈다. 차선이긴 했지만 간수들의 배를 이용하기로 했다.

"저기 승강기에 모두 오르세요. 할아버지도요."

"넌 어쩌려고?"

"아까 보셨잖아요. 전 아무리 높은 곳에서 뛰어내려도 죽지 않아요."

엔트 할아버지는 내가 생각하는 바를 알았는지 머뭇거리셨
는데 내 설명을 듣고 안심하는 듯했다.

"서둘러요! 저 두 사람은 얼마 버티지 못해요. 밑에 내려가
면 배에 타고 있되 절대 출항하면 안 돼요. 정확한 타이밍을
모르면 아까 그들처럼 무조건 침몰이에요."

다급해졌다.

먼저 두 명을 상대하고 있는 수염 난 사내가 무너지기 일보
직전이었다.

승강기에 모두 오른 것을 보고 승하강 휠로 달려갈 때였다.

'펑!' 하는 소리와 함께 사내가 나뒹굴었다.

"앗! 저자는! 저, 절대 놓치지 마라. 놓치면 우, 우리 모두 죽
음이다."

쓰론 남작이 승강기를 바라보며 외쳤다.

쓰론 남작과 간수들이 달려오는 걸 보고 바로 승하강 휠의
고정 고리를 풀었다.

드드드드드드드!

휠이 돌면서 승강기는 내려가기 시작했다. 다행히 제어 장
치가 있어 굳이 붙잡고 있을 필요가 없었다.

'바로 절벽으로 뛰어내린다!'

달려오는 놈들보다 내가 절벽에 이르는 것이 가까웠기에 문
제없었다.

뒤를 돌았다. 한데 이미 승강기를 타고 내려가고 있어야 하는 사람이 승강장에 서 있었다.

"…하, 할아버지!"

아연질색하고 할아버지에게 달려갔다. 그런데 그는 뭐에 홀린 듯 마도사와 여자가 싸우는 곳으로 걸어가고 있었다.

"승강기에서 왜 내리셨어요?"

"…미안하구나, 아우스. 한데……."

길게 얘기할 수 없었다. 쓰론 남자가 청년의 중단전이 빛을 내고 있었다.

"좀 있다 얘기해요. 꽉 잡으세요. 뛰어내릴……!"

할아버지를 안으려 했는데 그는 거부했다. 오히려 달려가려는 듯 속도를 높이고 있었다.

"도대체……."

"아! 안 돼! 에리안!"

할아버지는 여자를 향해 손을 뻗으며 소리쳤다.

'설마 여자가 할아버지를 구하러 온 건가?'

시선을 여자에게 돌렸다.

무리하게 방어와 공격을 하던 그녀는 하단전이 비어 바닥에 넘어져 있었는데 기회를 잡은 마도사는 십여 개의 다양한 마법을 그녀를 향해 발사하려 하고 있었다.

죽음을 직감했는지 그녀는 고개를 돌렸고 그 순간 얼굴이 보였다.

"…에리카?"

순간 여러 가지 생각이 떠올랐지만 중단전이 먼저 움직였다.

"중첩 쉴드! 중첩 쉴드!"

할아버지를 움직이지 못하게 하고 쓰론 남작 쪽의 공격을 막기 위해 쉴드를 친 뒤, 암흑 마법을 이용해 에리카를 잡아서 내 쪽으로 당겼다.

콰쾅! 콰콰콰쾅!

난 좌우로 두 사람을 붙잡고 폭발로 인해 시야가 가려졌을 때 적들과의 거리를 벌렸다.

"…할아버지! 아우스?"

"저, 정녕 에리안이냐?"

"네, 할아버지! 저 에리안이에요."

"에리안! 네, 네가 여긴 왜?"

감동스러운 순간이었다. 한데 당장에라도 포옹을 할 줄 알았던 이들이 고개만 돌리고 버둥대고 있었다.

아! 내가 아직 두 사람을 붙잡고 있었다.

감싸고 있었던 할아버지의 허리와 붙잡고 있던 에리카, 아니, 에리안의 …가슴을 놓아주었다.

"쿨럭! 미, 미안. 뱃살인 줄 알았어."

"……."

"……!"

감동스러운 분위기가 어색해졌다. 다행히(?) 마도사가 나서서 직면한 현실을 가르쳐 주었다.

"도망가는 걸 모른 척해줬으면 조용히 떠날 것이지. 감히 내 일을 방해해?"

마도사는 짜증이 났는지 콧볼을 실룩댔다.

"아! 미안합니다. 그럼 계속 못 본 척하고 하던 일이나 계속 해요. 우린 이만 가볼게요."

"하! 입을 찢어버리고 싶을 만큼 귀여운 놈이구나."

"하하! 화의 근원이 입이라고 했는데. 조용히 아가리 닫고 갈게요."

"언제까지 그렇게 이죽거리는지 보자."

에리안에게 하단전 마나를 채울 수 있는 시간을 주려 했는데 켈베로와 달리 참을성이 없는 늙은이였다.

난 두 사람을 암흑 마법을 이용해 뒤로 보낸 후 준비 자세를 취했다.

한데 당장 공격할 것 같던 마도사는 쓰론 남작의 속삭임에 시선을 바다 쪽으로 돌렸다.

"밑에 있는 놈들은 개미지옥을 못 벗어날 터이니 저 해적선부터 처리하지."

그의 머리 위쪽에 일반 파이어 볼보다 3배는 큰 3중첩 파이어 볼이 생성됐다.

"안 돼! 막아야 해!"

검을 들고 일어나려는 에리안을 투명 손으로 못 움직이게 만들었다. 마나가 없는 상태에서 아까와 같은 기술을 쓴다면 병자만 한 명 추가될 뿐이었다.

"젠장! 눈으로만 본 건데 될지 모르겠다."

마도사는 3중첩 파이어 볼을 항해 중인 해적선을 향해 쏘았다.

중단전을 돌려 아까부터 들고 있던 부러진 검 끝에 한 가지 마법을 걸었다. 그리고 그 마법이 실행되려는 찰나 하단전 마나를 보내 새파란 마나—흉내 내기 검강—를 덧씌웠다.

"한 가지 다행인 점은 크기가 크다는 건가, 하압!"

3중첩 파이어 볼의 속도와 방향을 계산해 진행된 방향으로 검을 던졌다.

절벽을 넘어 바다로 향하던 파이어 볼을 빛처럼 날아간 검이 관통을 했다.

파이어 볼은 잠시 부르르 떨더니—내가 보기에—가벼운 빛의 폭발과 함께 자연의 마나가 되어 사라졌다.

하단전의 새파란 마나가 뚫고 중단전의 마법, 디스펠이 핵에 들어가 마법을 풀어버린 것이다.

사실 6서클 마법인 디스펠이 상위 마법인 7서클 마법을 사라지게 만드는 건 불가능했다. 아마 더해진 하단전 마법과 함께하며 만든 기적이리라.

마도사는 봉목이 찢어져라 크게 뜬 눈으로 날 바라보았다.

"그런 뜨거운 눈빛은 저기 거시기가 뭉개져 죽어 있는 엠블에게 보내세요."

"…다시 해보아라."

마도사의 주변으로 다시 마나가 모이기 시작했다. 다시 생
성되는 샛노란 태양 같은 파이어 볼. 한데 마보세의 감각으로
전혀 엉뚱한 곳에 또 다른 마법이 생성되는 게 느껴졌다.

"토네이도!"

절벽 밑에 생성되기 시작한 토네이도는 배를 향했고 파이어
볼은 이젠 거의 수평선에 이른 해적들에게 향했다.

"오크 똥구멍에 낀 콩나물 같은 새끼! 짜증 나게 하고 지랄
이야!"

마법이 그의 손을 떠나는 순간, 간수들이 쓰는 검을 향해
손을 뻗었다.

자석에 이끌린 쇠처럼 날아와 양손에 잡혔다.

양손으로 중단전의 마나를 보내는 것은 합성 마법을 사용
하던 나에겐 쉬운 일. 디스펠을 양쪽으로 보낸 후 이어 새파
란 마나를 씌웠다.

자세를 잡을 시간도 부족했다. 계산을 끝낸 나는 거의 무의
식에 가깝게 암흑 마법을 사용해 두 개의 검을 두 개의 마법
을 향해 보냈다.

곧장 날아가던 검 중 하나는 유려하게 아래로 내려가 토네
이도의 중심에 꽂혔고, 나머지 하나는 배를 향해 절반쯤 간
파이어 볼을 꿰뚫었다.

"또 해봐."

난 두 자루의 검을 손에 쥐고 6서클이 사용할 수 있는 최대 개수인 3개의 투명 손을 이용해 검들을 주변에 띄워둔 후 말했다.

"……."

"스승님!"

마도사라고 마나가 무한은 아닌 모양이었다. 그는 어지러운지 잠깐 비틀댔다.

절호의 찬스라고 생각하고 공격을 하려는데 쓰론 남작과 청년이 그를 막고 섰다.

'늦었군.'

잠깐 주춤하는 순간 주변의 마나가 그의 몸으로 몰려 들어갔다.

"도대체 어떻게 한 거야?"

4분의 1쯤 마나를 채운 에리안이 다가왔다.

"뭘?"

"조금 전에 한 거."

"아하~ 결단코 뱃살인 줄 알았다니까. 설마 내가 위급한 상황을 이용해 저급한 짓을 했다고 생각하는 거야? 참고로 얘기하는데 난 큰 걸 좋아해."

"…네 가슴… 취향을 묻는 게 아니라 마법을 소멸시킨 걸 묻는 거야."

"쿨럭! 퉤! 그건 나도 궁금하오."

덥수룩하게 수염 난 사내가 정신을 차렸는지 다가와 피를 뱉으며 말했다.

"살아 있었습니까?"

"급소를 피했… 젊은 친구가 말 돌리는 실력이 어지간히 좋군."

"예의상 물어본 것뿐입니다. 에리안, 너도 할 줄 알잖아? 네가 하는 걸 보고 대충 이런 식으로 하면 되겠다 싶어 해봤어."

"내가 하는 걸 보고 할 수 있게 되었다고? 너 천재였구나?"

"에이~ 그 정도로 천재라니. 진짜 천재는 그런 방법을 만들어낸 네가 천재지."

"아니. 천재 맞소. 이 아가씨가 마법을 소멸시킬 수 있었던 건 갈린이라는 마법검 때문이었소."

"이분 말이 맞아. 어릴 때 할아버지가 사준 이 검의 능력이야. 일반 검으로는 불가능해. 이제 말해봐. 어떻게 한 거지?"

"말해보시오."

난 두 사람의 얼굴을 본 후 고개를 돌려 마도사가 있는 곳을 보았다.

"듣는 사람이 많군요. 우연일 테니 이제 그만 수다 떨고 결정을 보죠."

"아! 저들을 잠깐 잊고 있었소. 이번엔 우리 편에 천재가 합류했으니 아까보단 편하겠군."

"평범한 난 이번에 좀 쉬운 상대를 맡을게."

사내는 청년을 향해, 에리안은 쓰론 남작을 향해 검을 겨누며 섰다.

"쳇! 천재라는 말은 저 괴물 같은 양반을 내게 맡기려고 한 띄워주기였군."

겉으로는 태연한 척했지만 툭 치면 끊어질 정도로 긴장의 끈을 바싹 조이고 있었다.

사실 에리안과 사내와 얘기할 때 위스퍼 마법으로 그들에게 어떻게 할지 얘기를 나누었다.

마법사가 아닌 에리안이 어떻게 얘기를 할 수 있는지 궁금했는데 하단전 마나를 이용해 위스퍼 마법과 비슷한 효과를 내었다.

[명심하세요. 쓰론 남작을 죽이고 청년만 남게 되면 볼모로 잡을 겁니다. 그리고 그 순간 최대한 빨리 할아버지를 데리고 밑으로 내려가 배를 타세요. 13분 후! 그 순간을 놓치면 1시간을 더 기다려야 해요.]

"좋아! 시작해 볼까."

사내는 내 위스퍼에 대답을 하며 청년에게 마법을 날렸고 그게 신호로 나는 마도사를 향해 달려갔다.

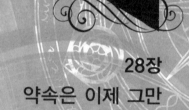

28장
약속은 이제 그만

　대량 살상 마법을 무력화시킬 수 있다고 해서 7서클 마법사와 대등하게 상대할 수 있을까?

　대답은 당연히 'No!'다.

　아까 슬쩍 도망갈 때 에리안과 싸우는 모습을 봤는데 그는 결코 엄청난 기술을 쓰지 않았다.

　끊임없이 생성되는 3서클 마법에 종종 4, 5서클 마법을 섞어 사용해 순식간에 에리안의 하단전을 비게 만들었다.

　고로 내가 할 일은 확실했다.

　마나 관리를 하며 인질을 붙잡을 때까지 최대한 버티는 것이었다.

디스펠이 걸린 검을 휘둘러 여덟 개의 3서클 마법을 무력화 시켰다. 하지만 숨 돌릴 틈도 없이 좌측으로는 네 개의 윈드 커터가 그물 모양으로 다가왔고 위, 우측, 뒤쪽으로 파이어 볼 과 매직 미사일이 촘촘히 날아왔다.

"디스… 쉴드!"

범위형 디스펠을 쓰려다 마나를 생각해 좌측으로 쉴드를 두르고 옆으로 몸을 날렸다.

텅! 콰콰콰! 콰쾅!

윈드 커터와 쉴드가 부딪히는 소리가 들리고 방금 있었던 암석 바닥이 수많은 마법으로 인해 움푹 파였다.

'놈의 목을 베어버려.'

방어만 하고 있지 않았다.

공격이 떨어지고 새로운 마법이 생성되는 아주 짧은 순간 을 이용해 검을 휘둘렀다.

물론 주변에 떠 있던 세 개의 검 역시 목과 심장 등 주요 부위를 베어갔다.

"슬라이드! 디스펠!"

그는 미끄러져 뒤로 물러났고 이어 뒤쫓아 가는 검들을 향 해 디스펠을 사용했다.

툭! 툭! 툭!

힘없이 떨어지는 세 개의 검.

디스펠은 시전자가 일정 영역의 마나를 일순간 동결시키는

마법으로 시전자 주변에 펼치면 그 역시 6서클 이하의 마법은
사용할 수 없었다.

'물론 아주 짧은 순간에 불과하지만……'

마도사는 어느새 다시 십여 개의 마법을 만들어 주위에 띄
워놓고 있었다.

"네놈이 대단하다는 건 인정해야겠군. 한 눈을 감고 있는
건 어떤 의미가 있나?"

"이 양반, 인정해 주는 김에 호칭도 좀 바꾸지. 놈이 뭐요, 놈
이. 그리고 한 눈을 감은 건 댁에게 핸디캡을 주기 위함이야."

알아서 시간을 끌어준다는데 마다할 이유가 없었다.

"하하! 핸디캡이라. 무슨 생각으로 시간을 끌고 있는지 모
르지만 네놈 생각대로 안 될 거다."

"글쎄, 그건 두고 볼 일이지, 마도사 양반. 이번엔 내가 먼저
갈게."

혹시나 우리의 계획을 알아차릴까 봐 발을 박차고 번개처
럼 그를 찔러갔다.

까깡!

웬만큼 마나를 주입하지 않으면 그의 쉴드를 뚫지 못했다.
물론 검에 디스펠을 걸면 되지만 그래선 마나 소모에 있어서
수지 타산이 맞지 않았다.

'하단전 마나로.'

순간적으로 끌어 올린 새파란 마나가 그의 쉴드를 파고들

때였다.

'이제 뽑아둔 마법들이 나에게 몰려들겠지. …어라?'

절반은 나에게로 절반은 사방으로 튀었다.

"할아버지! 이 빌어먹을 놈이!"

"너 따위가 나에게 핸디캡을 줄 필요가 없다는 걸 보여주기 위함이다."

마법은 내 편이라 할 수 있는 세 사람을 향해 날아갔다. 두 사람은 어떻게 막는다지만 할아버지는 불가능한 상태.

하나의 검에 디스펠을 걸어 할아버지에게로 날아가는 마법을 향해 보냈다.

다행히 늦지 않게 막을 수 있었다.

"쯧쯧! 늙은이를 구하기 위해서 나에게서 눈을 떼다니 어리석군."

아차! 하는 순간 수많은 마법이 쏟아졌다.

"중첩 쉴드!"

온몸에 쉴드를 둘렀고 마법이 그 위를 폭격했다.

중첩 쉴드에 3서클 마법이 부딪힐 때마다 몸이 흔들릴 정도의 충격이 함께했다.

"언제까지 그 속에 숨어 있나 볼까?"

놈의 미간 부근 상단전이 밝아졌다.

그와 대결을 하면서 5서클 이상의 마법을 사용할 때 상단전이 빛난다는 걸 알 수 있었다.

'나? 할아버지? 할아버지 쪽이다!'

난 위험을 감수하고 쉴드를 풀었다. 그리고 발로 마나를 분출해 자리를 벗어나며 할아버지 쪽으로 다시 검을 보냈다.

퍽! 퍼퍽!

엔트 할아버지가 있는 곳에 파이어 월이 일어나는 걸 막을 수는 있었지만 내 공격까지 막는 건 힘들었다.

세 방의 매직 미사일을 막고 바닥을 뒹굴었다.

하단전 마나를 둘렀기에 다행이지, 아니었으면 꿰뚫렸을지도 몰랐다.

'큭! 갈비뼈가 부러졌군. 이대론 안 돼. 놈이 할아버지에게 신경을 쓰지 못하도록 해야 해.'

바닥을 굴러서 이어지는 마법을 피한 난 자세를 잡으며 뒤춤에 넣어뒀던 한 쌍의 합성 마법패를 띄웠다.

한 자루의 검과 할아버지가 만들어놓은 한 쌍의 금속 마법패가 새파란 마나를 두른 채 그에게 날아갔다.

"표창인가? 그래그래, 그 정도는 되어야 싸울 맘이 생기지."

들고 있던 검에도 새파란 마나를 두르고 그를 공격해 갔다.

그도 새파란 마나는 두려운지 아까와 마찬가지로 슬라이드를 사용해 멀찍이 떨어졌다.

'지금이다!'

투명 손을 이용해 거리를 조금 떨어뜨리고 마법패를 그에게 쏘았다.

"훗! 시간 차 공격인가. 하지만 헛수고야! 디스펠!"

난 그의 상단전이 빛나는 순간, 잠깐 시간을 두고 블링크를 펼쳤다. 그리고 디스펠에 걸려 떨어지고 있는 마법패를 잡고 그대로 붙였다.

"무슨 짓……!"

콰앙!

떨어져 있다고 안심하고 있던 그는 예상치 못한 합성 마법을 그대로 맞았다.

난 멈추지 않았다. 마법패를 뗐다가 다시 붙이기를 반복했고 두 번의 폭발이 다시 일어났다.

"…독한 양반이군. 그 짧은 순간에 프로텍트를 펼치다니."

프로텍트는 7서클 방어 마법. 6서클 마법을 웃도는 합성 마법이라고 해도 흠집을 내지 못했다.

다만 그는 첫 번째 공격을 완전히 막지는 못했는지 머리와 옷이 타고 얼굴엔 상당한 화상을 입었다.

그를 상처 입혔다지만 전혀 기쁘지 않았다.

살기가 마치 샤워 후 수증기처럼 모락모락 피어오르고 있었기 때문이었다.

"성질만 돋운 꼴이네."

프로텍트가 사라지고 그의 상단전이 다시 한 번 반짝였다.

그와 함께 머리와 옷을 제외하곤 원래대로 돌아왔다.

역시 7서클 마법인 리커버리.

"모두 죽여 버리겠다!"

그는 상처 입은 야수처럼 울부짖었다.

"쳇! 어차피 살려줄 생각도 없었잖아. 무슨 되도 않는 소릴."

그는 말 대신 행동으로 보여주겠다는 듯 십여 개의 마법을 소환했다.

"속은 영감일 텐데 힘도 좋아."

난 자세를 취했다.

"이번에도 막아보아라!"

마법 전부가 내게 아닌 엔트 할아버지에게 향했다. 세 번 공격한 것에 대한 앙갚음인지 두 번 반복했다.

"미친……!"

들고 있던 검을 일단 던졌다. 연이어 널브러진 두 자루의 검을 투명 손으로 던졌다.

그리고 달리기 시작했다.

"큭큭! 달려가 봐야 늦었어. 시간 차 공격이니 설령 첫 번째 디스펠을 성공한다고 해도 마찬가지고."

그는 복수를 했다는 듯 키득거리며 웃었다.

맞다. 내가 던진 검은 한참 늦었다.

한데 그는 나에게 당한 것에 화가 나서 잊고 있는 게 있었다. 그의 공격을 막을 수 있는 사람이 한 명 더 있다는 것을.

수십 개의 마법이 할아버지에게 떨어졌지만 폭발음은 없었다. 그저 폭발음도 피해도 일어나지 않는 빛의 폭발만 있을 뿐이었다.

빛이 가신 곳엔 에리안이 서 있었다.

"……!"

웃고 있던 마도사는 폭발음이 들리지 않자 그제야 주변을
살폈다.

쓰론 남작은 심장이 뚫려 죽어 있었고 그의 제자는 오른쪽
어깨와 왼쪽 다리에 검을 꽂고 바닥에서 옴짝달싹하지 못하
고 있었다.

또한 세 번째 던진 검은 그의 심장 위를 왔다 갔다 하고 있
었다.

사실 내가 던진 검은 할아버지를 구하기 위해 던진 것이 아
니라 그의 제자를 잡기 위함이었다.

"그 자리에서 움직이면 당신 제자는 죽어."

난 그의 제자 옆에 서서 말했다.

"인질을 잡을 생각하다니… 완전히 당했어."

"힘없는 노인을 공격하는 이도 있었으니 비겁하다느니 치사
하다느니 서로 얼굴에 침 뱉는 소리는 말아."

"죽고 사는 데 그딴 게 대수라고. 원하는 건 고이 보내달라
는 거냐?"

"물론."

그가 그냥 보내줄 거라곤 생각하지 않았다. 그저 할아버지
가 배에 오를 시간만 벌면 됐다.

[뒤쫓아 갈 테니 어서들 가요!]

싸우기 전에 얘기를 해뒀던 것이라 에리안과 사내는 할아버지를 데리고 절벽으로 향했다.

"맞아. 당신이 누군지 모르겠지만 사실 우릴 죽여봐야 이득이 있는 것도 아니잖아? 안 그래, 친구?"

난 고통을 참느라 쥐죽은 듯 누워 있는 청년의 어깨를 툭 쳤다.

"악! 악! 스, 스승님, 살려주세요!"

살려달라고 소리치라는 신호나 다름없었고 그는 성실히 이행했다.

"…가슴 아프군."

"우리가 떠난 다음에 리커버리 한 방이면 깨끗해질 테니 너무 가슴 아파하지는 마."

고민하는 듯 고개를 숙이고 있던 마도사는 사내가 할아버지를 등에 업고 에리카를 안은 채 막 뛰어내리려는 순간 고개를 들며 말했다.

"아니, 나를 협박 따위가 통할 사람으로 봤다는 게 가슴 아프다는 얘기야."

"……!"

살기에 번들거리는 눈. 그는 제자의 안위 따윈 관심도 없었다.

"내가 도와주지."

그의 중단전이 빛났다. 그리고 청년이 있는 자리에 불길이 일어났다.

"으아아아아!"

불이 붙은 청년은 검이 어깨와 다리에 박혀 있다는 것도 개의치 않고 몸부림을 쳤다.

"…개자식!"

설마 그가 불태워 죽일 줄은 정말 꿈에도 몰랐다. 고통에 몸부림치는 청년의 심장에 검을 꽂았다.

한데 깜짝 놀라서 주춤하는 사이 마도사는 절벽을 향해 뛰고 있었다.

"아! …빌어먹을! 협박범이 놀란 꼴이라니."

마도사가 먼저 가면 어떤 일이 벌어질지 빤했기에 발바닥으로 마나를 최대한으로 내뿜으며 달려갔다. 하지만 블링크로 이동한 그가 빨랐다.

난 바로 뛰어내리지 못했다. 무작정 뛰어내려 봐야 앞서 뛴 세 명과 같은 꼴을 당할 게 분명했다.

'줄!'

탈출로로 쓰였던 줄이 보였다.

게다가 마침 아까 차는 법을 보여준다고 매어뒀던 고리가 옆구리에 끼여 달랑거렸다.

재빨리 줄을 잡고 꼬아서 고리에 끼웠다.

'설마 이렇게 써먹을 줄이야.'

서커스를 하며 돌아다닐 때 하강을 조절할 수 있게 매듭

맺는 법을 배웠었다.

일단 일행과 마도사의 위치를 확인했다. 플라잉 마법을 사용하여 내려가고 있는지 아직까지 3분의 1 정도 내려간 상태였다.

난 허리춤에 전격 마법이 그려진 합성패와 검을 마도사의 위쪽에 띄워놓고 절벽을 밟아 뛰어내려 갔다.

"디스펠!"

마도사는 에리안이 막을 것을 생각해 플라잉으로 내려가고 있는 세 사람의 발밑에 마법을 걸었다.

사내는 마나를 더욱 사용하는 듯 보였지만 두 사람을 안고 업은 상태에선 소용없는 짓이었다. 디스펠의 영역에 닿는 순간 아래로 뚝 떨어졌다.

당황한 세 사람의 얼굴이 보였다. 에리안이 뭔가 수를 써보려고 듯 움직이려 했다.

"그대로 있어요오오오오~"

떨어지는 힘에 달리는 힘을 더해 따라잡았다.

손이 닿을락 말락 한 거리.

마도사 쪽의 마나가 움직이는 것이 마법을 사용할 모양이었다.

덥석! 잡았다!

오른손으로 줄을 잡은 채 왼손으로 사내의 엉덩이를 감싸 안았다. 순간 오른손이 떨어져 나갈 듯한 무게감이 전해졌고 부러진 갈비뼈 부근에서 칼에 찔린 것 같은 통증이 올라왔다.

"큭! 플라잉! 디스펠!"

플라잉으로 속도를 줄여 오른손에 가해지는 부담감을 줄였고 바로 우리를 향해 날아오는 마법을 방어하기 위해 디스펠을 걸었다.

그러나 마법 공격은 디스펠이 사라지는 순간을 노리고 다시 날아왔다.

그러나 디스펠은 내가 건 플라잉 마법도 풀었기에 우린 이미 아래로 내려가고 있었다.

머리 위에서 마법이 터지며 돌가루가 눈처럼 날렸다.

"아저씨! 플라잉 마법을 걸어요!"

속도를 주체 못 하게 될 때쯤 사내에게 외쳤다.

"미안하오. 중단전이 비었소."

"어쩔 수 없네요. 플라잉! 디스펠!"

절벽을 무사히 내려간다고 해서 위험이 사라지는 것은 아니었다. 그래서 아슬아슬하게 남은 중단전의 마나를 가급적 아끼려 했는데 도와주질 않는다.

일단은 절벽을 내려가는 것이 우선이었기에 깔끔하게 써버렸다.

"크으~ 거의 다 왔는데!"

엄청난 마나 유동이 느껴졌다. 내 마나가 떨어졌진 것을 알았을까. 마도사는 7서클 광역 마법을 사용했다.

사실 나의 특이 체질 덕분에 마나가 다 떨어지면 알아서 절반쯤 차올랐다. 한데 약간의 시간이 필요했는데 그 틈에 마법이 날아왔다.

"할아버지는 내가 맡을 테니 각자 알아서 살아요!"

제법 내려왔지만 아직까진 엑스퍼트라 해도 최소 두 다리는 부러질 정도의 높이였다.

그러나 이대로라면 모두 죽을 게 분명했다.

막 손을 놓으려 하는데 갑자기 한 사람 몫의 무게가 사라지는 게 느껴졌다.

잊고 있었다.

7서클 마법을 무력화시킬 수 있는 제법 봉긋한 뱃살을 가진 숙녀가 있다는 걸.

에리안은 공중에 뜬 채로 아름다운 그림처럼 마법검을 휘둘렀다.

이글거리며 다가오던 태양은 다시 한 번 사라지는 수모를 겪었다.

마침내 우린 무사히 절벽 아래에 도착할 수 있었다.

물론 위험이 사라진 건 아니었다.

마도사는 얼굴을 잔뜩 꾸긴 채 우리와 제법 떨어진 곳에 사뿐히 내려앉았다.

"아저씨는 할아버지를 데리고 얼른 배로 가요. 여긴 우리 둘이 맡을게요."

통로가 열리기까지 3분이 채 남지 않았다.

에리안은 마도사가 배를 공격하지 못하도록 거리를 두고 섰다.

으드득!

"이 벌레 같은 놈들! 과연 이것도 없앨 수 있는지 두고 보자."

그의 상단전이 새파랗게 빛났다.

"조심해. 지금까지완 다른 7서클 마법이야."

3중첩 파이어 볼과 토네이도를 사용할 때완 달랐다.

'어디냐?'

에리안에게 경고를 해주고 마보세로 주변에 마나의 유동 변화가 생기는 곳을 찾았다.

한데 마나의 유동이 그가 서 있는 곳 좌우로 열 곳에서 일어났다.

"6서클 임페르노야! 그것도 열 곳에서 동시에 일어나고 있어!"

임페르노는 6서클임에도 7서클 프로텍트도 녹여 버릴 만큼 강력했다. 그러나 그저 직선으로 불을 뿜는 단순한 마법이기 때문에 옆으로 피하거나 2미터 이상 높은 곳에서 불이 지나가길 기다리면 피할 수 있었다.

한데 마도사는 그 단순한 마법을 이용해 파훼할 수도, 피할 수도 없게 만들었다.

나나 에리안은 그저 절벽에 기어오르면 됐다. 그러나 배로 향해가고 있는 사내와 할아버지, 그리고 탈출할 배는 임페르노를 피할 수 없었다.

"내가 없앨 수 있는 건 두 개야. 넌?"

"…나?"

막 마나가 차오르고 있었다. 지금의 마나라면 두 개쯤 없앨 수 있었다. 그러나 검이 없다.

줄을 타기 전에 암흑 마법으로 공중에 띄워뒀는데 마나가 완전히 떨어지면서 연결이 끊어진 상태였다.

그리고 검은… 지금 하늘에서 떨어지고 있었다. 바로 마도사의 머리 위로.

"…전부."

"뭐?"

"어쩌면 전부 없앨 수 있다고!"

암흑 마법의 투명 손은 내 마나와 연결되어 있다. 그럼 그 연결선으로 라이트닝과 워터 볼을 생성시킬 수 있는 마나를 보낼 수 있지 않을까?

중단전이 돌면서 세 개의 투명 손이 공중으로 올라갔다. 그리고 한 개의 손으로 떨어지는 마법패 두 개를 잡아챘다.

그 순간, 두 개의 투명 손이 마나가 되어 마법패로 스며들었다.

번쩍! 지지지지지직!

번개 공격을 받자 막 불을 뿜으려던 임페르노가 흔들렸다.

"이번엔 제발 죽어, 이 빌어먹을 자식아!"

번쩍! 지지지지지직! 번쩍! 지지지지지직!

연이은 번개 합성 마법이 펼쳐졌고 마침내 임페르노가 완전히 사라졌다.

"마지막으로 한 방 더 먹어!"

투명 손 세 개로 이번엔 검을 잡았다. 그리고 그대로 아래로 내리꽂았다.

새까맣게 변한 마도사의 왼쪽 어깨에 검날이 절반쯤 박혔다. 그는 뻣뻣한 자세 그래도 앞으로 쓰러졌다.

"…네가 7서클 마도사인 사이팀을 쓰러뜨렸어."

"내가 아니라 우리가 쓰러뜨린 거지. 근데 저 양반 이름이 사이팀이었어?"

"사이팀 B 론첸 백작. 20년 전에 7서클에 오른 천재 마법사! 라고 저 아저씨가 말하더라고."

"천재는 개뿔. 제자를 자신의 손으로 불태워 죽인 쓰레기지. 가자! 이제 1분도 남지 않았어."

우리는 얼른 뛰어가 배에 올랐다.

"아우스, 살아왔구나! 죽은 줄 알고 얼마나 조마조마했는데."

"놈은?"

"죽었어요. 확인은 못 했지만. 얘기는 좀 이따가 하기로 해요. 일단은 탈출이 급해요."

로돈은 휠 모양의 핸들을 만지고 있었다.

"로돈, 지금 당장 출발시켜야 해요."

"그래야 하는데 이거 아무래도 락이 걸려 있는 것 같아. 아까부터 마나를 주입해 봤는데 움직이지 않아. 중단전의 마나가 필요한지도."

휠 모양의 핸들 가운데 마법진이 있었다.

"잠깐만요."

마법진에 손을 올리고 마나를 흘렸다. 그리고 눈을 감고 마법진이 어떻게 작동되는지를 살폈다.

무작정 마나를 넣는다고 되는 것이 아닌 방향을 바꿔줘야 하는 마법진이었다.

'이쪽으로 흘려보내면 되는군.'

철컹!

자물쇠가 열리는 소리와 함께 핸들이 움직였다.

"손을 한 번씩 댈 때마다 속도가 올라가요. 총 5단까지 있어요."

"줄이려면?"

"5단에서 한 번 더 하면 돼요."

"오케이! 어떻게 가야 하는지 가르쳐 줘."

그가 2단을 넣자 배는 서서히 선착장을 벗어나 가기 시작했다.

"저쪽 암초에서 30도 정도 좌측으로 가다가 다음 암초에서 다시 20도 우측으로, 그다음엔 직진이에요."

개미지옥을 절반쯤 빠져나왔다. 지금 이대로라면 시간적으로 볼 때 아슬아슬하게 통과할 것 같았다.

"입력 완료. 좀 쉬어라. 많이 피곤해 보인다."

"아무래도 그래야겠어요."

실제로 켈베로와 대결한 이후로 많은 시간이 흐르지 않았다. 하지만 90년이 넘는 인생 동안 장담컨대 가장 긴 하루였다.

뱃머리에서 에리안이 할아버지와 얘기를 하며 혹시 모를 일에 대비를 하고 있었기에 안심하고 바닥에 누웠다.

드드! 드드드드!

'⋯뭐지?'

그때 아주 약한 떨림이 몸에 전달됐다. 파도로 인한 흔들림인가 싶어 신경을 끄려는데 다시 떨림이 느껴졌다.

눈을 뜨고 일어나 에리안을 향해 물었다.

"혹시 떨림 느꼈어?"

"무슨 떨림? 아! 느껴져."

"나도! 나도 느껴져."

말하는 사이 모두가 느껴질 만큼 떨림이 커졌다.

'뭔가 잘못됐어.'

눈을 감았다. 마보세로 일대를 살폈다.

선창장에 상단전이 새파랗게 빛나는 인형이 보였다.

'헐! 그런 상태에서 살아 있다는 말인가. 무슨 좀비도 아니고. 근데 도대체 무슨 마법을 사용하는 거지?'

그가 마나를 빨아들이는 것을 제외하곤 어디에도 마나가

유동되는 곳이 없었다.

파도가 거세지고 배가 흔들릴 정도로 떨림이 커졌다.

'설마……'

뭔가 떠오르는 것이 있어 다시 두 눈을 감았다. 그리고 마보세로 땅속을 보았다.

사이팀의 마나 유동은 땅속에서 이루어지고 있었다.

'볼케이노! 미친 새끼, 다 같이 죽자는 거냐!'

볼케이노는 마나의 힘만으로 가능한 마법이 아니었다. 오로지 화산 지대, 특히 용암이 깊지 않은 지하에 있어야만 가능했다.

'용암이 마치 배를 쫓아오듯이 깨어나고 있어. 이대로라면 폭발에 휘말릴 게 분명해.'

자리를 털고 일어났다.

"왜? 무슨 일이 있는 거야?"

뱃머리로 가자 엔트 할아버지가 걱정스럽게 물었다.

"아니요. 지금 이대로 가면 개미지옥을 벗어나기 전에 탈출이 안 될 것 같아서 좀 밀어야 할 것 같아요."

"어쩌려고?"

"암초에서 밀면 돼요. 로돈, 직선이 되면 최대한 속도를 높여줘요."

그는 손을 들어 알았다고 답했다.

할아버지가 더 묻기 전에 암초로 뛰어내렸다. 배에 있을 때보다 흔들림이 더욱 컸지만 투명 손으로 배를 밀었다.

"라이트."

몸을 가볍게 한 후 발바닥으로 마나를 내뿜으며 다음 암초로 넘어갔다.

이제 남은 건 직선. 양옆으로 암초가 많아 다소 위험했지만 손으로도 밀 수 있다는 장점이 있었다.

'이대로라면…….'

"무슨 생각을 해?"

갑자기 옆에서 들리는 소리에 깜짝 놀라 돌아봤다. 에리안이었다.

"아무것도. 한데 왜 내려왔어?"

"나도 같이 밀려고. 뭐 해, 안 밀어?"

"으, 응."

우리는 암초를 뛰어다니며 배를 밀었다. 미는 도중에 에리안이 중얼거렸다.

"그때 왜 안 나왔어?"

"뭐가?"

"무도회 마지막 날."

"하아! 얘 봐라. 안 나온 사람이 누군데? 내가……."

"미안, 정말 나가고 싶었는데 발트란에 대한 정보를 얻게 되어서 어쩔 수 없었어."

내가 나왔나 확인하고 싶었던 모양이었다.

"괜찮아. 그냥 바람 쐬러 나간 거니까. 자, 다음으로 옮기자."

다음 암초로 우린 뛰었다.

"이해해 줘서 고마워. 근데 사이팀이 살아난 것 같지?"

거짓말을 할까 하다가 속이기엔 늦은 것 같아 순순히 대답했다.

"…눈치챘어?"

"대충. 마나의 흐름이 이상한 것도 있지만 네 얼굴에 심각한 일이 발생했다고 적혀 있었거든."

장난이라는 걸 알면서도 얼굴을 문지르게 된다. 한데 그녀가 눈치챈 것은 그뿐만이 아니었다.

"혼자 갈 생각 마. 나 역시 할아버지를 구하러 온 거니까."

"훗! 고생을 사서 하려고 하네. 나야 너 같은 실력자를 거부할 리가 없지."

"안 된다고 할 줄 알았는데 의외로 순순히 대답하네?"

"혼자 상대할 놈이 아니잖아."

"잘 생각했어. 로돈 씨에게 5분만 기다려 달라고 했으니 놈을 죽이고 함께 탈출하자."

"그래. 다음이 마지막이다."

마지막 암초를 지나 개미지옥을 완전히 벗어나자 배는 천천히 속도를 줄였다.

"자, 갈까?"

"응. 근데 잠깐만 네 검 좀 볼 수 있을까? 놈을 상대하려면 아무래도 네 검의 비밀을 알아두는 게 좋을 것 같아."

"능력이 된다면."

에리안은 순순히 검을 넘겼다.

난 검을 보는 척하다가 배를 향해 던져 버렸다. 기둥에 검이 꽂히자 배는 다시 움직이기 시작했다.

"뭐 하는 짓이야!"

"미안. 난 혼자 움직이는 게 편해. 그리고 놈의 공격 범위를 생각한다면 넌 배를 지키는 게 맞아."

투명 손으로 그녀를 옭아맨 후 공중으로 띄워 배 쪽으로 보냈다. 한데 그녀는 힘으로 대항하려 했다.

"부탁이야, 그러지 마. 놈과 싸우려면 힘을 비축해야 하거든. 그리고 할아버지가 자신 때문에 우리 둘 다 죽는다면 자결할지도 몰라."

"…좋아. 그렇다면 살아서 할아버지를 만나러 오겠다고 약속해."

"미안. 이젠 약속은 그만할래. 너무 피곤해. 만나서 반가웠어. 에리카, 아니, 에리안. 잘 가."

"절대 안 돼! 약속해. 약속하란 말이야아아아!"

어느새 멀어진 배까진 투명 손이 닿지 않았다. 그래서 배까지 던져 버렸다. 그녀의 마지막 말은 점점 멀어졌다.

"후후! 꽤 거친 작별 인사네."

그녀가 무사히 착지한 것을 보고 고개를 돌렸다.

"플라잉!"

서서히 떠오르는 몸. 순간 휘청하며 바다에 처박힐 뻔했지만 곧 자세를 바로 했다.

만약 개미지옥의 마나 흐름을 몰랐다면 절대 플라잉 마법을 사용하지 않았을 것이다.

섬의 안으로 당기는 힘이 있는 개미지옥의 마나 흐름에 몸을 맡겼고 선착장으로 빠르게 이동했다.

"쯧! 독한 인간, 그 와중에도 살아남다니."

초소 옆에 서 있는 사이텀을 확인하고 선착장 끝에 내렸다.

그의 몰골은 그야말로 엉망이었다. 서 있는 게 용했다. 검은 여전히 꽂혀 있었는데 특히 말끔한 중년인의 모습은 온데간데없고 주름이 쭈글쭈글한 노인이 되어 있었다.

"7서클이 되면서 얻은 힘이 아니었다면 죽었을 거야."

"그냥 때깔 좋게 죽을 것이지. 근데 죽으려면 혼자 곱게 죽지 꼭 화산까지 터뜨려야 속이 편한가?"

"왜 내가 죽을 거라고 생각하지? 네놈은 곧 죽게 되겠지만 난 텔레포트로 가장 가까운 아라 신전으로 가면 돼. 빈민 구제에 목숨을 거는 멍청한 놈들이지만 치료는 확실하거든. 수련이야 다시 하면 돼, 크하하하하!"

"글쎄, 내가 보기엔 마지막 불꽃을 태우는 것처럼 보이는데. 뭐, 알아서 해. 내 목표는 오직 하나, 네놈의 볼케이노가 배까지 닿는 걸 막는 것뿐이니까."

사실 반드시 하고 말겠다는 생각이 머릿속에 가득했지만 막을 자신이 없었다.

　중단전 마나는 4분의 1 정도 남아 있었고 하단전 마나 역시 그 정도뿐이었다.

　"해봐."

　"안 그래도 그럴 생각이었어."

　투명 손 세 개로 그의 어깨에 박힌 검을 노리며 내려쳤다.

　"프로텍트!"

　까깡!

　막혔다. 어차피 성공할 거라고 생각하지 않았다.

　지금은 그가 사용하고 있는 볼케이노를 멈추게 하는 게 우선이었다. 그러려면 움직이게 만들어야 했다.

　새파란 마나를 팔에 두르고 빠르게 접근했다.

　쾅! 쾅! 쾅!

　아무리 그가 마지막 불꽃을 태우고 있다고 하지만 볼케이노를 쓰고 있는 마당에 프로텍트를 계속 유지할 수 없었다.

　마나가 급속도로 비어갔지만 개의치 않고 계속 두드렸다.

　"내가 방어만 하고자 한다면 절대 뚫지 못해! 네 목숨보다 저들의 목숨이 중요한가? 죽음이 두렵지 않아?"

　"전혀. 죽음에 꽤 익숙하거든."

　부수지 못하면 죽겠다는 생각으로 때렸다. 어느 순간 하단전이 비며 두르고 있었던 새파란 마나가 사라졌다. 하지만 멈추지 않았다. 주먹에서 피가 나고 있었지만 개의치 않았다.

사실 주먹에서 나는 피가 문제는 아니었다. 부러진 갈비뼈가 내장을 찌르는지 입에서 삼키지 못한 피가 흐르고 있었다.

"멍청한 놈! 넌 절대 뚫지 못해, 하하하!"

거울이 있다면 그에게 보여주고 싶었다. 그의 금발은 백발이 되었고 주름은 조금 전보다 두 배나 늘었다.

'미쳤군.'

난 그가 제정신이 아님을 알 수 있었다. 몸의 마나가 모두 떨어질 때까지 볼케이노와 프로텍트를 유지할 거라 생각이 들자 차라리 편해졌다.

방어에 대한 생각을 버리고 오로지 치는 것에 집중했다.

퍽! 퍽! 퍽! 쿵! 쿵! 쾅! 쾅!

일념은 기적을 만들어냈다. 텅 비어 있다고 생각했던 하단전에서 새파란 마나가 머리로 치솟았고 머리 꼭대기에 있는 벽을 뚫었다.

콰앙! 쩌적!

드디어 프로텍트에 금이 갔다.

"하아아아아아압!"

온몸으로 퍼지는 희열을 기함으로 토해내며 투명하고 짙은 파란색의 마나가 감싼 주먹을 뻗었다.

파악!

세상 어떤 것보다 단단하다고 생각했던 프로텍트가 주먹이 닿는 순간 빛이 되어 사라졌다.

프로텍트를 없앤 주먹은 멈추지 않았다 그리고 마침내 사이텀의 가슴을 때렸다.

퍼억!

사이텀의 가슴 부근이 그대로 뚫렸다.

"……"

잠시 부르르 떨던 사이텀은 눈을 감고 그대로 쓰러졌다.

구구구구구구궁!

땅이 뒤집히는 듯한 소리가 들렸다.

그가 죽었다고 해서 볼케이노가 깨진 것은 아니었다. 영역 지정이 끝나고 본격적으로 화산 활동이 시작된다는 얘기였다.

"지랄 맞네. 힘든 일 다 끝나고 나니 깨달음이라니… 전혀 달갑지 않아."

다쳤던 손도 갈비뼈도 서서히 제자리를 찾으며 붙었다.

콰아아아아아앙!

선착장과 조금 떨어진 곳에서 폭발과 함께 시뻘건 용암이 터져 나왔다. 그리고 이어 이곳저곳이 폭발하기 시작했다.

"장관이네."

딱히 아무것도 하지 않았다. 아니, 못한다는 것이 맞을 것이다. 마스터가 되었다고 해서 지금 이곳을 벗어날 수 있는 방법이 없었다.

그렇다고 대자연의 폭발을 보고 있자니 살자고 버둥거리는 건 의미 없다는 생각이 들었다.

그그그그그!

절벽 전체가 흔들리며 서서히 내 쪽으로 기울었고 발트란 성이 나를 향해 서서히 쏟아지고 있었다.

눈을 감았다. 그리고 제발 변화된 몸으로 인해 사이텀처럼 되지 않고 고통 없이 죽기를 바랐다.

콰아아아아아앙!

귀가 멀 정도의 폭발음과 함께 몸이 하늘을 훨훨 날았다. 그리고 올라간 속도만큼 빠르게 떨어졌다.

첨벙!

바다에 빠졌다. 물속도 폭발의 영향을 받아서 그런지 일렁이는 물의 움직임에 따라 몸이 가랑잎처럼 흔들렸다.

하염없이 흔들릴 것 같던 몸이 그나마 잔잔한 곳에 이르자 서서히 아래로 떨어졌고 바닥에 이르렀다.

화산이 폭발하는 와중에도 은은히 마나의 흐름을 만들어 내고 있는 개미지옥의 마법진 위였다.

'포근해. 마나가 이렇게 포근했었나? 죽는 장소로 이곳도 나쁘지 않을 것 같아.'

죽음을 생각해서일까, 10번째 삶이 주마등처럼 흘러갔다. 그리고 고장 난 것처럼 한 여자의 자는 얼굴에서 흐름이 멈췄다.

입꼬리가 저절로 올라갔다.

'11번째 삶을 살 수 있다면…….'

사랑하는 이와 사랑스러운 아이들과 평범하게 사는 행복한 상상이 떠올랐다.

그러나 이번 삶이 마지막이라는 생각이 행복한 상상을 깨 버렸다.

마치 손앞에 다가온 행복을 빼앗긴 기분이 들었다.

'…죽고 싶지 않아. …살고 싶어. 그래, 누구보다도 행복하게 한번 살아보는 것도 좋잖아!'

죽고 싶지 않다는 생각이 살고 싶다는 의지로 바뀌었고 그 작은 의지는 온 머릿속을 채우고 몸을 움직이게 만들었다.

포근함을 밀어내고 팔을 움직였다. 발을 박찼다. 몸은 차츰 앞으로 나아갔다. 그리고 점점 빨라졌다.

'살 거야! 절대 죽을 수 없……'

얼마나 나아갔을까 갑자기 눈앞에서 노란빛이 폭발했다. 그리고 어마어마한 열기와 충격이 몸을 덮쳤다.

'절대… 죽지 않아……. 난… 반드시……'

어둠은 허우적거리게 만드는 의지도, 마보세도 삼켜 버렸다.

*   *   *

발칸 황궁 내궁.

황제 직무실로 향하는 복도를 빠르게 걷는 여자 있었다.

무릎까지 오는 가죽 부츠에 움직이기 편한 바지와 평범한 블라우스를 입었음에도 걷는 모습에선 왠지 모를 기품이 느껴졌다.

오우거가 고개를 숙이면 드나들 수 있는 커다란 문 앞에 이르자 경비병과 행정관복을 입은 오십 대 중반의 중년인이 고개를 숙였다.

"오라버니는?"

"오셨습니까, 미헬라 황녀님. 전하께서는 안에서 집무 중이십니다. 집무가 끝날 때까진 아무도……."

"난 '아무도'가 아니에요."

조각처럼 매끈한 얼굴에 살짝 처진 눈이 전체적으로 온화하고 순해 보이는 미헬라는 생김새와 다르게 주위가 싸늘해질 만큼 차갑게 말했다.

난처해하는 비서관을 구해주는 음성이 들렸다.

"죄 없는 이 괴롭히지 말고 들어오려무나."

미헬라와는 정반대의 목소리. 봄바람처럼 포근하고 부드러웠다.

문이 열리자 미헬라는 안으로 들어갔다.

황제의 집무실답게 웅장하고 컸다. 한데 그 크기에 비해 가구는 정말 단출했다. 가운데 위치한 서류가 잔뜩 쌓인 넓은 책상과 편안해 보이는 소파가 전부였다.

밝은 분위기의 그림과 조각들이 없었다면 삭막한 느낌을 들었을 것이다.

"잠깐만 앉아 있으려무나. 하던 것만 끝내고 무슨 일로 왔는지 들으마."

황태자 그랜트는 생김새도 미헬라와는 반대였다. 날카롭고 무게감 있는 눈빛과 각진 턱, 성큼 올라간 눈썹이 상남자 스타일이었다.

소파에 앉자 어디선가 나타난 궁녀가 평소 그녀가 즐겨 마시는 커피를 가져왔다.

커피를 마시고 있는데 그랜트가 소파로 와 맞은편에 앉으며 말했다.

"수련하다가 온 거냐?"

"아뇨. 파티에 참석했다가 이상한 소문을 들리기에 확인하려고 왔어요."

"무슨 파티기에 옷차림이……."

"오라버니도 파티다운 파티에 참석해요. 이게 최신 유행이에요. 뭐, 쇼트 스커트를 입어야 하지만요."

"옷 푸는 데 시간이 걸리지 않아 좋겠구나."

"둘째를 임신한 새언니가 들으면 좋아하겠네요."

"귀찮게 하지 말고 제발 두 번째 비를 맞이하라고 난리다."

"마음도 넓으셔라. 한데 둘째는 딸인가요?"

그랜트는 고개를 끄덕이곤 커피를 따라 마셨다.

제국 황실에 저주 아닌 저주가 있었다.

지난 천 년 동안 황제가 아이를 낳으면 첫째는 아들이었고 둘째는 딸이었다. 그리고 단 한 번도 첫째 아들이 황제가 되지 않은 적이 없었다.

"저주라곤 하지만 자식이 없거나 줄줄이 아들만 낳는 것보단 낫지 않겠어요?"

"그야 그렇지. 하지만 너 같은 딸이라는 게 문제지."

저주는 위에 언급한 것이 끝이 아니었다. 딸은 차갑다 못해 얼음과 같은 이성을 가지고 태어났다.

"동생과 딸은 달라요. 아바마마가 절 얼마나 귀여워하셨는지 아시잖아요?"

"그만큼 가슴 아파 했다는 건 모르냐? 그리고 다섯째를 낳곤 오로지 그 애만 예뻐하셨잖아."

"그 애가 예쁜 건 사실이니까요."

"너도 그 애만큼 예쁘다."

"그래서 예쁜 저를 뮬터 공작가의 둘째에게 시집보낼 생각을 한 거예요?"

"그건… 네 행복을 위해서다."

그랜트는 잠시 머뭇거리며 말했다. 한데 미헬라의 차가운 말투 때문이었을까, 그의 말엔 힘이 없었다.

"오라버니의 권력 강화를 위해서겠죠. 베르딘 남작이 저와 결혼을 하면 황제파가 되겠다고 하던가요?"

"휴우~ 도저히 못 속이겠구나. 네 말이 다 맞는 건 아니지만 틀린 말도 아니다. 하지만 생각해 봐라. 난 황실에서 태어났으면 황실에 대한 책임 또한 가져야 한다고 생각한다. 넌 내가 하루 10시간이 넘게 서류와 씨름하는 것이 좋아서, 아버님의 명이라서 하는 일이라고 생각하느냐? 아니다! 이 나라의 황태자가 되어 누리는 것이 있기에 그 책임을 다하는 것이다."

그랜트 황태자는 목소리를 높이며 외쳤다. 그러나 미헬라는 표정 변화 없이 바라볼 뿐이었다. 그리고 그가 말을 끝내자 입을 열었다.

"책임이라면 저 역시 다하고 있어요. 뭘 하고 있냐고 묻는다면 대답할 수 없지만 한 가지 확실한 건 오라버니도 둘째 조카가 열여섯이 되는 해 모든 걸 알 수 있을 거예요. 왜 고모와 고모할머니께서 책임감 없이 평범한 상인 가문과 기사 가문에 시집을 갔는지 또한 그때 알 수 있을 거예요. 그럼, 결혼 얘기는 헛소문이라고 알고 있을게요."

미헬라는 주저 없이 일어나 문을 향해 걸었다. 그러다 걸음을 멈추고 돌아봤다.

"참! 한 가지 더 말하자면 현재 오라버니가 생각하는 상인 계급을 이용한 권력 강화에 대해선 찬성해요."

미헬라가 문을 닫고 나가는 것을 확인한 그랜트 황태자의 표정은 다소 나른하게 바뀌었다.

"역시… 그의 말대로인가. 훗! 미헬라, 난 말이다, 진정한 제국의, 대륙의 주인이 되고 싶다. 천 년 전에 정해진 규칙대로 살아가는 허수아비가 아닌……."

그랜트 황태자는 소파에 몸을 기대며 식은 커피를 천천히 마셨다.

"이상한 생각을 하지 않아야 할 텐데……."

집무실에서 나와 자신의 궁으로 향하던 미헬라는 걱정스럽다는 듯 중얼거렸다. 그때 그녀의 귀로 위스퍼 마법이 들려왔다.

[단주님, 심궁으로 오셔야 할 것 같습니다.]

미헬라는 목걸이에 손을 올리며 말했다.

[무슨 일이죠?]

[……발트란이 무너졌습니다.]

평소 표정 변화가 없기로 유명한 그녀는 열린 입을 닫지 못한 채 한참을 멍하니 서 있었다.

[……단주님?]

[……지, 지금 가죠.]

부름에 정신을 차린 그녀는 서둘러 심궁으로 향했다.

심궁은 황태자에게 대리청정을 맡긴 황제가 머무는 곳으로 선대 황제들의 무덤과 그들이 생전에 이룬 것을 기리는 기념관, 소장품들이 보관되어 있었다.

그러나 심궁의 진짜 목적은 따로 있었다.

전대 황제들의 기념관에 들어선 미헬라는 제4대 황제가 남긴 검이 전시되어 있는 곳 앞에 섰다. 그리고 주문을 중얼거렸다.

검의 손잡이에 박힌 보석과 그녀의 목에 걸린 목걸이의 보석이 공명했고 그 순간 그녀는 사라졌다.

미헬라가 나타난 곳은 문을 제외하곤 아무것도 없는 새하얀 방이었다.

문을 열고 나가자 작은 원형 광장 같은 곳이 나왔다.

상당한 수의 인원이 계단 형으로 배치된 책상에 앉아 뭔가를 하고 있었다.

특이한 점은 일을 하고 있는 대부분의 사람이 모두 노인이라는 것이었다.

"오셨습니까, 단주님."

광장 중심의 공중에 떠 있는 컨트롤 센터까지 이어진 복도로 다가가자 백발의 노인이 다가와 고개를 숙였다.

"삼 원로님, 발트란이 무너졌다니, 무슨 얘기죠?"

"말 그대로입니다. 15분 전 발트란 감옥을 관리하는 버룬디 영지의 백작이 보안국에 연락해 왔습니다. 직접 확인하시죠."

삼 원로를 따라 컨트롤 센터로 가자 그는 수정구를 조작해 하나의 영상을 띄웠다.

─버룬디 영지의 베어웰 백작입니다. 폐하께 보고할 일이 있어 연락했습니다. 이틀 전부터 발트란 감옥의 생필품 텔레포트 마법진이 작동을 하지 않아 해군을 보냈습니다. 그리고 그들로부터 이런 영상이 도착했습니다.

베어웰 백작의 얼굴이 사라지고 용암으로 뒤범벅이 된 섬이 보였다.

"저곳이 발트란이라고요? 믿을 수 없군요."

"이어지는 영상을 보십시오."

이어서 섬의 위에서 구석구석 찍은 영상이 나왔다.

"저건! 발트란의 첨탑……."

"네. 그리고 부서진 마법진은 바닷속에 그려져 있던 개미지옥의 일부라 보입니다."

옛 형태를 찾아볼 수 없는 화산섬이 얼마 전까진 발트란 감옥이었다는 걸 인정할 수밖에 없었다.

"왜 저렇게 되었는지 원인은 밝혀졌나요?"

영상이 끝나자 삼 원로를 돌아보며 물었다.

"영상의 흔들림을 보면 아시겠지만 현재 태풍권에 속해 모두 회항한 상태랍니다. 물론 태풍이 지나간다고 해도 폭발이 계속되고 있어서 접근이 불가능하고요. 다만……."

"뭐죠?"

"사고 전에 마탑의 7서클인 사이텀 백작이 감사관으로 발트란에 들어갔답니다. 그리고 그와 연락이 되지 않고 있습니다."

"…볼케이노. 인위적으로 일어난 일일 수도 있다는 말이군요."

"추측입니다. 하지만 인위적이든 자연적이든 발트란이 무너진 건 사실이니까요."

"그렇죠. 예언의 어느 부분에도 어떤 식으로 사라지는지 언급된 것이 없으니까요. 그러나 만약 인위적으로 일어난 일이라면… 부디 자연적으로 발생했다고 생각하고 싶군요."

미헬라는 옆에 있다면 안아주고 싶을 만큼 슬픈 표정을 짓고 있었다.

천 년 전, 제론을 황제로 만들어놓고 떠났던 피트가 10년이 지난 어느 날 나타나 한 가지 예언을 했다.

발트란 성이 무너지면 얼마 지나지 않아 인류와 제국에 종말의 위기가 닥칠 거라는 두루뭉술한 예언.

제론은 떠나려는 그를 향해 위기를 넘길 방법을 묻자 유일한 친구였던 그의 부탁을 거절하지 못하고 몇 가지 방책을 만들어주었다.

그 첫 번째 방책이 바로 미헬라가 단주로 있는 제국 수호단의 설립이었다.

황실의 저주 또한 그 때문에 생긴 것이었다.

"저 역시 그렇게 생각하고 싶습니다. 하지만 예언이 진짜든 아니든 정해둔 일을 시작할 때입니다."

"맞는 말이에요. 하루라도 빨리 시작하는 것이 한 명의 생명이라도 더 구할 수 있으니까요. 시작하세요. 마법석을 사용하는 걸 허락합니다."

"옳은 결정이십니다. 준비가 완료되면 단주님께 연락드리겠습니다."

"그리고 태풍이 지나면 구 장로님께 부탁드려 발트란을 수색해 주세요. 종말의 시작을 알린 곳인데 어떤 흔적이라도 있지 않을까요."

"그러겠습니다."

돌아서는 미헬라는 원래의 무표정한 얼굴로 돌아와 있었다.

왜 하필 자신이 단주를 맡았을 때 이런 일이 일어나는지 원망스러웠다. 그러나 되돌릴 수 없다면 해낼 수밖에 없었다.

*　　　*　　　*

하란은 발칸 제국의 대표적인 무역항 중 하나로 제국에서 두 번째로 인구가 많은 곳이다.

그래서일까, 하란 시티는 내성이 작고 외성은 무척이나 크고 넓었다.

발칸 시티를 하늘에서 보면 내성과 외성이 달걀 프라이 형태처럼 보이는 반면 하란 시티는 젖꼭지가 작은 여인의 가슴과 같은 형태였다.

하란 시티 상가 지역 상인 지구.

광장 중심에 있는 상인 연합회 건물을 기준으로 하여 부채꼴 모양으로 수많은 상회가 위치해 있었다.

상회들은 대부분 1층에 중소 상인들을 위한 도매를 같이 겸하고 있었는데 그 때문인지 상인 연합회 건물과 가까울수록 땅값이 비쌌다.

그중 가장 비싼 곳이 바로 상인 연합회에서 나오면 눈앞에 바로 보이는 제인 상회였다.

　제인 상회는 제국 5대 상회에 속할 정도로 규모가 컸는데 하란 시티가 그 근거지였다.

　취급하는 물품들이 진열되어 있는 1층엔 물건을 사러온 도매상인들로 북적이고 있었다.

　"이건 얼마입니까?"

　"개당 1금입니다. 백 개는 90은, 1,000개면 80은까지 가능합니다."

　"300개면 88은에 줄 수 있겠죠? 오케이! 이건 가격이 어떻게 됩니까?"

　짧은 팔(八)자형 수염을 기른 스물서넛 되어 보이는 사내, 하스톤은 홍정 중인 상인들을 지나서 가게 중간에 위치한 계단을 통해 5층으로 올라갔다.

　그는 '회장실'이라고 적힌 다소 낡은 문에 노크를 하고 들어갔다.

　"어서 오너라. 조금 늦었구나. 별일 없었느냐?"

　지론은 먼 곳까지 상행을 다녀온 하스톤의 안부를 물었다.

　"예, 아버지. 전 별일 없었습니다."

　지론은 하스톤의 말이 이상해 서류에서 눈을 떼며 물었다.

　"다른 행렬에 문제라도 생긴 거냐? 그런 보고를 받은 적이 없었는데."

지론은 혹시 놓친 서류가 있는지 다시 확인했다.

"저희 상회 문제가 아닙니다."

"그럼?"

"시티로 오는 중에 브레인 산에서 벨린 상회의 마나석 이송 팀이 도적을 만난 모양인지 쓰러져 있었습니다."

"저런! 마나석 이송 팀이라면 경비가 철저했을 텐데 당했단 말이냐?"

"산적들이 거의 마법사였다고 하더라고요. 용병은 다 죽고 이송 팀 중 두 명만 살아 있었습니다."

"마법사가 산적질을? 세상 말세구나. 일하면 충분히 먹고살 텐데. 아무튼 불행 중 다행이구나. 시체는?"

"살아남은 이가 연락을 해서 저희가 시체를 수습하는 도중 연합회 회수 팀이 도착해서 수습만 도와줬습니다."

"잘했다. 설령 조금 늦어지는 한이 있더라도 문제 있을 땐 상인들끼리 확실히 도와야지."

"한데……."

"뭐 다른 일이라도 있느냐?"

"다름이 아니라 이번에 죽은 용병단이 꽤 강하다고 소문난 곳이었나 봅니다."

"당연히 그랬겠지. 마나석이 처분하기도 쉽고 좀 비싼 물건이라야 말이지. 그래서?"

"회수 팀이 물건 회수를 꺼려하는 것 같아 저희 행렬에서 한 사람을 붙여줬습니다."

"누구? 용병대장이 결코 좋아하지 않았을 텐데?"

"존슨입니다."

존슨이란 이름은 무척이나 흔했다.

지론이 알고 있는 존슨만 해도 다섯이 넘었다. 한데 그중에 연합회의 회수 팀마저 곤란해하는 산적과 싸울 만한 사람은 없었다.

그가 고개를 갸웃거리자 하스톤은 설명을 덧붙였다.

"1년 전쯤에 클레르 팀장이 바다에서 구했다는 빅존슨 말입니다."

"아! 빅존슨. 7개월 선쯤에 장부를 보고 해외 팀의 비리를 잡아냈다던. 근데 그가 무술을 할 줄 알더냐?"

"말도 마세요. 캐넌 평야에서 우연히 뮬터 상단과 만나 시비가 붙었는데……."

하스톤은 그날을 떠올리며 빅존슨의 활약을 설명했다. 무술과는 거리가 먼 그였기에 제대로 설명을 못 했음에도 지론이 듣기엔 과장이 더해졌다고 생각했다.

"음, 그래? 괜한 사람을 사지로 몬 건 아닌지 모르겠구나. 아무튼 이미 그렇게 결정한 걸 어찌하겠느냐. 무사하길 바라는 수밖에."

"아마 무사… 죄송합니다. 제가 생각이 짧았습니다."

생각해 보니 너무 즉흥적인 결정이었다.

"목숨이 걸린 문제는 결정을 내리기 전에 몇 번을 고민해도 나쁘지 않음을 잊지 마라. 참! 네가 오면 말하려던 것을 잊고 있었구나."

"설마? 아버지께서……."

하스톤은 짐작되는 것이 있었다.

"허허허! 그래 이번에 황제 폐하께서 작위를 내리신다는구나."

"축하드립니다, 아버지! 드디어 귀족 상단들이 우리 상회를 무시하지 못하겠군요."

평민 상인끼리 똘똘 뭉쳐 헤쳐 나가고 있지만 알게 모르게 차별이 있었다.

가령 성안으로 들어가야 하는데 짐 검사를 핑계로 하루 이틀 외성 밖에 잡아두는 건 다반사였다.

"그렇지! 나 말고도 길드의 아홉 명이 함께 받게 되었으니 우리의 힘은 더욱 커질 게다. 다음 달쯤 수도로 갈 테니 그동안 각별히 몸조심하여라."

"물론이죠. 한데 어머니께서 수도로 가실 런지……?"

여행이라도 수도엔 안 가는 이가 그의 모친이었다.

"이 애비의 능력으로 작위를 받게 되었는데 거부할 이유가 없지. 걱정 마라. 네 엄만 지금 짐을 정리하고 있으니."

"하하하! 모든 일이 잘 풀리는군요."

"허허허! 그렇구나."

두 사람은 서로를 얼싸안고 기쁨을 나눴다.

내 이름은 존슨.

얼마 전까진 모두 빅존슨이라고 불렀지만 뭘 뜻하는 의미인지 알게 된 후론 존슨으로 개명했다.

물론 혼자만의 개명이라 여전히 빅존슨이라고 부르는 놈들도 있었지만 앞으로 절대 그러지 못할 것이다.

왜냐하면 내가 검술에 대단한 능력을 가지고 있음을 이번 상행에서 알게 되었기 때문이다.

'빅존슨이라고 부르면 다 두들겨 패버리겠어!'

두들겨 줄 생각을 하니 벌써부터 기분이 좋다.

'아! 믹스 그 자식도 혼을 내줘야지.'

정신을 잃고 바다에 표류하고 있던 나는 상행을 다녀오던 제인 상회 해외 팀에 의해 구출되었다. 한데 구출 당시 알몸이었다고 한다. 그때 배에 있었던 믹스가 나의 물건(?)을 본 것이다.

물론 믹스만 봤겠냐마는 놈은 과거의 기억을 잃고 깨어난 나에게 빅존슨과 빅딕이라는 이름을 권했고 아무것도 모르던 나는 빅존슨이라는 이름을 선택했다.

"빅존슨! 빅……."

"쓰읍!

하란 시티에서 난 유명인이었다. 짧은 기간에 나만큼 이름을 날린 사람이 있을까 싶을 정도로 유명했다.

즉, 놀리려고 일부러 이름을 부르는 사람이 많았고 그만큼 때려줄 사람도 많았다.

방금 전만 하더라도 상인 연합회 소속 회수 팀의 팀장이라는 놈이 돕기 위해 온 나를 놀렸다.

그래서 팼다. 반항을 해서 더 팼다. 그랬더니 이젠 내 눈만 봐도 어깨를 움츠렸다.

"조, 존슨, 미안하네. 워낙 입에 붙어서."

"제가 입에서 떼는 방법을 아는데……."

"아, 아냐. 금방 고칠 수 있어. 존슨, 존슨. 봐봐 벌써 떼졌잖아."

"다시 붙을 것 같으면 언제든지 말해요. 언제든지 마다하지 않을 테니. 근데 왜 불렀어요?"

"산적이 있는 곳에 거의 다 왔다고. 저쪽 모퉁이를 돌면 나오는 낡은 집이 산적이 있는 곳이래."

"알고 있었어요."

"…알고 있었다고? 어떻게?"

어라? 어떻게 알았지?

생각해 봤지만 딱히 떠오르는 게 없었다. 그저 과거에 꽤 실력 있는 검사였을지 모른다는 사람들의 말처럼 그때의 능력인가 보다.

"글쎄요. 기억이 없어서."

"너도 참 편하게 산다. 거짓말하고도 기억 핑계 대면 되니까."

"간혹 유용할 때도 있죠."

설명할 길이 없으니 인정할 수밖에 없었다.

"말이나 못 하면. 아무튼 주목! 이제 곧 들어갈 텐데 명심해. 먹고살자고 하는 짓인데 여기서 죽으면 개죽음이야. 그러니 무조건 몸조심이 우선이야. 들어가서 벨린 상회가 빼앗긴 마나석보다 훨씬 많은 마나석이 있어서 대박을 터뜨리면 뭐 하겠어, 쓸 수도 없는데. 내 말 이해했지?"

팀원 한 명 한 명을 바라보며 하는 팀장의 말은 가벼운 듯했지만 왠지 진정성이 진하게 느껴졌다.

"네."

"…존슨, 너도."

"그러죠. 근데 웬 대박이요?"

"회수 팀은 회수한 물건의 90퍼센트만 상회에 돌려주면 돼. 나머진 다 작전에 투입된 사람의 몫이야."

"90퍼센트 이하면요?"

"일을 시작도 하기 전에 초치는 거냐? 그럴 땐 꽝이다! 됐냐?"

"꽝은 아닐 겁니다."

아까 얼핏 듣기론 2,000금 정도의 마나석을 빼앗겼다고 들었는데 대략 2,500금 정도의 마나석이 느껴졌다.

우리는 도적들이 머물고 있는 오래된 폐가가 보이는 곳까지 접근했다.

총 10명. 1층에 5명, 지하에 5명. 4서클 7명, 5서클 3명.

폐가를 보는 것만으로도 정보가 머릿속에 주르륵 떠올랐다.

게다가 어떻게 처리하는 것이 가장 좋을지 동선까지 그려졌다.

그때 뒤에서 갑자기 이상한 느낌이 들었다.

검집째 검을 휘둘렀다.

"무슨 짓이야! 존슨!"

"너 미쳤어?"

막 선제공격을 하려던 네 사람은 일제히 중단전의 회전을 멈추며 뒤로 물러났다.

"다 죽고 싶어요? 기습을 해도 시원찮을 판국에 아예 공격을 알리려고요? 저 안에 우리보다 강한 사람이 적어도 셋 이상이에요."

"그니까 그걸 네가 어떻게 아냐고? …아하~ 당연히 기억에 없겠지?"

말문이 막혔다. 한데 이번엔 머리가 적절한 해답을 알려주었다.

"아까 벨린 상회의 용병대가 죽은 거보면 모르겠어요? 반항도 제대로 못 하고 죽었다면서요. 그래서 내가 여기에 합류한 거고요."

"…그럼 어쩌자는 건데."

"내가 먼저 접근해서 신호를 보낼게요. 그럼 바로 마법으로 폐가의 양쪽 끝을 공격하고 둘로 나눠서 그쪽으로 진입해요."

"네가 앞장을 선다면 우리로서는 나쁠 것 없는데… 괜찮겠어?"

"남는 물건 중 30퍼센트."

사실 검술을 펼치다 보면 과거의 기억이 날까 해서 도우라고 할 때 그러겠노라 했다. 그러나 내 일도 아닌 일에 앞장서서 나서는데 그만한 대가는 필요했다.

"하여간 하란 시티 놈들은 다 장사꾼이라니까. 20퍼센트! 그 이상은 절대 안 돼. 그리고 혹시 계획이 시원치 않을 경우 알아서 해."

"좋아요. 20퍼센트."

20퍼센트를 바라고 30퍼센트를 말한 것이어서 순순히 받아들였다.

난 빠르게 폐가로 접근했다. 간간히 트랩 같은 것들이 있었지만 걸릴 만큼 바보는 아니었다.

위치를 잡고 손을 들었다.

스릉!

회수 팀의 손이 빛날 때 검을 빼어 들었다. 그리고 그대로 벽에 찔러 넣었다.

살을 찌르는 느낌이 손으로 전해졌다.

꽤나 익숙한 느낌.

꽝! 꽝!

때를 같이해 마법이 집을 때렸고 그 순간 나무 외벽에 검을 몇 번 그은 후 어깨로 들이밀며 진입했다.

마법사들은 꽤 전투에 익숙한 자들이었다. 갑작스러운 상황인데도 내가 안으로 들어가자 침착하게 대응해 왔다.

네 명의 중단전이 활성화되며 주변의 마나가 일렁거렸다. 난 본능적으로 일렁이는 곳을 향해 검을 휘두르고 찔렀다.

"헉! 마, 마법이 실행되지 않아!"

"나도 마찬가지… 킥!"

방의 크기는 가장 긴 쪽이 대략 큰 걸음으로 10걸음 정도. 산적들이 걸음을 내디디며 검을 든 손을 뻗으면 웬만큼 다 닿을 거리였다.

마나의 흐름이 생기는 곳을 제거하면서 한 명씩 착실히 베어갔다.

"쿠욱! 마법을 베, 베다니……."

1층은 모두 정리했다.

"웬 놈들이냐!"

지하에서 한 놈이 올라오며 소리쳤다.

픽! 퍼픽! 파지직!

그러나 운이 없었다. 막 들이닥친 회수 팀의 마법 공격에 두개골이 깨지며 쓰러졌다.

"조심하세요!"

말이 끝나게 무섭게 나무로 된 바닥이 터져 나갔다. 그리고 회수 팀 중 세 명이 갑자기 뭔가에 맞은 듯 뒤로 날아갔다.

"암흑 마법이다!"

회수 팀장이 소리쳤다.

암흑 마법이 맨 처음 세상에 선보여졌을 때 사람들은 일반 마법과 다르다는 점 때문에 흑마법이라고 부르며 두려워했었다. 그러나 원리가 알려지고 난 후 흑마법과 구별하기 위해 암흑 마법이라 부르게 되었다.

쓸데없는 생각이 떠올랐다.

다가오는 투명 손을 검으로 쳐내며 구멍으로 뛰어들었다. 매직 미사일과 워터 볼이 날아왔다.

파파파파팍!

아무렇게나 휘두른 검은 1층보다 좁은 지하를 휘저으며 마법들을 없애 버렸다.

"맙소사! 마법이, 마법이……."

'한 번 더.'

휘두른 힘에 의해 오른쪽으로 돌아갔던 허리를 왼쪽으로 돌리며 그 힘을 고스란히 어깨와 팔로 보냈다.

"모두 벽으로 붙어! 쉴드!"

파악! 검이 수평으로 원을 그렸다.

세 명이 허리가 절단되어 쓰러졌다.

"…마, 마……!"

쉴드를 치고 벽에 바싹 붙어서 목숨을 구한 산적은 두려움이 가득한 눈빛으로 뭔가를 말하려 했다. 그러나 위층에서 날아온 윈드 커터가 그의 목을 쳤다.

"방금 저놈 뭐라는 거야?"

지하로 내려온 회수 팀장이 물었다.

"글쎄요, 엄마가 보고 싶었나 보죠."

"나라도 그랬겠다, 무서운 놈. 도대체 정체가 뭐냐? 그나저나, 와! 마나석 봐라. 한눈에 봐도 빼앗겼다는 양보다 많아 보인다."

"오! 짭짤하겠는데요!"

"이 얼마 만에 대박이냐. 외상값 다 갚을 수 있겠다."

회수 팀장의 말에 팀원들은 지하로 하나둘 내려와 한마디씩 했다.

"꼼꼼히 챙겨! 뒷주머니 차는 놈 있으면 알지?"

회수 팀은 어두운 실내에 라이트를 소환해 놓고 열심히 마나석을 챙겼다.

29장
기사 존슨

"자, 127금. 잔돈은 뺐다."

이틀 만에 회수 작전으로 번 돈이 나왔다.

회수한 물건이 얼마나 있었고 얼마에 팔았는지 따위가 자세히 적힌 명세서를 줬지만 돈주머니만 챙겼다.

"존슨, 혹시 우리랑 같이 일할 생각 없냐? 일단 기본급 7금에 간혹 이렇게 대박을 터뜨리는 경우도 있어서 꽤 짭짤해."

"생각해 볼게요."

현재 난 항구에서 물건을 나르거나 청소를 하거나 물건을 배달하는 잡일을 하고 있었다.

월급은 1금 90은.

혼자 사는 데 적지 않은 돈이지만 월세와 한 달 식비로 쓰고 나면 남는 건 몇 쿠퍼에 불과했다.

그러나 아직까진 딱히 돈 욕심이 없었다.

"너라면 6개월 후엔 10금까지 받을 수 있어. 잘 생각해 봐. 기다릴게!"

문까지 나와 소리치는 회수 팀장을 뒤로하고 외성을 나와 항구의 동쪽으로 향했다.

항구의 서쪽은 외성에 포함되어 주로 배가 정박하는 곳이었고 항구의 남쪽엔 창고가, 항구의 동쪽엔 거주지와 각종 편의 시설이 위치해 있었다.

그리고 내가 살고 있는 곳이기도 했다.

"술이나 한잔할까?"

한 달간 상행을 다녀와서 나흘간의 휴일이 주어졌지만 딱히 할 일이 없었다.

문득 낡은 건물에 붙어 있는 여신상을 보고 발걸음을 멈췄다.

수많은 종족을 품에 안고 있는 여신상은 보는 것만으로도 경건해지게 만드는 힘이 있었다.

난 열려 있는 낡은 건물로 들어갔다.

"형제여, 무슨 도움이 필요합니까?"

나보다 두 배는 큰 덩치를 가진 중년 사내가 의자에 앉아 있다가 일어나며 물었다. 그는 여신상의 미소와 비슷한 미소를 짓고 있었다.

검은색에 가까운 짙은 갈색 코트를 입은 걸 보니 아라교의 신관인 모양이었다.

다른 종파들의 신관들이 화려한 색깔의 옷을 입는 것과 달리 이들은 오로지 짙은 갈색 코트만 입었는데 이유는 피나 지저분한 것이 묻어도 표가 나지 않는다는 점 때문이었다.

"예전에 도움받은 적이 있어서 헌금을 할까 해서요."

구출된 내가 눈을 뜬 곳이 바로 이곳이었다.

"허허허! 그러시군요. 얼마가 되었든 저기 있는 통에 넣어주시면 됩니다. 헌금은 아라 님의 모든 자녀를 위해 쓰일 겁니다."

조금 전에 받았던 주머니를 꺼냈다. 50금을 빼고 77금을 헌금함에 넣었다.

나가려는데 문득 떠오르는 것이 있었다.

"한 가지 물어봐도 될까요?"

"말하십시오."

"사고로 기억을 잃었는데 혹시 그것도 치료가 가능합니까?"

"수도의 신녀님이라면 모를까 저희는 아직 수행이 부족해 거기까진… 원한다면 한번 치료를 해볼 수도 있습니다."

"아닙니다. 언젠간 찾겠죠."

돈 없는 환자들이 넘쳐나 쉴 새 없이 바쁜 사람들을 귀찮게 하긴 싫었다.

아라교 항구 출장소─외성에 신전이 있다─에서 나와 맛있다고 소문이 났지만 월급이 적어 가지 못했던 술집으로 갔다.

돈도 있는데 굳이 싸구려 술집에서 청승 떨 이유가 없었다.

"계쩜이랑 위스키."

점심도 저녁도 아닌 어정쩡한 시간이라 술집은 한가했다.

느긋하게 혼자 술을 마시는데 2층에서 내려오던 이가 날 알아봤는지 알은척했다.

항구 일꾼을 부리는 반장이었다.

"어어~ 빅……! 하… 하하… 식사하러 왔나?"

"네. 공돈이 생겨서요."

"들었네. 회수 팀과 산적을 잡았다지? 축하하네."

"고맙습니다."

……

묘한 기류와 함께 어색한 침묵이 흘렀다.

빈자리에 앉을까 말까 하는 눈치였는데 내가 아무 말이 없자 결국 포기를 했다.

"맛있게 먹게. 그리고 이름 불렀다고 너무 때리지 말게. 일에 지장이 있으면 곤란하지 않은가."

반장에게 자리를 권하지 않고 그냥 보낸 것은 그가 나에게 잘못을 했거나 그의 인성이 나빠서가 아니었다. 그는 대부분의 일꾼들이 존경하는 꽤 훌륭한 반장이었다.

'난 누군가에게 사기를 당했거나 사람을 믿지 못하는 성격이었던 것 같아.'

어색함을 떨치고자 애써 웃으며 떠나는 그의 뒷모습을 보며 생각했다.

돌이켜 보면 아는 얼굴은 많았지만 1년 동안 딱히 친해진 사람이 없었다. 기억을 잃어 그럴 수도 있었지만 의식적으로 친해지지 않으려 했다는 게 맞을 것이다.

지금도 마찬가지. 생각 같아서는 앉아서 술을 같이 마시자고 하고 싶은데 입이 떨어지지 않았다.

'지금으로서는 친한 이에게 배신당한 기사일 가능성이 제일 높겠어.'

누군가와 친해지지 않는다고 불편한 건 없었다.

물론 오늘 같은 날은 같이 주거니 받거니 술잔을 기울이고 싶지만 그 일로 친해질 것 같아 꺼려졌다.

"빅존슨! 여기서 뭐 해?"

빅존슨이라는 말에 본능적으로 허리에 검 대신 끼워둔 얇은 몽둥이를 잡았지만 곧 손을 뗐다.

여자와 아이, 혹은 노인이 그 이름을 부른다고 때릴 순 없는 일이었다.

"로라, 안녕."

"오늘 쉬는 날?"

로라는 스스럼없이 맞은편에 앉으며 물었다.

그녀와 친해서가 아니라 그녀의 직업은 처음 본 사람에게 낯을 가리지 않는 일이었다.

진한 붉은 립스틱에 가슴이 3분의 1이 드러나는 오프 숄더 블라우스, 성을 돈 받고 파는 여자였다.

로라와 같은 여자들은 항구에 많았다.

남편이 바다에 나가서 풍랑을 만나거나 해적을 만나거나 그 것도 아님 산적을 만나 죽는 경우가 허다했는데 그런 경우, 아 이까지 가진 여자들이 홀로 생계를 꾸려 나가긴 쉽지 않았다.

"상행 다녀왔어. 모레까진 휴일."

"오~ 좋겠는데. 근데 상행 다녀와서 돈이 좀 생겼나 봐? 여 기서 식사를 다하고."

"그럭저럭. …한잔 줄까?"

"좋지. 한잔 먹고 나면 볼이 발그레 보여서 손님들이 제법 붙거든."

가까이에서 빤히 바라보고 있는데 혼자 마신다는 건 아무 리 나라고 해도 힘들었다.

"이것도 먹어."

"그래도 돼? 근데 게 냄새는 너무 진해서 곤란해. 웬만해선 냄새가 가시질 않거든."

"다른 거 시켜줘?"

"진짜? 그럼 나 치킨 먹어도 돼?"

난 고개를 끄덕였고 그녀는 치킨을 주문했다.

"너도 먹어."

"게를 먹었더니 생각이 별로 없네. 너나 많이 먹어."

"그래?"

허겁지겁 먹으며 슬쩍슬쩍 치킨을 하나씩 빼돌리던 그녀는 내가 안 먹겠다고 하자 슬슬 속도를 줄이더니 절반쯤 남은 치킨 접시를 한쪽으로 밀어놓았다.

집에 있는 아이가 생각난 모양이었다.

"남은 건 싸 가지고 가서 배고플 때 먹어."

"…네가 싸 가지그래."

"됐어. 오늘 집에 늦게 갈 건데 들고 다니기 귀찮아."

자연스러운 거짓말이었다. 그러나 사람을 상대하는 그녀였기에 눈치를 챘는지도 모른다.

"고마워. 맛있게 먹을게."

그녀는 식당 주인에게 봉투를 얻어와 치킨을 담고 일어났다. 한데 가다가 갑자기 멈춰 서더니 다시 다가와 속삭였다.

"혹시 같이 여관 갈래? 시간에 따라 다르지만 보통 10은인데 너한텐 5은 해줄게."

"괜찮아."

그녀의 제안은 생각할 필요도 없었다.

한창 혈기 왕성한 나이라 나도 여자가 필요했다. 그러나 외성 골목만 걸으면 상대할 수 있는 여자를 만날 수 있었다.

빅존슨. 이름으로 이득을 본 것이 하나 있었다면 과연 이름만 한 값어치(?)가 있는지 확인하려는 여자들의 대시일 것이다.

요즘은 내가 지겨워 안 하고 있을 뿐이지 기억상실 초창기 때는 잘못된 생각을 주입당해 하루에 몇 명과 관계를 맺은 적도 많았다.

"왜? 돈이 없으면 나중에 줘도 돼. 그게 아님… 나 같은 여자는 싫은 거야?"

"그런 게 아냐. 그냥……."

다가오는 느낌이 들어서 거부하는 것이라 말하려다가 얘기가 길어질 것 같자 입을 다물었다.

"…역시 그렇구나. 질척거려 미안해. 이해하니까 내가 한 말은 잊어줘."

로라는 무안한 표정을 감추려는지 서둘러 술집을 나가 버렸다.

"쩝! 나도 일어나야겠다."

더 마시기엔 기분이 별로였다.

마지막 술을 입안에 털어 넣고 밖으로 나와 해안 길을 따라서 동쪽으로 걸었다.

소문을 듣지 못했는지 내 이름을 크게 부르는 이에게 존슨임을 각인시켜 주면서 도착한 곳은 암석과 암초가 많아 인적이 드문 해안 끝이었다.

가장 높은 암석에 올라갔다. 그리고 평소 앉던 자리에 앉아 바다를 봤다.

딱히 의미가 있는 행동은 아니었다.

그저 익숙한 듯한 느낌에 혹시 기억이 떠오르지 않을까 싶어 멍하니 바라보는 것뿐이었다.

"형, 거기서 뭐 해?"

석양에 물든 바다를 보는데 웬 꼬맹이가 여동생으로 보이는
더 작은 꼬맹이의 손을 잡은 채 암석 쪽으로 다가와 물었다.

"바다 구경."

"여기서도 볼 수 있는데 거기서 보면 달라?"

"글쎄, 그냥 더 익숙해."

무시하면 되는 일이었지만 애들의 대화는 의외로 편했다.

'아이가 있었던가?'

잠자리를 했던 여자들 중에 간혹 내 나이를 궁금해하는 이
들이 있었다. 모른다고 하면 그들은 나름대로의 방식으로 유
추하곤 했었다.

대부분의 여자는 내 나이를 신분패에 적혀 있는 대로 대략
스물한 살 전후일 것이라고 유추했는데 이유는 꽤 타당했다.

굳이 깎을 필요가 없는 솜털과 같은 수염, 매끈한 피부, 군
살이라곤 찾아볼 수 없는 몸매.

아주 간혹 젖살이 빠지지 않았다고 말하는 이들도 있었지
만 다소 허무주의적인 성격을 볼 때 그 정도까진 아니라는 게
내 생각이었다.

아무튼 드물긴 하지만 16살에 아이를 가졌다면 서너 살로
보이는 여자애 정도의 자식이 있을 순 있었다.

"위험하니 이쪽으로 오면 안 된다, 꼬맹이들!"

생각하는 사이 꼬맹이 둘은 낑낑거리며 암석을 오르고 있었다.

"끄응! 그 정도로 꼬맹이는 아니거든."

"맞아! 꼬맹이가 아니거든."

꼬맹이라는 말이 자존심을 긁었는지 둘은 기를 쓰고 조금씩 올라왔다.

그러나 남자애는 모르지만 여자애는 아직 자신의 몸무게를 감당할 만큼 힘이 없었다.

"위험!"

떨어지는 여자애를 잡으려는데 하필 움직이려는 곳에 남자애가 있었다. 아무리 빨리 움직이더라도 돌아서서 잡기 불가능한 상황.

'잡아야 해!'

의지는 나도 모르는 새로운 힘을 발현시켰다.

여자애가 공중에서 딱 멈춘 것이다.

"미루! 괘, 괜찮아?"

"괜찮아, 오빠. 근데… 뭔가가 날 잡고 있어. 흑! …으아아아앙!"

마치 새로운 손이 생긴 것 같은 느낌에 얼떨떨했지만 울음소리에 퍼뜩 정신을 차렸다.

얼른 내려가 달래주려는데 새로 생긴 손은 두 아이를 덥석 잡아 내 앞에까지 데리고 왔다.

깜짝 놀라 눈이 동그래진 두 아이.

아이들은 또다시 울음을 터뜨릴 것처럼 절로 울상으로 바뀌었다.

"와아! 최고! 방금 전 그건 뭐야, 형? 마법이야? 아님 흑마법? 어떻게 하는 거야?"

"와! 최고! 뭐야, 오빠? 마법이야? 아님 흑마법?"

남자애는 방언이 터지듯 물음을 쏟아냈고 여자애는 오빠의 말을 그대로 따라 했다.

"나도 몰라."

"형이 해놓고 모름 어떻게 해. 또 해줘!"

"또 해줘! 또 해줘!"

쨍쨍거리는 소리에 도무지 이길 수가 없었다.

'어떻게 하는 거였더라? 가능할까?'

쉬웠다. 생각만으로 두 개의 손이 나타나 아이들을 잡고 공중에 띄웠다.

"재미있다아아아아아아~"

"꺄아아아아!"

두 아이는 목이 쉴 때까지 고함을 지르며 하늘을 날아다녔다.

"타루, 미루, 오늘 일은 절대 비밀이다."

날이 어두워지자 두 아이에게 저녁을 먹이고 집에 데려다

주기로 했다.

"응, 형! 다음에도 또 해줘."

"응! 또 해줘."

"기회가 되면. 근데 앞으론 누가 있다고 함부로 다가가선 안 된다. 내가 위험한 사람이었으면 어쩔 뻔했어."

"그건 나도 알아. 근데 난 형을 알아. 유명한 사람이잖아. 이름이 빅… 아! 엄마다."

"엄마다! 엄마다!"

기쁘게 외치는 것과 달리 두 아이의 표정은 금세 어두워지면서 더 이상 움직이지 않고 제자리에 멈춰 섰다.

"엄마를 봤는데 왜 안 가니?"

현재 눈앞에 보이는 여자들만 해도 제법 되었기에 누가 둘의 엄마인지 알 수 없었다.

"…엄마가 일할 땐 알은척하지 말라고 했어."

"그게 낫지. 얼른 지나서 집에 가자."

아이들의 손을 잡고 걸으려 했는데 갑자기 미루가 꼼짝도 하지 않았다. 그러고는 닭똥 같은 눈물을 뚝뚝 흘렸다.

아까는 아이처럼 우는 것이었다면 이번엔 속으로 슬픔을 삼키며 울었다. 그 모습에 마음이 짠해졌다.

"…왜?"

"흑! 저… 아저씨가 엄마를… 엄마를… 괴롭혀."

그제야 아이들의 엄마가 누군지 알게 됐다.

아까 술집에서 봤던 로라였다. 그녀는 용병들로 보이는 사람들과 시비가 붙었는지 인상을 쓰며 소리치고 있었다.

하란은 수많은 물건이 오가는 곳이라 치안 상태가 무척 좋은 곳이다.

타루와 미루, 두 꼬맹이가 산책하듯이 밖을 돌아다닐 수 있는 이유도 그 때문이었는데 외성 밖 곳곳에 순찰대가 있었고 연합회에서 별도로 조직한 조직이 24시간 일대를 돌아다녔다.

그러나 개인 간의 간단한 시비나 싸움은 사회의 암묵적인 규범에 의해 결정되는 경우가 대부분이었다. 즉, 지금과 같이 몸을 파는 로라와 용병의 다툼의 경우 가급적 당사자가 해결하는 것이 가장 좋았다.

물론 상황이 심각해진다면 주변 사람들이 말리거나 병사들이 나타날 것이다. 한데 그럴 경우 오히려 용병은 용병대로 다른 지방으로 추방되고 로라는 로라대로 찍혀 영업에 지장이 생길 것이다.

'이거야 원.'

가만히 있자니 미루의 눈물이 마음에 걸렸고 끼어들자니 일이 커질 것 같았다.

"잠깐 동생 데리고 여기 있어. 형이 보고 올게."

일단은 무슨 일로 싸우고 있는지 알아보기로 했다.

"아, 글쎄 싫다니까!"

"왜? 지난번엔 잘도 하더니 오늘은 왜 안 된다는 거야? 돈도 넉넉히 준다잖아."

"내가 언제? 그때도 너희들이 날 속이고 한 짓이잖아. 이 손 치워."

"좋아했으면서 앙탈은, 크하하하하핫!"

용병은 마치 이 순간을 즐기는 사람처럼 느물느물거렸고, 그에 반해 로라는 질색이라는 듯 슬쩍슬쩍 만져오는 손을 쳐내고 있었다.

"에헤이~ 우리가 공짜로 하겠다는 것도 아니잖아. 일곱 명 분을 준다니까. 소문 듣고 기껏 찾아왔더니. 자자! 쌀쌀한 밤에 돌아다니느라 고생하지 말고 우리랑 하자고. 얼른 끝내줄게. 안 그래, 베트? 킬킬킬!"

"그래. 저놈들, 덩치는 좋아 보여도 다 조루야. 난 두 번쯤 할 수 있겠지만 말이야, 크크크!"

"손 치우라고 이 새끼들아!"

놈들은 로라를 아주 가지고 놀고 있었다.

주변 사람들도 워낙 덩치 큰 다섯이 있으니 쉽게 나서질 못했지만 분노를 터뜨리며 끼어든다고 해도 문제는 없을 것 같았다.

상황 파악을 마친 나는 구경하는 사람들을 비집고 무대(?)로 들어갔다.

"로라, 여기서 뭐 해?"

"아! …존슨, 그게……."

"야! 넌 뭐 하는 놈이길래 우리가 흥정 중인데 나서는 거야?"

베트라는 이름의 용병이 으르렁거리며 끼어들었다.

"나요? 이 여자랑 선약한 사람인데요? 그러는 댁들은 뭡니까?"

"하아~ 어린놈이 벌써부터 여자나 밝히고 말이야. 너 그러다가 뼈 삭는다. 그러니 빠져라."

난 가급적 조용하게 처리할 생각이었다. 괜스레 구설수에 올라봐야 좋을 것 없었다.

"하아~ 늙은 분이 아직도 여자나 밝히고 말이야. 그러다 삭은 뼈가 주저앉겠네요. 그리고 이 여자를 산 거 아니면 빠지죠?"

하하! 킬킬! 호호! 깔깔!

"이 새끼가……!"

주변에서 웃음소리가 터져 나오자 베트는 얼굴이 시뻘게졌다. 주먹을 꽉 쥐는 게 당장에라도 폭력을 행사할 것 같았다. 그러나 주변을 의식해서인지 또다시 말로 공격해 왔다. 한데 방향이 달랐다.

"흥! 존슨? 이런 풋고추와 데이트하려고 우리의 제안을 거절한 건가?"

"흥! 얘 이름이 뭔 줄 알기나 해? 빅존슨이야! 그에 비하면 넌 요만하고."

로라는 말릴 새도 없이 내 이름을 말했다. 그리고 새끼손가락을 들고 한 마디를 잡으며 비아냥거렸다.

"큭큭큭! 이름이 빅존슨이란다, 빅존슨!"

"푸하하하! 이름 좋다, 빅존슨."

빅존슨이라는 이름이 족히 수십 번 반복됐다. 꼭지가 살짝 돌았지만 꼬맹이들을 생각하며 참았다.

"이만 가볼 테니 내 이름으로 계속 노세요."

로라의 손을 잡고 나가려는데 베트가 내 어깨를 붙잡았다.

"어딜 가? 네가 선약했다는 증거가 어디 있어?"

"거참, 말이 안 통하는 분이네. 로라가 나랑 지내겠다는데 왜 계속 대이 참견입니까?"

"나랑 먼저 하기로 했으니까. 다만 의견이 달라 조율 중이었어. 한데 네가 끼어든 거고."

베트는 협박을 하듯이 몸을 들이밀었다. 누가 봐도 억지. 그냥 힘의 논리로 갈까 하다가 한 번 더 참기로 했다.

"좋소. 왈가왈부 길게 얘기할 것 없이 로라에게 얼마나 돈을 지불할 수 있는지로 결정합시다. 싫으면 병사를 부르든지 아님 한바탕 트잡이질을 하든가. 거기 홀스 아저씨, 병사들 좀 불러줘요."

"으, 응."

"잠깐! 네깟 놈의 말을 듣는 건 마음에 들지 않지만 그렇게 하지. 후회하지 않기다."

병사라는 말에 꼬리를 내리는 베트였다.

"우기지나 마세요."

"안 우겨. 대신 우리는 이렇게 다섯이 하기로 했으니 합쳐서 낸다."

"그런 게……."

로라가 발끈하고 외치려 했지만 난 손에 힘을 주며 그녀를 말린 후 고개를 저었다.

"한 가지 더 합시다. 진 사람 돈은 이긴 사람이 가지는 걸로."

"그러든지. 자, 꺼내."

네 명의 용병에게 돈을 건 베트는 당연히 이겼다고 생각하는지 양손으로 짤랑거리며 여유를 부렸다.

'85은… 87은… 90은… 95은!'

그의 손에 얼마가 있는지 알 수 있었다.

난 여유롭게 두 개의 금화를 꺼내 쥐었다.

"하나, 둘, 셋!"

베트와 난 동시에 손을 폈다.

"우와! 존슨이 2금을 냈다."

"로라 오늘 수지맞았네!"

당연히 나의 승리였다. 난 로라에게 2금을 건네고 믿을 수 없다는 표정을 짓고 있는 베트의 손에서 뺏듯이 95은을 가져 왔다.

귀족들의 경우 명예를 더럽히는 자를 죽이면 국법은 책임을 묻지 않았다. 물론 비교할 수는 없지만 평민들에겐 내기가 그와 비슷했다.

돈을 가지고 떠나도 죽일 듯이 노려볼 뿐 아무 말도 못 하는 이유는 그 때문이었다.

"도와줘서 고마워. 자, 이거."

로라는 2금을 돌려주려 했지만 거부했다.

"그건 이제 네 돈이야. 내기를 했는데 돌려주면 사기가 되잖아."

"그래도 이건 너무 많은데… 좋아! 대신 내가 이번 달 내내 헤줄게."

"그럴 필요 없어. 대신 내일까지 너의 몸이 아닌 너의 시간을 산 것으로 할게. 어때?"

"좋아! 그렇게 해. 음, 한데 늦더라도 집에 잠깐 들어갔다 와야 하는데 뭐, 오늘은 어쩔 수 없지. 그럼 우리 뭐 할까?"

"일단 밥이나 먹자. 저 애들이랑."

"누구? …타루! 미루! 너희들이 왜 여기에……?"

"엄마!"

눈물범벅인 미루는 로라의 품에 안겼고 타루는 코를 훌쩍이며 날 향해 고개를 꾸벅 숙였다.

뭐가 어떻게 돌아가는지 궁금해하는 로라에게 아이들을 어떻게 만났는지 말해주며 다같이 저녁을 먹으러 갔다.

내가 산 로라의 시간을 아이들에게 줬다. 그리고 반주로 마신 술도 깰 겸 홀로 해안 길을 걸었다.

"아! 빅존슨!"

마나등이 없는 으쓱한 곳에 이르자 뒤에서 내 이름을 불렀다. 아까 시비가 붙었던 용병들이었다.

"왜?"

"어라, 저 자식, 우리가 따라붙은 걸 안 모양인데? 설마 그걸 알면서도 이쪽으로 왔다는 건……."

그래도 바보들만 있는 건 아닌 모양이었다.

"아냐! 그냥 허세일 뿐이야. 아까 우리가 강하게 나가자 꼬리 내리는 거 봤잖아."

"…난 아무래도 찝찝한데."

"으이구! 복장을 봐라. 그냥 항구에서 일하는 막노동꾼이야."

베트는 내가 최대한 별것 아닌 것처럼 말하자 다른 용병들의 눈이 흉흉해졌다.

"불러놓고 지네들끼리 싸우는 건 뭐람. 얼른 용건이나 말해."

"하아~ 저 새끼 봐라. 아까 내기에 이겼다고 기고만장한데, 오냐! 너한테 볼일이 있어서 왔다."

"무슨 볼일? 쪼잔하게 아까 일로 복수라도 하겠다는 거냐?"

"그래. 감히 우리에게 쪽을 주고 무사하리라고 생각하진 않았겠지?"

"돈 몇 푼에 날 죽이겠다?"

"돈 몇 푼 때문이 아니라 너와 그 계집애는 우리의 자존심을 건드렸어."

"내가 죽으면 탐문 조사 과정에서 너희들이 한 짓이라는 걸 눈치챌 텐데?"

"괜찮아. 토막 내서 바다에 던져 버리면 되니까. 뭐, 발견된다고 해도 우린 내일 떠날 테니까."

"계획이 꽤 구체적이네. 한데 말하는 꼬라지를 보니 로라도 가만히 안 둘 생각이네?"

"물론이지. 밤새도록 괴롭혀 주다가 너랑 똑같이 만들어줄게. 그 집 애새끼들도."

"오케이! 너희들이 어떤 놈이라는 걸 잘 알았어."

그냥 손만 봐줄 생각으로 왔다면 나 역시 손만 봐줄 생각이었다. 한데 작정하고 왔다면 자비를 베풀 필요는 없었다.

용병들은 검을 들고 천천히 다가왔다.

긴장할 필요도 없는 실력들.

"참! 혹시 집에 애들 있는 사람?"

긴장하며 다가오는데 갑자기 내가 묻자 두 명이 손을 들었다.

"지금이라도 늦지 않았어. 너희 계획, 백지화하고 돌아가. 마지막 경고야."

타루와 미루를 봐서인지 기회를 주고 싶었다.

"나, 난 안 할래. 고작 그딴 일 때문에 평범한 사람들을 죽이긴 싫어. 갈래. 내일 봐."

아까부터 마땅치 않은 표정을 짓고 있던 사내는 내 말에 검을 집어넣더니 가버렸다.

"저 병신 새끼! 검도 없는 놈에게 겁을 먹은 꼴이라니. 저런 걸 동료라고 등을 맡겼으니… 쯧쯧, 상종을 말아야 해. 또 빠질 사람 있으며 지금 꺼져!"

베트가 소리쳤지만 더 이상 빠지는 사람은 없었다.

"더 이상 여기에 아무도 없는 것 같으니 손속에 정을 둘 이유가 없겠지."

"또 무슨 개소릴… 큭!"

네 명은 보이지 않은 손에 목이 잡혀 동시에 공중으로 떠올라 바다 위로 옮겨졌다. 그리고 그들이 쥐고 있던 검 하나가 그들의 주위를 빙글빙글 돌았다.

"아! 아까 몇 토막이라는 말을 못 들었네. 몇 토막으로 날 자르려고 했었어?"

난 베트가 말을 할 수 있을 정도만 힘을 풀었다.

"사, 살려주십시오! 마, 마법사님을 몰라 뵙고… 큭!"

"들을 가치도 없네. 내가 피를 좋아하지 않는 걸 다행이라고 생각해."

살려준다는 의미로 들었을까 베트의 눈에 안도의 빛이 어렸다. 그러나 착각이었다.

첨벙!

넷은 동시에 물속으로 처박혔다.

인간이 아닌 자들은 세상에 없는 편이 나았다.

*　　　*　　　*

세상에 안 힘든 일이 얼마나 있겠냐마는 항구 일은 한겨울에도 1시간만 일하면 이마에 땀이 송골송골 맺힐 정도로 육체적 노동이 심했다.

특히 항구에 배가 연속해서 들어오기라도 하면 일꾼들은 체력 보존을 위해 말도 아꼈다.

오늘이 딱 그런 날이었다.

오전에 벌써 세 척의 배에서 짐을 내렸는데 하역을 기다리는 배들이 아직도 다섯 척이나 남아 있었다.

"다음 배가 기다리고 있다. 좀 더 서둘러라."

작업반장이 목소리를 높여 외쳤다. 그러나 일꾼들 중 걸음을 빨리하는 이들은 아무도 없었다.

그들이 들고 있는 나무 상자의 무게―성인 남성 무게는 족히 될―를 생각하면 어쩌면 당연한 일이었다.

나 같은 경우 뛰어다니라면 뛰어다닐 수도 있었지만 다른 일꾼들과 마찬가지로 묵묵히 현재의 걸음을 유지했다. 튀면 괜스레 인심만 잃을 뿐이었다.

"존슨, 그거 놓고 관리 본부에 가봐."

물건을 들고 창고로 가자 창고 관리인 말했다.

다른 일을 시킬 것이 있나 싶어 그곳으로 갔는데 또 다른 곳으로 가보라는 얘기를 들었다.

"씻고 이 옷으로 갈아입고 보스 댁으로 가봐. 참! 외성의 이발소에 들러서 머리도 단정하게 깎고."

"거긴 왜요?"

"나야 모르지. 작은 보스께서 오란다. 이거 들고 가면 내성문을 통과할 수 있을 거야. 그리고 이건 지도."

모른다는데 더 물을 수도 없는 일. 본부 한쪽에 있는 샤워실에서 씻고 옷을 갈아입었다.

짙은 청색의 편하면서도 옷 선이 살아 있는 정장, 방어용 조끼, 겨울용 재킷, 거기에 검을 찰 수 있는 고리가 있는 허리띠까지.

약간 캐주얼하게 디자인되었지만 전형적인 기사들의 복장이었다.

의아해했지만 일단은 외성 이발소를 향했다.

"어서 오십시오. 어디 훈련 다녀오셨나 보군요. 짧은 스타일로 해드릴까요?"

이발사는 내가 기사라고 생각하는지 높임말을 쓰며 정중하게 대했다.

나쁘지 않고 낯설지 않은 기분. 굳이 말하지 않고 이발을 받았다.

"어떠십니까?"

옆머리는 짧게 자르고 윗머리는 눈을 가리지 않을 정도로 잘랐다. 거기에 헤어 기름을 살짝 바르고 나자 귀족 청년처럼 멀끔해졌다.

"좋군요."

"만족하셨다니 다행입니다. 머리가 길어져도 지저분해지지 않는 스타일이니 훈련을 나갔을 때도 품위를 지킬 수 있으실 겁니다."

가격은 다소 비쌌지만 값어치는 충분했다.

이발까지 마치고 지론 회장 집으로 갔다.

"어느 아카… 기사단에서 오셨습니까?"

입구에 가자 나이 지긋한 집사가 이발사처럼 정중하게 물어 왔다.

"하스톤 도련님이 오라고 해서 왔습니다만."

"네? 모집 공고를 보고 오신… 아! 빅존슨?"

"존슨이라고 불러주십시오."

"아! 미안하네, 존슨. 난 자네가 어디 기사단에서 온 사람인 줄 알고. 허~ 근데 정말 잘 어울리는군. 지금까지 본 어느 아카데미 학생들보다 멋지네."

"고맙습니다. 한데 하스톤 님이 무슨 일로?"

"내 정신 좀 봐. 자네 모습에 완전히 넋이 나갔군. 저기 저택을 왼쪽 소로로 들어가면 후원이 나올 걸세. 도련님은 거기 계시네."

'허 참!'을 연신 터뜨리는 집사를 뒤로하고 소로를 따라 후원에 이르렀다.

"오호!"

사물을 보고 아름답다고 생각한 적이 없었지만 후원을 보자마자 절로 감탄사가 튀어나왔다.

따뜻해졌다고 하지만 여전히 쌀쌀한 날씨임에도 피어 있는 꽃들, 나무들과 화초들, 다양한 종류의 조각품들, 어느 것 하나 도드라진 것은 없지만 하나라도 없으면 서운할 만큼 완벽하게 조화를 이룬 듯한 정원이었다.

하스톤은 정원 가운데 있는 작은 분수대 앞에서 연신 다양한 동작들을 반복하고 있었다.

"험! 팀장님, 불러서 왔습니다."

기척을 냈다.

"…누구… 시죠? 응?! 혹시… 존슨?"

"네. 한데 많이 이상합니까?"

"헐~ 밖에서 봤다면 절대 못 알아봤을 거야. 세상에, 자네 정말 잘생겼군. 게다가 기사복이 이렇게 잘 어울리다니. 상행 때 우리가 추측한 대로 자네는 기사였을 가능성이 높아. 혹시 기억나는 거라도 있나?"

하스톤은 호들갑을 떨며 내 외모를 칭찬했다. 상행을 하는 그가 작은 일에도 반응하며 사람을 기분 좋게 만든다는 것을 알고 있었기에 의미를 두지 않았다.

"아니요. 칭찬은 고맙습니다만 무슨 일로 절 부르셨습니까?"

"아! 내 정신 봐. 다름이 아니라 얼마 후에 아버지께서 남작위를 하사받게 된다네."

"축하드립니다."

진심으로 축하했다.

비록 직접적으로 날 구하진 않았지만 어쨌든 지론이 소유한 상회의 도움으로 목숨을 건지게 되었고, 신분 패와 일자리까지 제공받지 않았는가.

"고맙네. 그래서 영지를 가진 세습 귀족처럼 대규모의 군사를 둘 순 없지만 최소한 남작으로서 품위를 지킬 정도는 있어야겠다고 판단했어. 해서 가장 먼저 기사단을 창설할 생각이라네."

"저보고 기사단의 일원이 되라는 말이십니까?"

"비슷해. 솔직히 남작 위를 받는다고 해도 이제 막 남작 위를 받은 이에게 어느 기사 가문의 기사가 충성을 맹세하며 들어오겠나. 물론 원하는 만큼 돈을 주면 고용이야 가능하겠지. 하지만 그래선 오히려 놀림을 받을 게 분명해."

그의 말은 옳았다. 귀족이 모욕을 받으면 기사가 목숨을 걸고 나서야 하는데 돈으로 고용된 기사들에게 그런 걸 바라는 건 무리였다.

"시간은 걸리겠지만 결국 차근차근 키우기로 했어. 한데 사람을 모으다 보니 자네가 생각나더군. 그래서 권유해 볼 생각으로 불렀네."

"글쎄요. 제 실력이 기사가 될 정도인지 모르겠군요."

상행 중 용병대와 붙고, 도적을 죽이고, 날 죽이려 하던 용병 넷을 죽였지만 아직까지 내 실력이 어느 정도인지 몰랐다.

"충분해. 내가 보기엔 웬만한 기사들도 자네보다 훨씬 못할 거야. 일단 훈련 기간에 숙식 제공과 월 10금, 수습 기사가 되면 월 20금, 정식 기사가 되면 50금을 받게 될 거야. 어때?"

고민했다. 돈 때문은 아니었다.

돈 때문이라면 상인 연합회에 가면 그뿐이었다.

고민 끝에 결정했다.

"하겠습니다."

내가 만약 과거에 기사였다면 기사를 하다 보면 과거가 생각나지 않을까 싶어 하기로 했다.

"잘 생각했어. 오른쪽에 또 건물이 있을 거야. 그 뒤에 가면 수련장이 마련되어 있는데 그곳에 모집 공고를 보고 모인 이들이 있을 거야."

인사를 하고 그가 말해준 곳으로 가려는데 하스톤이 뒤에서 뭔가를 던졌다.

검이었다. 대검보단 폭이 좁지만 일반 검보다는 넓었다.

"보폴스 왕국의 검이야. 무역을 하며 얻은 거지. 참! 그리고 혹시 몰라 자네를 보폴스 왕국 아카데미 출신이라고 말해뒀어. 잘해보라고."

"좋은 검이군요. 감사합니다."

검집째 몇 번 휘둘러 보니 상당히 균형이 잘 잡혀 있었다.

검을 허리에 차고 하스톤이 말해준 곳으로 갔다.

수련하는 곳이라기엔 너무 아기자기하게 꾸며진 수련장에는 다양한 복장의 서른 명이 넘는 남녀가 적당하게 위치를 잡고 서 있었다.

그들의 시선이 일순 나를 향했지만 곧 원래대로 돌아갔다.

'기사 지망생들이라 그런가. 딱히 강해 보이지 않아.'

어디에서 나오는 자신감인지 모르지만 전부 덤빈다 해도 이길 수 있을 것 같았다.

"보폴스 왕국 출신?"

어려 보이는 얼굴을 감추려는 것인지 양끝에 짧은 콧수염을 기른 키 작은 남자가 얼굴을 들이밀었다.

"네."

"그럴 줄 알았어! 입은 옷과 검이 낯익더라니. 나는 펜딕이야. 올해 서른하나. 얼마 전까지 할르 자작령에서 수습 기사를 했었어. 반가워."

"존슨. 스물하나입니다."

평소처럼 거리를 둘 생각으로 딱딱하게 말했다. 한데 그는 성격이 유들유들한지 딱히 신경을 쓰지 않았다.

"보폴스 사내답네. 한데 존슨이라… 왠지 나랑 친해질 것 같지 않나? 헤헤헤헤!"

듣고 보니 그의 이름도 만만치 않았다.

"그렇다고 펜처럼 생기진 않았으니 오해는 마. 그나… 저나 이 댁 주인은 정말 기사단을 만들 생각이 있는 건가 모르겠네."

"왜요?"

이름 때문이었을까. 거리를 두려던 생각이 옅어졌다.

"이제 막 아카데미를 졸업한 듯한 어린 친구들이 너무 많아."

"그게 문젠가요?"

"당연하지. 아마 저들 중 사람 한번 베어본 적 없는 이들이 태반일걸. 저기 나무에 기댄 하란 아카데미 복장의 친구를 봐. 저 친군 아마 지금까지 마법만 열심히 팠을 거야. 허리에 찬 검을 봐도 알 수 있지. 저 상태에서 과연 검이나 뽑을 수 있을까? 마법으로든 검술로든 누군가를 죽인 적이 있다면 절대 저렇게 허술할 순 없어."

펜딕은 꽤나 주의력이 좋았다.

한 명씩 가리키며 타당성 있게 깠다.

"…그리고 저기 저 예쁜 여자. 다섯 손가락 안에 드는 실력자야. 한데 남자에 대한 묘한 경쟁심, 아니, 분노 같은 게 있어."

"적대심을 가진 게 보이긴 하네요."

긴 금발에 오밀조밀한 이목구비가 사람들의 시선을 끌기 충분했다. 한데 남자들이 흘낏거릴 때마다 그 기척을 감지해 상대를 노려봤다.

지금도 마찬가지. 나와 펜딕이 쳐다보자 금세 알아채고 무서운 눈빛을 날렸다.

우리는 서둘러 시선을 돌렸다.

문득 펜딕의 눈에 비친 나는 어떤지 궁금했다.

"전 어떻습니까?"

"넌……."

다른 사람에 대해 말할 땐 주저 없던 그는 내가 묻자 잠깐 고민했다.

"솔직히 모르겠어. 전혀 파악이 안 돼. 한데 강하게 드는 느낌이 있어. 그건 네가 여기 있는 누구보다도 강하다는 거야. 뭐랄까, 양들 속에 어슬렁거리는 몬스터 같은 느낌이라고 할까."

"좋게 보아주시니 고맙군요."

"음… 착각일 수 있다고 생각했는데 부인 안 하는 걸 보니 정말인가 보네?"

긍정도 부정도 하지 않고 그저 웃어 보였다.

수련장 한쪽에 걸린 시계가 4시를 가리키자 입구에서 백발에 흰 수염을 기른 사내가 들어왔다.

떡하니 벌어진 어깨와 당당한 발걸음은 젊은 사람 못지않았고 특히 부리부리한 눈빛은 보는 이를 주눅 들게 할 만큼 강렬했다.

"헐~ 저 사람이 여길 어떻게?"

"아는 사람입니까?"

"제국 제8기사단의 단장이었던 사이보 디 블라드 남작님이야. 제국 아카데미에서 교수직을 맡고 계시는 줄 알았는데……. 사실 그가 유명한 이유는 황실 기사 단장이었다는 것보다 그가 기사 육성에 엄청난 재능을 가졌다는 거야. 그가 키운 이들 중 두 명이 7서클 마도사와 마스터가 되었거든."

깔끔한 설명이었다. 다른 지망생들도 그에 대해 아는지 바라보는 눈빛이 초롱초롱해졌다.

"모두 이 앞으로 모여라."

나지막한 목소리였지만 힘이 있었다.

"난 한동안 임시 기사단장을 맡게 된 사이보 디 블라드 남작이다. 혹시 모집 공고에 적힌 것처럼 테스트를 거치고 바로 기사가 될 거라 생각한 자가 있다면 떠나는 게 좋을 것이다. 내 기준에 맞지 않는다면 절대로 기사라는 타이틀을 줄 생각이 없다. 질문 있나?"

"…혹 기준에 못 미치면 어떻게 됩니까?"

"기준에 미치지 못한다고 쫓아낼 생각은 없다. 기준에 미치게 노력하거나 포기하는 건 오로지 제군들의 결정에 달렸다. 난 그저 기준에 맞을 때까지 굴리고 또 굴릴 것이다."

사이보의 말은 마음껏 괴롭혀 줄 테니 버텨보라는 의미처럼 들렸다.

"그럼 그동안은 수습 기사가 되는 겁니까?"

"아니, 수련생이다. 수습 기사가 되는 것도 결코 쉽지 않을 것이라 장담하지. 자, 이렇게 말했는데도 떠날 사람은 없나?"

말로 하는 협박에 떠나겠다고 하는 이는 아무도 없었다. 아니, 오히려 그의 소문 때문인지 은근히 기대하는 눈빛으로 보는 이가 더 많았다.

"좋다. 없다면 간단한 테스트를 해보기로 하지. 이 자리부터 대문까지 내가 멈추라고 할 때까지 달리기를 시작한다. 싸우는 것을 제외하곤 무슨 수를 써도 좋다. 1등을 한 자는 수습 기사의 타이틀을 주겠다. 시작!"

지망생들은 일제히 대문을 향해 달렸다. 개중엔 하단전의 마나를 쓰는 이도 있었고 마법을 사용하는 이들도 있었다.

"장담하는데 모두가 쓰러질 때까지 절대 멈추라고 하지 않을 거야. 그러니 체력을 비축해."

펜딕의 말은 일순 타당하게 들렸다. 그러나 곧 모순이 있음을 알게 되었다.

"오래달리기도 아닌데 비축하는 게 의미 있나요? 그리고 절대 멈추라고 하지 않을 거라면 모두가 쓰러져야 끝이 난다는 얘기 아닙니까?"

"아! 진짜 그러네. 내가 착각했다. 이럴 땐 강렬한 인상을 심어주는 게 낫겠어. 나 먼저 갈게."

펜딕은 속도를 높였다.

난 빠르지도 느리지도 않은 속도로 중간 순위를 유지하며 달렸다.

처음엔 우르르 몰려다니는 듯했지만 시간이 지날수록 가장 빠른 사람과 느린 사람의 거리는 벌어졌다. 그리고 30분 만에 첫 번째로 쓰러지는 자가 생겨났다.

펜딕이 검을 잘못 찼다고 지적했던 하란 아카데미 복장의 남자였는데 마나를 모두 사용했는지 서서히 느려지더니 결국은 걷기 시작했다.

한데 그때 사이보의 목소리가 터져 나왔다.

"1등! 걷고 있는 친구를 데리고 같이 움직이도록."

"네? 그게 무슨……."

1등을 하던 덩치 큰 사내는 날벼락을 맞았다.

"낙오한 동료를 버릴 셈인가? 낙오자는 없다."

지금까지완 달리 살기까지 내뿜는 사이보의 모습에 1등은 결국 걷고 있는 남자를 어깨에 걸치고 뛰었다.

1등이 뒤로 쳐지는 건 순식간이었다. 그리고 죽기 살기로 달리던 선두 그룹의 달리는 속도가 줄어들었다.

서로 1등이 안 되려고 눈치를 보고 있었던 것이다.

낙오자가 또 발생했다. 이번엔 여자 지망생이었다.

"1등, 같이 움직이도록."

이번엔 얼굴을 본다고 눈을 매섭게 노려보던 여자가 1등이었다.

"헉헉! 헉헉!"

1시간이 지나자 모두 한 명씩 업거나 어깨에 걸친 채 달리고 있었다. 그래서인지 대부분 숨을 할딱이고 있었다.

"미, 미안해요."

내 등에 업힌 덩치 큰 사내가 중얼거렸다. 아마 자신의 몸무게가 무겁다는 건 아는 모양이었다.

"신경 쓰지 마요. 그나저나 이제부터 어떻게 할지가 궁금하네요."

모두가 한 명씩 데리고 달리고 있는 상황. 곧 낙오자가 발생할 것 같은데 그때도 업으라고 할지 궁금했다.

결국 두 명이 쓰러졌다.

"1등, 2등. 데리고 같이 뛰어."

"…그러죠."

현재 1등은 나였고 2등이 펜딕이었다.

두 명을 업었다. 그러나 10분도 지나지 않아 또다시 한 명을 업어야 할 상황이 왔다.

'그만두고 나도 걸을까.'

이미 두 명씩 업고 있는 이들은 걷는 것도 힘들어 발을 질질 끌며 움직이고 있었다.

이런 상황인데도 사이보는 서늘한 눈으로 바라만 볼 뿐이었다.

"나 내려줘. 다시 뛸 수 있을 것 같아."

맨 처음 업혔던 사내가 말했다. 그 순간 사이보가 달리기 테스트를 한다고 한 적이 없다는 것과 낙오자는 없다는 얘기가 떠올랐다.

난 업었던 이들을 모두 내려주었다. 그리고 쓰러진 이들을 한 명씩 일으켰다.

그때 두 명을 업고 다리를 질질 끌면서도 포기하지 않고 있는 여자가 다가왔다.

"…포기했으면 옆으로 비, 비켜."

"이젠 내려줘. 이건 달리기 테스트가 아냐."

"…무슨 말이야?"

"언제까지 업을 수 있다고 생각해? 기사단장은 계속 같이 뛰라고 말하고 있어. 과연 이게 무슨 뜻이라 생각해?"

"헉헉헉! 비, 빌어먹을 영감, 동료애 테스트를 한 거였군."

막 대문을 찍고 돌아오던 펜딕은 단번에 알아들었다. 그러곤 업고 있던 두 명과 함께 바닥에 주저앉았다.

"확실하진 않지만 그런 것 같아요. 일단 모두 데리고 같이 들어가 봐요."

모두가 내말에 수긍한 것 같진 않았다. 그러나 지쳐 있는 상태라 내 말이 사실이길 바라고 고개를 끄덕였다. 한 여자를 제외하곤 말이다.

"난 아니라고 생각해. 쓰러질 때까지 해내고 말겠어."

"…그러든지."

상관없었다. 그녀의 속도에 맞춰 같이 걸어가면 되는 일이었다.

우리는 거의 동시에 사이보의 앞에 도착했다.

사이보는 한쪽 입꼬리를 올리고 비웃으며 말했다.

"멈춰."

휴우우우~

안도의 한숨을 내쉬는 지망생들.

"절반쯤 그만둔 후에야 힌트를 줄까 했더니 그나마 잔머리를 굴릴 줄 아는 녀석이 있었군. 홀로 강해지는 것도 중요하지만 함께할 때 더욱 강해지는 것이 기사단이다. 잊지 마라. 입소를 할 마음이 있는 이들은 시흘의 시간을 줄 테니 그때까지 올 수 있도록."

사이보는 재미있는 물건을 바라보듯 날 흘낏 쳐다보곤 가버렸고 겨우겨우 버티고 있던 지망생들은 일제히 바닥에 주저앉거나 자리에 누웠다.

*　　　　*　　　　*

딱히 신변을 정리할 것이 없었던 나는 그날부로 지론 남작의 별관에 머물렀다.

이미 수련생들을 위한 편의 시설이 완비되어 있었는데 수련장과 저택의 후원이 보이는 베란다가 있는 방에 자리를 잡자 하녀는 나에게 맞는 속옷, 평상복, 구두 등 생활에 필요한 일체를 갖다 줬다.

별관은 천국이었다.

빨래도 음식도 별관 하녀가 다 해줬기에 훈련에만 집중하면 됐다.

물론 수련생들이 오기 전까지 굳이 땀을 흘릴 필요가 없었기에 방에서 빈둥댔지만 말이다.

ㅡ…다음은 제국 수도에서 많은 사람에게 사랑받는 가수죠. 오페라계의 엘프라 불리는 베로니아 양의 '내 사랑을 받아주세요'를 들려 드리도록 하겠습니다.

마법의 왕국이라 불리는 플린에서 6개월 전부터 시작된 라디오방송은 현재 전 대륙의 국가들에게 빠른 속도로 퍼져가고 있었다.

한 손에 쥐어질 만큼 작은 수정구(라디오)의 가격이 100금이 넘어 아직까진 귀족들과 돈 많은 상인만 들었다. 한데 제인 상회에서 기사들이 유행에 뒤처지면 안 된다고 별관에 구비를 해둔 것이다.

"돈 생기면 하나 사야겠어."

아직까진 콘텐츠 부족으로 똑같은 방송이 반복되는 경우가 많았다. 그러나 나같이 비사교적인 사람에겐 보물과 같은 존재였다.

벌컥!

인간의 목소리라곤 믿기 힘든 아름다운 고음에 심취해 있는데 문이 열렸다.

누가 예의 없게 노크도 없이 문을 열었는지 쳐다봤더니 금발 머리의 독종 미녀였다. 그녀는 잔뜩 짐을 든 채 날 노려보고 있었다.

"…뭐야?"

당연히 내 입에서 나왔어야 할 말인데 의외로 독종 미녀에게서 나왔다.

"누가 할 소릴 하는 겁니까?"

"왜 당신이 여기 있는 거죠?"

"내 방이니까요."

"모집일에 내가 찜해놓은 방이에요. 비켜요."

어이가 없는 여자였다. 이 방이 너무 마음에 들어 꼭 자신이 지내고 싶다고 말했어도 거절했겠지만 너무 제멋대로였다.

그렇다고 싸워봐야 나만 못난 놈이 될 게 뻔했다.

"찜했는지 어쨌는지 몰라도 모집일부터 이 방을 쓴 건 납니다. 그리고 이 방을 마음에 들어 해도 양보할 생각도 없고요. 3인 1실이니까 쓰고 싶으면 저기 침대 써요."

"…지금 날 모독하는 건가요?"

"싫으면 다른 방으로 가시든가."

당연히 떠날 거라고 생각했다. 한참을 노려보고 있던 그녀는 짐을 들고 안으로 들어왔다.

속으로는 '아차!' 싶었지만 겉으론 태연한 척 바지춤에 손을 넣고 벅벅 긁으며 떠나길 유도했다.

으득!

"잘 지내봐요."

"이 가는 버릇이 있나 보네요. 잘됐네요. 전 코 고는 버릇이 있거든요."

자존심 대결의 시작이었다.

"여어~ 잔머리 친구, 일찍 왔네?"

독종이 샤워하러 간 사이에 방을 기웃거리던 펜딕이 나를 발견하자 반갑게 인사했다.

"어서 오세요, 펜딕."

"오! 여기 방 좋은데? 침대가 하나 비는 것 같은데 내가 써도 될까?"

"물론이죠."

"흐흐! 고마워. 근데 저쪽 침대를 쓰는 친구는 누구야? 내가 아는……."

막 짐을 풀려던 펜딕은 샤워실 문을 열고 나오는 독종을 보곤 눈이 동글해졌다.

그녀는 적당히 가릴 곳을 가리고 나왔지만 연인이 아닌 이상 눈을 두기 민망한 차림이었다.

"…험! 내, 내가 주책없이 왔군."

"괜찮아요. 제가 먼저 방을……."

"아, 아냐. 난 딴 방을 써야겠어. 나중에 놀러올게."

펜딕은 짐을 챙겨 번개처럼 사라져 버렸다.

"…꼭 그런 옷차림으로 나와야 합니까?"

"이게 어때서요? 그리고 방에서라도 편한 게 좋지 않겠어요?"

"그럼 그렇게 하죠."

나도 샤워를 하러 들어갔다. 그리고 물을 맞으며 다른 여자가 들어오길 기다렸다.

내일부터 훈련이라 사람들이 한창 들어오고 있는지 오래지 않아 누군가가 왔다. 두런두런 들리는 소리가 분명 여자였다.

'왔군.'

난 편안한 반바지 하나만 걸치고 나갔다.

"…루, 루시, 난 다른 방을 알아볼게."

멍한 얼굴로 날 바라보던 여자는 서둘러서 짐을 챙겨 나가 버렸다.

결국 모든 수련생이 입소를 했는데도 우리 방엔 아무도 오지 않았다.

눈을 뜨자 상쾌한 아침 공기와 함께 은은한 여자의 체향이 코로 스몄다.

'독한 여자, 휴우~'

지금이라도 옮기는 게 낫지 않을까 생각해 봤지만 난 이 방이 좋았다.

조용히 편안한 옷을 입고 베란다로 나가 수련장으로 뛰어내렸다.

"이런 편안함 때문이라도 절대 안 되지."

새벽 훈련은 가벼운 달리기부터 시작했다. 달리기가 끝나면 검을 들고 몸이 움직이는 대로 검을 휘둘렀다.

과거에 분명 체계적인 검술을 배웠을 텐데 기억나지 않으니 그저 느낌대로 할 뿐이었다. 한데 그럼에도 불구하고 오히려 검은 더욱 자유롭게 움직였다.

'독종도 저 이유 때문에 저 방에 머물려고 한 건가?'

인기척이 느껴지는 방향을 보니 내 방의 베란다로 루시가 나와 수련장으로 뛰어내렸다.

잠깐 지켜볼 생각으로 수련장 벽에 붙어 하는 양을 지켜보았다.

루시는 스트레칭으로 가볍게 몸을 푼 후 검술을 펼쳤다.

꽤 부드러운 검술이 이어지더니 어느 순간부터 갑자기 동작이 어설퍼졌다.

'앞의 검술이 나은데 굳이 저런 미완성인 검술을 수련하는 이유가 뭐지?'

보는 것만으로도 내가 불편해지는 기분이다.

그만 보고 내 일이나 해야겠다고 생각하며 움직이려는데 루시가 먼저 나를 인식했다.

"누구야!"

라이트가 떠오르며 눈이 마주쳤다.

"너……! 내가 수련하는 모습을 본 거야?"

마치 비밀을 들킨 사람처럼 화들짝 놀라며 화를 내더니 당장에라도 검을 뽑을 것 같았다. 원래 가벼운 농담으로 끝낼 생각이었는데 좀 더 냉정하게 말을 해야 했다.

"방해하지 않은 거야. 설마 여기가 네 개인 수련장이라고 생각하는 건 아니지?"

"……"

더 이상 말하지 않고 큰 나무 밑에 나름대로 만들어둔 훈련장으로 이동했다.

높낮이가 제멋대로인 실에 쇠구슬을 매달아둔 것뿐이지만 현재 나에겐 꽤나 좋은 훈련법이었다.

검의 옆면으로 구슬들을 쳐서 움직이게 만든 후 안으로 들어가 구슬을 피하거나 막고 쳐냈다.

한 개씩 쳐낼 생각을 하면 열아홉 개의 다른 구슬들에게 완전히 무방비가 되기에 스무 개의 구슬을 완전히 머릿속에 그리고 최대한 쳐내고 나머지는 피해야 했다.

도로로로롱! 도로로로롱!

검 면과 부딪힌 쇠구슬들은 아름다운 소리를 냈다.

처음엔 아등바등 쳐내기에 바빴는데 차츰 익숙해진 뒤에는 소리를 듣기 위해 쳐내고 있었다.

제3자의 입장에서 본다면 음악 소리에 맞춰 검무를 춘다고 생각할 것이다.

한바탕 신나게 몸을 푼 후에야 구슬 사이에서 빠져나왔다.

"왜?"

루시가 넋을 놓고 보고 있었기에 물었다.

"아! 아무것도… 개인 수련장이 아니라고 말한 건 너 아니었어?"

"수련을 지켜봤다고 뭐라는 게 아니라 너무 넋을 보고 있는 것 같기에 물어본 것뿐이야."

"누, 누가 넋을 놓고 있었다고……."

"아님 말고. 먼저 들어간다."

해가 뜨기 직전까지가 수련 시간이었다.

그 후 샤워를 마치고 아침을 먹을 때까진 산책을 하거나 베란다에서 풍경을 보며 생각을 정리했다. 정리할 생각이 많지 않아 그저 멍하니 있는 시간이 대부분이지만 말이다.

오늘은 물을 마시며 베란다에 섰다. 한데 생각도 하기 전에 '팅팅'거리는 소리가 먼저 귀를 때렸다.

"얼씨구, 쇼를 하네."

루시가 내가 하던 훈련을 하고 있었다. 그런데 한 개를 치고 열아홉 개를 몸으로 받아내고 있었다. 게다가 생각대로 안 되자 힘을 주는 바람에 처음에 내가 그랬듯이 쇠구슬을 하나씩 날려 버렸다.

그녀의 지랄 발광은 결국 모든 구슬을 날리고 나서야 끝이 났다.

"…미안."

분한 얼굴을 하고 있어서 적반하장으로 나올 줄 알았는데 베란다로 올라온 그녀는 순순히 사과했다.

"신경 쓰지 마. 구슬은 많으니까."

사과를 하는데 면박을 줄 만큼 나는 나쁜 놈이 아니었다.

루시는 뭔가를 말하고 싶은 듯 몇 번 주춤거리다가 방으로 들어갔고 난 다시 조용히 생각할 시간을 가졌다.

"살인해 본 사람?"

수련생으로 처음 본 사이보가 던진 질문이었다.

서른두 명의 수련생 중 손을 든 사람은 나를 포함해 다섯 명에 불과했다.

"좋다. 살인을 해보지 않은 수련생 중 당장에라도 벨 수 있다고 생각하는 이는?"

또 무슨 테스트인가 생각하면서도 스물일곱 명의 수련생은 손을 들었다.

"좋아. 9번 수련생 나와."

9번 수련생은 세 명의 여자 중 한 명으로 어제 내 방에 왔다가 곤욕을 치른 여자였다.

"저기 서 있는 하녀를 베어라."

"…네?"

"방금 전 당장에라도 벨 수 있다고 하지 않았느냐! 지금 당장 저 하녀를 죽이란 말이다!"

지목을 당한 하녀도, 9번 수련생도 당황하긴 매한가지.

사이보의 호통에 9번 수련생은 검을 뽑았다. 그러나 공포에 질려 뒷걸음치는 하녀를 향해 검을 휘두르진 못했다.

"3번 훈련생, 하녀를 죽여라!"

펜딕이 3번이었다.

펜딕은 대답과 함께 주저하지 않고 워터 볼을 만들어 하녀에게 발사했다. 손에 사정을 두지 않았는지 맞으면 즉사였다.

"디스펠!"

예상대로 마법이 하녀에게 닿기 직전 사이보는 마법을 없애버렸다. 그리고 말을 이었다.

"기사를 명예로운 직업이라 생각하지 마라. 혹시 마음속에 약자를 보호하고 영지민을 수호하는 모습을 상상하고 있다면 그 상상을 깨뜨려라. 그러지 못하겠다면 그만두는 것이 좋다. 내가 아는 한 가장 지저분한 직업이 바로 기사다."

사이보는 기사의 나쁜 점을 가감 없이 말했다.

"…주군이 어떤 사람이든 그의 명에 절대 복종해야 하고 개같은 놈을 지키기 위해 이름 모를 야산에서 죽음을 맞이해야 하기도 하지. 난 지금까지 기사를 꿈꾸는 모든 이에게 말했다. 차라리 공장에서 마법진을 활성화시키며 살라고."

난 사이보가 테스트가 아닌 진심으로 하는 말이라고 느껴졌다.

"모두 눈을 감아라! 떠난다고, 비겁하다고 겁쟁이라 말하지 않겠다. 혹시 그런 말을 하는 자가 있다면 진정한 용기를 가진 자를 모욕한 것으로 간주하고 목을 베겠다. 자! 마지막 기회를 주겠다. 인생을 망가뜨리는 늪에서 빠져나가라."

그의 진심이 통했다.

눈을 떴을 땐 8명이 떠난 후였다.

"마지막 기회를 차버리다니, 멍청한 놈들. 너희들 중 절반은 길에서 영문도 모르고 죽을 것이고, 또 절반은 명예라는 단어 때문에 죽을 것이다.

남아 있는 수련생에게 저주를 퍼붓는 사이보.

"단 한 놈이라도 살기를 바라는 마음에서 최선을 다하겠지만 과연 그럴 수 있을까 의문이다. 일단 실력을 확인하겠다. 이번 대련에서 1등을 한 자는 수습 기사의 자격을 주겠다."

실력 확인은 일대일 대련이었다.

무작위로 두 명씩 짝을 지어 대련하였는데 실력이 고만고만해서인지 꽤 흉흉했다. 특히 수습 기사가 될 수 있는 기회를 놓치지 않으려는 듯 실력을 아끼지 않았다.

사이보는 그냥 지켜보고만 있지 않았다.

대련이 길어지면 승자를 직접 지목했고 위험하다 싶으면 나서서 말렸다.

"멈춰! 승자는 6번. 다음."

드디어 내 차례.

상대는 10번으로 살인의 경험이 있냐고 물었을 때 손을 든 청년이었다.

"시작!"

예의를 표한 후 10번은 달려들지 않고 다소 신중하게 방어 자세를 취했다.

'그럼 내가 먼저.'

신중하게 할 생각이었다면 마법까지 소환해 두는 게 나았을 것이다. 사실 방어 자세를 취했다곤 하지만 내 눈엔 빈틈 투성이였다.

빠르게 접근하자 10번은 왼쪽으로 움직이며 마법을 두 개 소환하려 했다.

팍!

검 면으로 막 무게중심을 옮기는 그의 오른쪽 장딴지를 때리면서 밀었다.

그의 몸이 좌측으로 빙글 돌면서 공중에 떴고 마법 역시 깨졌다. 모로 누운 그의 목에 가볍게 검을 댔다.

"…멈춰! 다음."

"괜찮습니까?"

난 넘어진 상대에게 손을 뻗으며 물었다.

"…아! 네네. 도대체 방금… 아, 아닙니다."

어리둥절해하며 손을 잡고 일어난 10번은 이해가 되지 않는다는 듯 머리를 긁적거리며 자신의 자리로 돌아갔다.

"역시 내 추측이 틀리지 않았어. 평범하기 이를 데 없는 한 동작으로 어떻게 그럴 수가 있지?"

자리로 들어오자 펜딕이 물었다.

"무게중심이 쏠린 쪽을 공격했을 뿐입니다."

"그걸 어떻게 아는데?"

"몸을 좌에서 우로 옮겼잖아요. 그 순간 무게중심이 오른쪽으로 쏠리고 아주 짧지만 두 다리가 땅에서 떨어지게 돼요. 그 순간을 노렸죠."

다들 내 말에 귀를 기울이고 있었지만 상관없었다. 어차피 그런 단점을 단시간 내에 고칠 수 있는 사람도, 날 상대할 사람도 없어 보였다.

30장
수도 발칸

　4번의 승리와 한 번의 부전승으로 수습 기사 타이틀을 땄다.

　월급이 오르고 번호로 불리지 않게 되었다는 점에선 좋았지만 그보다는 귀찮음이 더 커졌다.

　"굳이 대련 상대를 구할 필요가 없게 되었군. 존슨, 하루에 10분씩 수련생들과 대련을 해주게. 이건 부탁이 아니라 명령일세."

　사이보가 수습 기사라는 타이틀을 주며 내게 내린 명령이었다.

　10분씩만 해도 230분, 3시간 50분.

　기억을 찾기 위한 일이 노동이 되어버리자 계속 머물러야 할지 고민됐다. 그래서 사이보를 찾아가 솔직히 내 생각을 말했다.

싫으면 그만두라고 말할 줄 알았는데 의외로 그는 당근을 제시했다.

오전 4시간을 제외하곤 저택에만 머문다면 자유 시간을 주겠다는 당근. 나는 물었다.

"개뿔! 이게 어떻게 자유 시간이야."

오전 4시간 동안 대련을 마치고 난 후 난 별관 앞에 의자를 놓고 앉아 있는 중이었다.

투덜거리고 있는데 수련장에서 누군가가 힘겹게 뛰어왔다.

"쯧! 또 시작이군."

내가 별관 입구에 자리를 잡고 있는 이유는 바로 동료라 적고 원수라고 읽는 수련생들 때문이었다.

사이보와 수련을 하다가 그에게 지적을 받으면 어김없이 날 찾아와 이것저것을 물어보며 귀찮게 했다.

숨고 도망 다녀 봐도 소용없었다.

숨바꼭질하듯 온 저택을 돌며 날 찾았고 못 찾으면 식사 시간이나 저녁 쉬는 시간에 찾아와 괴롭혔다.

물론 이 모든 것이 사이보의 간교한 술책임은 두말하면 잔소리였다.

당장 떠날 생각까지 했었다. 그러나 세 가지 이유 때문에 아직까지 머무르고 있었다.

첫 번째는 사이보가 정말 열심히 수련생들을 가르치고 굴린다는 것이었고 두 번째는 강해지고자 열망하는 수련생들의 눈빛 때문이었다.

"존슨 기사님, 물어볼 것이 있습니다."

상당히 지쳐 보이는 롤란이 예의를 다하며 인사했다.

"그렇게까지 안 해도 된다니까요."

"그럴 수 없습니다. 일과 시간엔 수습 기사와 수련생 간에 예의를 지켜야 한다고 했습니다."

"아휴~ 됐어요. 이번엔 그 인간이 뭐라고 하든가요?"

"파괴력이 부족하다고 했습니다."

"저기 서 있는 통나무에 마나 없이 공격을 해봐요."

내 왼쪽에 박아둔 통나무를 가리켰고 롤란은 주 무기인 쌍도끼로 공격을 했다.

퍼버벅! 퍼버벅! 퍼버버버버벅!

소리는 요란했지만 통나무의 나무껍질만 날릴 뿐이었다. 난 단번의 그의 단점을 알아냈다.

"전사경이 부족해요. 그리고 전체적으로 무게중심이 너무 높고요. 공격할 때 무릎과 허리를 살짝 더 숙여요. 그래요! 그 정도로. 그리고 지금부터 제가 하는 동작 그대로 따라 해요."

오른쪽 발목을 바깥으로 돌리면서 무릎, 허리, 어깨, 팔, 팔꿈치, 팔목으로 힘을 전달한 후 다시 거꾸로 돌아오게 했다. 그리고 발목이 안으로 올 때 왼쪽 발목을 바깥으로 돌리며 같은 동작을 반복했다.

"제가 되었다고 할 때까지 큰 최대한 큰 동작으로 반복하세요. 참! 라이트닝 애로우를 띄워두고 하는 거 잊지 마시고요."

"헉! 그건……."

"싫으면 안 해도 됩니다. 대신 두 번 다시 저한테 조언을 구하러 오지 마세요."

네가 조금이라도 덜 귀찮으려면 그들이 하루라도 빨리 강해지는 것밖에 없었다.

'억울해서 괴롭히는 것도 있지만……'

"…하겠습니다."

롤란은 문어가 움직이는 것처럼 꿈틀대며 따라 했고 난 다시 의자에 앉아 읽던 책을 들었다.

무술의 용어를 정리한 책으로 수련생에게 정확히 설명하기 위해선 필수였다.

책을 두 장쯤 넘겼을 때 또 한 명이 뛰어왔다.

그제 나처럼 수습 기사가 된 펜딕이었다.

"존슨, 날렵한데 여전히 무게감이 없단다."

"구덩이에 들어가서 연습하세요."

펜딕이 부족한 것은 천근추. 마나를 다뤄 무게를 늘리는 것으로 날렵하면서도 무게감 실린 공격을 가할 수 있었다.

"…다른 방법은 없는 거냐?"

"싫으면……."

"한다, 해! 치사한 놈."

그는 내 앞쪽에 있는 수많은 수련 도구 중 공기가 든 풍선을 어깨에 걸고 물이 담긴 구덩이로 들어갔다.

"워터 볼 띄워놓는 거 잊지 마시고요."

"악마 같은 놈! 네가 기사단장보다 더 악질이야!"

"시끄러워요! 롤란, 동작이 엉망이에요."

공중에 떠오른 두 개의 나무 막대 중 하나는 펜딕의 머리를 가볍게 때렸고 다른 하나는 제대로 움직이지 않는 허리와 무릎을 때렸다.

나름 스트레스를 푸는 방법이었다. 물론 또다시 스트레스 덩어리가 달려오고 있었지만.

"시야가 좁대."

루시였다. 그녀도 펜딕과 마찬가지로 수습 기사였다.

"구슬치기해. 자! 오늘부턴 이 목검으로."

"연습을 목검으로 하면 나중에 진검을 잡을 때 감을 잃을지도 몰라."

"잃어버릴 감이라도 있다면 그렇겠지. 구슬을 네가 직접 매달면서 하려면 그렇게 하든가."

루시는 목검을 거칠게 빼앗더니 파이어 볼을 옆에 띄워놓고 쇠구슬과 씨름을 시작했다.

뛰어오는 수련생들은 끊이지 않았고 곧 앞마당엔 그들로 가득 찼다.

이때부터는 책을 읽을 틈도 없이 동작이 흐트러지는 이들을 감시해야 했다.

감시라는 핑계로 한참 스트레스를 풀고 있는데 대문이 열리며 30대 중반—실제 나이는 오십이 넘었다—으로 보이는 귀부인이 들어왔다.

제인 상회 지론의 아내인 제인.

그녀는 내가 이곳을 떠나지 못하는 세 번째 이유이기도 했다.

그녀를 보는 순간 정체를 알 수 없는 엄청난 친밀감을 느꼈다. 처음엔 운명의 상대를 만난 것이 아닌가 싶었지만 몇 번 보자 그건 확실히 아니었다.

"고생들 많아요."

그녀는 나와 수련생들을 보고 방긋 웃어 보였다.

"산책하고 오시는 길이십니까?"

난 그녀에게 다가가 정중히 인사하며 물었다.

가까이 갈수록 친밀감은 강했는데 혹시 떠오른 것이 있을까 싶어 그녀가 지나갈 때면 언제나 가까이 다가가 인사를 했다.

"호호! 아니에요, 존슨 경. 친하게 지내던 친구 집에 다녀왔어요. 수도로 가면 아무래도 자주 못 만날 테니까요. 힘들겠지만 수고해요."

"성심을 다하겠습니다."

저택으로 들어가는 그녀. 아쉽게도 오늘도 친밀감의 정체는 알 수 없었다.

"훗! 연상을 좋아하나 봐?"

내가 들어가는 제인의 뒷모습을 물끄러미 보고 있자 루시가 입꼬리를 올리며 물었다.

"아니거든. 수련이나 하셔."

난 멈춰 있는 쇠구슬을 움직이게 만들어 루시의 온몸에 쇠구슬이 맞도록 했다.

"뭐 하는 짓이야!"

"쇠구슬을 주먹만 한 것으로 바꿀까 생각 중인데 네 생각은 어때?"

"…쳇! 열심히 하면 되잖아."

루시는 입을 다문 채 다시 온몸으로 쇠구슬 받기에 몰두했다.

저녁 식사 종이 울리면 일과 시간은 끝이었다. 그러나 식사를 마친 수련생들은 자발적으로 앞마당으로 가서 오늘 지적을 받았던 것들에 대해 수련을 계속했다.

물론 난 예외였다.

"디스펠!"

라이트, 파이어 볼, 매직 미사일 따위의 마법을 띄워놓고 그 위에 디스펠을 펼쳤다.

마나가 본래대로 돌아가며 마법은 씻은 듯이 사라져 버렸다.

난 보고 있던 6서클 마법책을 덮으며 중얼거렸다.

"확실히 6서클 이상이야."

나의 검술 실력과 마법 실력은 어느 정도일까? 라는 의문이 수련생을 가르치다 보니 들었다. 그래서 알아보았다.

기준은 '러너에서 마스터까지'라는 무술의 단계를 설명한 책과 각 서클의 마법책이었다.

결과는 놀라웠다.

무술은 마스터였고 마법은 6서클 이상이었다. 게다가 마법을 잘 알고 있었는지 앞부분만 읽어도 마법 수식이 절로 떠올랐다.

'난 정말 스물하나일까? 어쩌면 60대의 할아버지일지도.'

마스터가 되면서 겪는다는 신체 재구성을 고려한다면 틀린 추측도 아니었다. 물론 성취를 이룬 시점에 신체 재구성이 멈추고 서서히 늙어간다는 것까지 고려한다면 모순이 발생하지만 말이다.

"어렵다, 어려워. 아무튼 기억을 찾을 때까진 실력을 감출 필요가 있겠어."

수련생들이 훈련을 끝내고 들어오는 소리가 들렸다. 쳇바퀴처럼 도는 과거에 대한 고민을 멈췄다.

천근추 훈련을 했는지 루시가 물에 빠진 생쥐 꼴로 들어왔다. 화염 마법사가 물기를 날려 버릴 마나도 없는 모양이었다.

"…한 가지 물어볼게."

척, 내 침대 앞에 서며 말했다.

"밤엔 좀 쉬자. 그리고 얼른 씻어. 굴곡이 다 보여."

"실컷 봐. 대신 질문에 답해줘."

답을 해주기 전엔 절대 움직이지 않겠다는 듯한 태도에 고개를 저었다.

"천근추에 대해서라면……."

"그건 확실히 알았어."

"좋아. 한 가지만이다. 물어봐."

"쇠구슬, 그 빌어먹을 것은 도대체 어떻게 해야 하는 거지? 왜! 넌 되는데 난 안 되는 거지?"

"그건 네가 너무 똑똑해서야."

"직설적으로 말해. 왜 가르치는 이들은 꼭 빙빙 돌려 말하는 거지? 그게 멋있어 보일 거라 생각하면 착각이야. 그저 속만 터지게 할 뿐이야."

"듣고 보니 그러네. 한데 내가 힘들게 얻은 걸 가르쳐 주려니 배가 아픈 건 아닐까?"

"…왜? 같이 잠이라도 자면 가르쳐 줄래?"

루시는 제복의 단추를 풀려고 했다. 그녀의 표정과 눈빛은 경멸로 가득했다.

"미쳤구나? 풀기만 해봐. 그 순간 네가 날 덮치려 한다고 소리 지를 테니까."

"이……!"

발작하려 할 때 그녀의 말을 이었다.

"너무 똑똑해서 배운 그대로 하려고 한다는 게 네 단점이야. 가령 찌르기 동작을 가르쳐 주면 넌 그 찌르기 동작을 수천 번 반복하면서 응용할 생각을 아예 하지 않아."

"……."

난 검 모양의 라이트를 만들어 설명했다. 찌르기를 할 때 위치가 애매했지만 침대에 앉아 있는 내 눈이 기준이었을 뿐이었다.

"찌를 때 접근해 오면 어떻게 해야 할까? 찌르기는 그 순간 손잡이 치기가 될 수도 있어."

"그 정돈 알아."

"그것도 배워서 아는 길 거야. 스스로 그것을 알아냈다면 결코 헤맬 이유가 없어. 지금쯤 적어도 다섯 개의 쇠구슬은 쳐내고 다섯 개는 피할 수 있어야 해. 검식은 그 안에 담긴 기술을 배우라는 의미이지 검식 자체에 매달리라는 게 아니라고 생각해. 이건 전사경을 몸에 배게 하는 검식이고, 이건 진각의 중요성을 가르쳐 주는 검식이야."

설명을 하다 보니 어느새 일어나서 동작을 보여주고 있었다. 루시는 심각한 표정으로 집중하고 있었다.

"이해하기 쉽게 하기 위해 한 말이지 검식이 중요하지 않다고 말하는 건 절대 아냐. 대신 형식에 얽매이지 마. 검술의 목적은 상대를 무력화시키는 거야."

"…쇠구슬의 움직임을 어떻게 파악할 수 있었지?"

한 가지만이라고 못 박았지만 표정을 보니 말해주지 않을 수 없었다.

"마나가 검에만 씌우라고 있는 건 아니잖아."

깨달은 게 있었을까. 루시는 고맙다는 말도 없이 다시 방을 뛰쳐나갔다.

"쩝! 천만에. 두 번 다시 설명해 주나 봐라. 그럼 내가 빅 씨다."

라디오를 틀어놓고 침대에 누웠다.

은은하게 쇠와 쇠가 부딪히는 소리가 들리는 듯했지만 곧 우렁찬 테너 가수의 목소리에 묻혔다.

누군가에게 쫓기는 꿈을 꾸고 있었다.

꿈임을 확신하는 이유는 쫓고 있는 자도, 현재 위치도, 주변 환경도 모두 확실하지 않다는 점 때문이었다.

끝도 보이지 않는 절벽에 몸을 날렸다.

한없이 떨어지는데 나보다 먼저 떨어지고 있는 이들이 있었다.

'잡아야 해!'

왠지 모르지만 앞에 떨어지고 있는 이들을 놓치면 안 될 것 같다는 생각이 들었다.

떨어지는 속도를 더욱 높였다. 한데 쉽게 거리가 좁혀지지 않았다. 끝이 없을 것 같던 절벽의 끝이 보이고 있었다.

'안 돼!'

간절함이 전해졌을까 순식간에 거리가 좁혀졌고 세 사람을 잡을 수 있었다. 한데 무게감을 이기지 못하고 속도는 더욱 빨라졌다.

이대로라면 바닥에 처박혀 죽을 게 뻔했다.

'이들은 누구지?'

죽을 때 죽더라도 얼굴을 확인하고 싶었다.

안개 낀 것처럼 확실히 보이지 않는 얼굴. 그러나 계속 바라보고 있자 서서히 안개가 걷혀갔다.

쿠웅!

바닥에 떨어졌다.

생각보단 그리 충격이 세진 않았다. 그리고 축축함과 함께 코로 스며드는 피 냄… 땀 냄새.

'땀 냄새?!'

눈을 떴다.

안개가 완전히 걷히자 환한 얼굴로 날 빤히 바라보고 있는 루시가 보였다.

"…이게 무슨 짓이냐?"

"해냈어, 내가 해냈다고! 고마워! 다 내 덕분이야."

"축하할 일이네. 하지만 고맙다는 인사치곤 꽤 더럽다고 생각하지 않아?"

"힘이 없어 발을 삐끗했다고 하면 믿어줄래?"

"아니."

투명 손을 이용해 그녀를 들어 올렸다. 그리고 그녀의 젖은 옷을 벗겼다.

"뭐, 뭐 하는 거야?"

"손이 삐끗했다고 하면 믿어줄래?"

"…응."

"부끄러워하는 척 마! 가증스럽기는."

예상과는 전혀 다른 반응에 화낼 기분이 사라졌다. 그래서 그대로 그녀를 샤워실로 던져 버렸다.

*　　　*　　　*

짧다면 짧은 한 달간의 훈련은 수련생들을 변화시키기에 충분했다.

다른 기사단과 비교한다는 것은 여전히 어불성설이었다. 그러나 일반 기사단의 최소한의 조건인 4서클, 유저의 조건은 몇 명을 제외하곤 이르렀다.

특히 펜딕과 루시는 엑스퍼트에, 서른 두 살인 산티노는 5서클에 이르며 기사라는 타이틀을 얻었다.

물론 아직은 '임시'였다.

지론이 남작 위를 받는 즉시 정식 기사단의 창설을 알릴 것이고 제국 행정부에서 관리하는 기사 관리 대장에 올라가게 될 것이다.

오늘은 평소와 달리 제복이 아닌 용병 복장을 한 채 수련장에 도열했다.

몇 명을 제외하곤 모두 긴장한 표정이 역력했는데 그건 바로 오늘 도적단을 처리한다는 계획 때문이리라.

"일동, 차렷! 단장님께 경례!"

"충!"

임시 부기사단장이 된 펜딕의 말에 수습 기사들은 일제히 가슴에 주먹 쥔 손을 올렸다.

"쉬어! 다들 오늘 할 일에 대해선 알고 있을 것이다. 길게 얘기하지 않겠다. 망설이지 마라. 혹시라도 그런 놈이 있으면 수습 기사직을 박탈하고 1년 간 지금보다 더 강도 높은 훈련을 시킬 것이다. 알겠나?"

"예!"

"좋아. 출발한다. 펜딕, 자네가 이끌도록. 존슨, 자넨 나 좀 보지."

행렬에서 나와 사이보에게 갔다.

"자넨 나서지 말게. 나서면 애써 마련한 의미가 없으니까 말이야."

"그러겠습니다."

"혹시 위험에 처한 이들이 있으면 도와주고."

"한두 명쯤 다치거나 죽기를 바라고 계셨던 것 아닙니까?"

"지금이 아니라도 죽을 기회는 많아. 그리고 내가 키운 기사들이 죽기를 바란 적은 단 한 번도 없네. 나도 늙었나 보군. 시시콜콜한 얘기까지 자네에게 하는 걸 보면 말이야. 훗! 늙은 이를 놀리는 게 재미있나 보군."

사이보가 정이 깊다는 것은 처음부터 알고 있었다.

임시직에 이미 남작 위를 가진 그가 무슨 영화를 누릴 거라고 귀찮음을 마다하고 집요하게 훈련을 시켰겠는가.

"자! 자네가 부탁한 거."

그는 마법 처리가 되어 있는 오래된 책을 건넸다.

"설마, 이건?"

보름 전쯤 7서클 마법책을 구해달라고 부탁을 한 적이 있었다. 한데 그때의 반응은 회의적이었다.

6서클까지의 마법과 다르게 7서클 이상의 마법서의 경우는 텔레포트 마법이나 3중첩 마법 등 단편적인 것을 제외하곤 지금까지 비밀리에 계승되어 왔다는 것이었다.

"포기를 하고 있었는데… 감사합니다."

건네받으려는데 갑자기 손목을 꺾었다. 이 사람이 장난을 치나 싶었는데 표정은 진지했다.

"이걸 보여주는 대신 한 가지만 약속을 지켜줬으면 하네."

"말씀하십시오."

"무슨 일이 있더라도 제국 황실에 검을 겨누지 말라는 걸세."

뭔가 했는데 기우에 불과한 일이었다.

내가 8서클이 된다고 해도 황실에 검을 겨누는 건 불로 날 아드는 불나방이나 다름없었다. 알려진 것만 해도 황궁에 다섯 명의 8서클이 있지 않은가. 게다가 마스터까지 치면 난공불락의 요새였다.

그리고 기사에 불과한 내가 황실과 관련될 일이 있겠냐 싶었다.

"절대 그런 일은 없을 겁니다."

"믿겠네."

사이보는 책을 건넸다. 왠지 어렵게 구한 책이라는 생각이 들어서 가슴이 떨렸다.

막 페이지를 넘기려 할 때 사이보가 말했다.

"나중에 조용할 때 읽는 게 좋을 거야. 일단 책을 펴면 그 후로 정확히 15일 후에 책이 불이 탈 거라더군. 가급적 머릿속에 보관하고 정 안 되면 옮겨 적게."

"참 제약이 많은 책이군요."

어떤 내용인지도 모르는데 15일 후면 사라진다니, 일단은 조용할 때 읽어보기로 했다.

"어디서 나온 책일 줄 알면 이해가 될 걸세. 다 왔군. 말에 오르세."

외성 밖에 스물다섯 필의 말이 준비되어 있었다.

혹시 말을 타지 못하면 어쩌나 싶었는데 다행히 타본 적이 있는지 자연스러웠다.

잘 뻗은 대로를 따라 달린 지 1시간 30분이 지나고 하란만큼은 아니지만 상당한 큰 성이 보였다.

보들레 자작령으로 하란 상회들의 공장들이 위치해 있고 제국의 여러 도시와 하란으로 잇는 중계 도시 역할을 하는 곳이라 하란만큼 번성했다.

다만 분위기는 하란과 사뭇 달랐는데 낮은 건물이 많은 대신 넓었고 전체적으로 서민적이었다.

"좌로!"

기사단은 보들레 성으로 들어가지 않았다. 대로를 벗어나 우마차가 오가는 길을 따라서 다시 40분쯤 내달리자 산맥과 조금 떨어진 곳에 위치한 작은 시골 마을이 나타났다.

"모두 멈춰라! 이제부터 말에서 내려 움직인다. 베라토, 멘티는 이곳에서 말을 지키도록 하고, 루시, 세리아는 육포나 빵 같은 이동하며 요기할 것을 사와."

다른 영지에서 수습 기사 생활만 5년을 넘게 한 경험 때문인지 펜딕은 꽤 능숙하게 사람을 다루었다.

루시와 세리아는 딱딱한 보리빵과 우유를 구해 왔고 우리는 바로 걸어서 산길로 접어들었다.

가장 앞장서 걷던 펜딕은 갑자기 손을 들어 멈추게 한 후 뒤돌아보며 말했다.

"비토, 마을에서 혹시 이상한 신호를 보내거나 어디론가 이동하는 자가 있으면 막아줘."

"알겠습니다."

펜딕은 철저했다.

산적이 많기로 유명한 바에크 산맥의 지류인 쥬리스 산 밑에서 살아가고 있는 마을에 산적단의 정보통이 있을 거라고 판단한 것이다.

"역시 저보단 펜딕이 부기사단장으로 적격인 것 같지 않습니까?"

사이보가 내게 제안한 자리였지만 기억상실을 핑계 삼아 펜딕에게 떠넘겼었다. 한데 지금 보니 최선의 선택인 것 같았다.

"그렇군. 한데 펜딕이 잘할 거라는 긴 어느 정노 예상은 했어. 다만 개인적으로 자네가 어떻게 하나 지켜보고 싶었을 뿐이야. 사람은 다양한 일을 시켜봐야 진면목을 알게 되거든. 가지."

나에게 뭔가를 반드시 맡기겠다는 의지가 담긴 듯한 말투였다.

'귀찮은 일이 아니었으면 좋겠는데. 훈련 사범을 시키려나? 그나저나 이런 장면 낯설지 않아.'

이런저런 생각을 하는 동안 기사단은 험한 산길을 뚫고 나아갔는데 왠지 상당히 낯이 익었다.

"멈춰. 저쪽으로 10분쯤 내려가면 굴이 있는데 거기가 도적단의 근거지야. 경비가 꽤 삼엄하니까 이제부터 각별히 조심해. 잠시 대기하고, 존슨!"

펜딕은 사전 답사를 한 건지 지리를 상당히 잘 알고 있었다. 그가 손짓으로 날 불렀다.

"먼저 내려가서 위험 요소가 있는지 확인해 줘. 어제 동굴 안까지는 확인하지 못했거든."

그는 귓속말로 속삭였다.

"그리고 경비 서는 놈들은 가급적 내버려 둬. 애들이 처리하면서 가는 게 좋을 것 같아. 자, 이건 공명석. 준비되면 신호 보내."

공명석은 간단한 신호를 보낼 수 있는 장비로 흘려보내는 마나양에 따라 색깔이 달라졌다.

재미있는 건 일정 거리 안에 있으면 쌍이 되는 공명석도 같은 색깔로 바뀐다는 것이었다.

받아 든 공명석을 호주머니에 넣고 몸을 날렸다.

도움을 청하러 오는 수련생들을 피하면서 알게 된 사실인데 마스터의 능력인지 내가 숨고자 한다면 가까이에 있어도 못 보고 지나쳤다.

기사에 근접한 이들도 그런데 도적들은 오죽하랴.

거칠 것 없이 절반쯤 내려가던 나는 문득 걸음을 멈췄다.

'분위기가 바뀌었어.'

지금까지완 마나의 흐름이 달랐다.

'마법 트랩, 그리고 도적 일곱에 4서클 마법사 둘, 펜딕이 어

제 답사를 하면서 걸린 모양이네.'

통과할 때 문제가 될 것이라곤 생각되지 않았다. 다만 기습이 아닌 감시조가 이 정도라면 소굴 내가 어떨지 대충 짐작이 됐다.

'이 정도에 당하진 않겠지만 기습을 당하지 않게 약간 뚫어 놓는 건 괜찮겠지.'

마법 트랩과 마법사만 처리하기로 하고 다시 몸을 움직였다.

*　　　*　　　*

동굴의 가장 안쪽은 원래 '원조 바에크 도석단'이라는 특이한 이름을 가진 산적 두목의 방이 있던 곳이지만 지금은 경장 차림에 검은색 로브를 입은 이들이 차지하고 있었다.

모닥불 주변에 앉아 있던 붉은 머리 마법사가 중얼거렸다.

"휴우~ 이 지긋지긋한 일도 이젠 끝이네."

"응? 대장님께 무슨 소리라도 들은 거야?"

"탑과 대화하는 거 얼핏 들었어. 마나석을 대량으로 구할 곳이 생겼나 보더라."

"그래? 휴우~ 다행이다. 이 냄새 나는 곳에서 1년은 더 있어야 하는 거 아닌가 싶었는데."

두 사람의 대화에 나뭇가지로 손톱 밑의 때를 **빼내던** 마법사가 가세했다.

"탑에 들어간다고 거기에서 마냥 있을 줄 알아? 차라리 여기가 나을 거야."

"그건 또 무슨 소리야?"

"탑의 대다수가 지금 악몽의 숲에 있단다."

"거긴 왜?"

"난들 알겠냐. 얼마 전에 물건 배달하러 잠깐 갔다가 들었어. 근데 거긴 여기보다 더 심하다더라. 하루에도 몇 명씩 죽어나가나 봐."

"젠장! 그럼 탑으로 가봐야 헛일이라는 거 아냐. G팀을 죽였다는 마스터 놈 때문에 개고생한 것도 서러운데 들어가자마자 악몽의 숲이라니."

그들은 본래 대도시에 머물다가 마나석을 옮긴다는 정보를 얻게 되면 강탈을 했었다.

한데 폐가를 본부로 삼고 있던 G팀이 정체 모를 마스터에게 당한 후 도적대를 전면으로 뒤에서 조심히 작업을 하고 있었다.

현재 마나석 강탈대의 대장이 6서클에 엑스퍼트였지만 마스터라면 탑에서 지원을 받지 않는 이상 붙기보단 피하는 것이 옳았다.

"그나저나 어제 이곳을 염탐하고 간 용병 놈은 언제쯤 오려나."

"그러게. 나무 위에서 경계 서는 거 질색인데. 이왕 오려면 얼른 올 것이지. 이번엔 단번에 죽이지 말고 스트레스나 풀어야겠어."

"큭큭큭! 좋은 생각이야."

현상금에 눈이 먼 용병들이 한번 온 적이 있었다. 한데 전투 마법사의 존재를 몰랐던 용병들은 삽시간에 도륙을 당했다.

한참 그때의 일을 생각하며 키득거리고 있을 때 그들의 바람이 이루어졌다.

으악! 챙챙! 쾅!

"뭐, 뭐야! 놈들이 쳐들어온 건가? 경계 서는 녀석들은 놈들이 이곳까지 오는 동인 뭘 한 거야! 야! 빨리 대장님께 알려! 경계병에게 연락해 보고!"

알리러 간 이와 수정구를 만지작거리는 이를 빼곤 재빨리 몸을 날려 입구를 향해 위치를 잡고 파이어 볼을 소환했다.

그러는 와중에도 비명 소리와 병장기 부딪치는 소리는 점점 가까워지고 있었다.

"어찌 된 일이냐!"

큰 키에 삐쩍 마른 마법사가 옷을 걸치며 나왔다.

"경계조와 연락이 안 됩니다. 이거 만만한 놈들이 아닌 것 같습니다."

"쯧! 그래봐야 용병 나부랭이들일 뿐이다. 놈들이 보이면 한방 먹이고 시작한다."

"예!"

검은 로브의 사내들은 사람을 죽이는 데 이력이 났는지 덤덤한 표정으로 침입자들이 나타나길 기다렸다.

먼저 나타난 이들은 도망쳐 오는 도적들이었다.

"살려주십시오, 마법… 크악!"

"저, 저리 가… 컥!"

침입자들도 마법사인지 모퉁이를 돌던 도적들은 매직 미사일을 맞고 쓰러졌다.

그들의 죽음을 담담하게 지켜보던 대장은 침입자들의 기운을 느끼고 소리쳤다.

"발사!"

여덟 명의 마법사가 일제히 파이어 볼을 발사했다.

콰콰콰콰쾅!

검은 로브의 마법사들은 각자 다른 계열의 마법사들이었다. 그럼에도 불구하고 파이어 볼을 사용한 이유는 다대다의 싸움에서 가장 효과적인 마법 중 하나가 파이어 볼이기 때문이었다.

특히 동굴 속에서라면 더욱 효과가 좋았다.

'중첩 쉴드!'

파이어 월을 사용했던 대장은 오히려 화염이 역으로 몰려오는 것을 보고 적들에게 뛰어난 마법사가 있음을 알게 되었다.

"조심해! 암흑 마법을 사용하는 자다!"

화염을 뚫고 조금 전 죽은 도적들이 사용하는 무기가 날아왔다.

대장의 경고는 늦었다. 한 자루의 낫이 그대로 그의 수하의 머리에 박혔고 도끼는 그를 향해 날아왔다.

"쉴……!"

쉴드를 쳐서 막을 생각이었다. 한데 도끼날에 어린 새파란 기운에 몸을 뒤로 날려 피해야 했다.

쾅!

화강암의 단단한 벽을 손잡이까지 파고드는 도끼.

"마스터! 그놈이다! 모두들 공격하며 뒤로 물러난다. 살아난 자는 2차 집결지로 오도록."

다섯 개의 파이어 볼을 날리며 다시 범위 마법을 준비했다. 그러나 침입자들은 놀고만 있지 않았다.

또 한 명의 수하가 라이트닝을 맞고 쓰러졌고 침입자가 나타났다.

"큭! 마법이… 사라졌습니다. 커어어어억!"

가슴이 뚫린 수하는 망가진 폐 때문인지 거친 숨을 몰아쉬며 쓰러졌다.

'놈! 네놈은 누구냐?'

도망가는 것이 불가능함을 깨달은 대장은 멀찍이 떨어져 막 광장으로 들어오는 침입자들 중 마스터를 찾았다.

'어디에 숨어 있는 거냐?'

수하들이 하나씩 쓰러져 가고 있음에도 한 방 먹이겠다는 듯 그의 눈은 마스터를 찾기에 여념이 없었다.

고만고만한 애송이들.

그는 노인이 없다는 것을 깨닫곤 40대로 나이를 낮췄다. 그래도 없었다. 그러나 수하가 사용하는 마법을 말 그대로 베어 버리는 남자를 발견했다.

'마, 말도 안 돼. 저 애송이가 마스터?!'

믿기 어려웠지만 순간순간 파랗게 빛나는 검을 보면 분명 마스터의 전유물인 검광이었다.

'절대 혼자 죽지 않는다!'

탑의 비전인 밤(Bomb).

하단전의 마나와 중단전 마나, 거기에 생명력까지 더해 스스로를 폭파시키는 흑마법.

빨개진 그의 눈에 당황해하는 마스터가 보였다. 디스펠은 연신 외치는 것이 우스웠다.

"디스펠도 소용없어! 이건 인체의 마나를 사용하는 거거든, 크크크크크!"

승자가 자신임을 알리려는 듯 대장은 그를 향해 웃었다.

막 폭발하려는 순간, 외부의 마나가 그를 감쌌다.

"무슨 짓을 해도 소용……!"

마지막으로 비웃어주려던 그는 갑자기 눈앞의 광경이 바뀌었음을 깨달았다.

마스터와 침입자들이 사라지고 넓디넓은 베에크 산맥에서 제일 높다는 발로드 봉우리가 정면으로 보였다.

"오크 같은 새……."

콰아아아아아아아아아아앙!

그는 욕을 완성하지 못한 채 쥬리스 산에 뿌려졌다.

* * *

살랑살랑 봄바람에 겨우내 숨어뒀던 여인의 각선미가 온 거리를 수놓고 있었다.

"수도라 그런지 분위기는 하린과 완전히 다르군요."

"소비 도시와 상업 도시의 차이라 할 수 있어. 물론 그걸 감안하더라도 얼마 전 올라왔을 때완 또 다른 분위기가 나니 새롭군."

나와 하스톤은 연신 여자들의 다리를 흘낏거리며 외성을 걸었다.

"좋군요."

"그러게. 올 여름에 유행될 옷이 벌써부터 기대가 되는군. 여름 패션쇼 초대장이 왔던데 꼭 가봐야겠어."

"그땐 제가 꼭 동행해야겠군요."

"하하! 혼자보단 둘이 낫겠지."

지론 남작 가문이 수도로 올라오기 전에 준비해야 할 것이 있어 하스톤과 내가 먼저 올라왔다.

"기사단장은 수도가 처음이야?"

사이보는 하란에서 기사단을 추가로 더 뽑아 교육시킨다며 뜻밖에도 나에게 기사단장 자리를 줬다.

물론 당연히 거절했다.

한데 기사단 사람들마저 짠 것처럼 나를 적임자라고 하는 바람에 어쩔 수 없이 떠맡게 되었다.

"아! 전에 왔다고 해도 기억을 못 하니 처음이나 다름없겠군."

"그렇습니다."

"그럼 내가 사람들을 만나는 동안 외성 구경이나 해. 대략 3시간쯤 걸릴 거야."

하스톤은 이번에 남작이 되는 상회 사람들과 만남이 약속되어 있었다.

그가 들어가는 곳은 경비가 철저한 남자 전용 사교 클럽인지라 굳이 경호할 필요는 없었다.

"돈은 있나?"

"지난번 일로 많습니다. 그럼 3시간 뒤에 이 앞으로 오겠습니다."

도적대를 소탕하면서 꽤 많은 마나석과 귀금속을 전리품으로 얻었다. 전리품에 이름이 새겨져 있다면 모를까, 그도 아니었기에 n분의 1로 분배했다.

돈도 넉넉하겠다, 제대로 쇼핑해 보자는 심정으로 걸음을 옮겼다.

"쩝! 쇼핑을 싫어했나?"

1시간 정도 돌아다녔지만 손에 들고 있는 건 요즘 유행하는 소시지 버거라는 빵이 전부였다.

숙식에 관한 일체를 제공받고 속옷부터 제복까지 필요하면 언제든 제공해 주니 딱히 살 게 없었다.

"아까 지나왔던 광장에서 사람 구경이나 해야겠다."

발걸음을 돌리려는데 마법 용품 상가가 눈에 띄었다. 말과 달리 발걸음은 절로 그쪽으로 향했다.

"오! 천생 마법사였나?"

마법 용품들로 인해 일렁이는 마나가 느껴지자 가슴이 뛰었다.

맨 앞쪽에 있는 생활용품 전문점으로 들어갔다.

가장 먼저 다양한 모양의 마나등이 입구를 밝히고 있었다.

잘 연마된 얇은 금속을 이용해 빛이 흩어지는 것을 막아 마나 소모를 최소한 제품, 세련된 모양과 색깔 유리를 이용해 빛의 색을 바꾼 제품, 원형 만든 나무에 다양한 구멍을 뚫어 여러 가지 모양의 빛이 나오는 제품 등 각양각색의 제품들이 눈을 즐겁게 했다.

사람들이 이것저것 만져보고 있어서 나도 역시 예쁘게 꾸며진 마나등을 만져봤다.

'어라?!'

손에 있던 마나가 마나등으로 스며들며 머릿속으로 마법진이 그려졌다.

신기한 현상이었다. 그러나 그보다 더 신기한 건 마법진이 이해가 된다는 것이다.

"요즘 워낙 많은 마법 용품을 사용하다 보니 마법진 간의 간섭 때문에 종종 문제가 발생합니다. 그래서 저마나 고효율 제품들이 인기가 많습니다. 기사님, 혹시 찾으시는 물건이 있으십니까?"

이것저것 자꾸 만지자 종업원이 붙었다.

"글쎄요, 일단 둘러보고 있는 중입니다."

나라고 해도 나 같은 손님은 싫을 것이다. 가게는 많으니 적당히 옮겨 다니며 만져봐야겠다고 생각하고 막 돌아설 때였다.

어두운 광택이 나는 돌 판에 마법진이 디자인처럼 그려져 있는 화염 요리기가 눈에 들어왔다.

아름다운 디자인 때문이 아닌 어떤 그리움이 느껴졌다. 절로 손을 뻗어 마법진을 어루만졌다.

"역시 보는 안목이 있으십니다. 이 제품으로 말하자면 화염 요리기를 처음으로 만든 상회의 것으로 지금까지 나온 어떤 제품보다 오래 사용할 수 있습니다. 몇 시간인 줄 아십니까? 12시간! 어떤 요리도 요리기를 바꿔가며 할 필요가 없어졌습니다. 더욱 놀라운 점은 뭔 줄 아십니까?"

떠오르던 뭔가가 직원의 조잘거림에 다시 아래로 가라앉아 버렸다.

"그건 바로……."

"마나석을 사용하지 않았다는 거겠죠."

"…하하, 맞습니다. 나온 지 얼마 되지 않은 건데 이미 사용해 보셨나 보군요."

"얼마죠?"

"네? 아, 네. 4금 98은입니다. 비싸긴 하지만 그 값어치는 충분히 할 겁니다. 배달은 물론 공짭니다."

"잔돈은 됐어요. 물건은 직접 가져가죠."

5금을 주고 물건을 받았다. 세법 묵식하긴 했지만 허리에 찬 검보다 약간 무거울 뿐이었다.

마법 용품 상가는 다음에 들르기로 하고 계획대로 광장으로 갔다. 그리고 적당한 곳에 앉아 화염 요리기에 손을 올렸다.

한데 기회를 놓친 것일까. 아무리 눈을 감은 채 쓰다듬어 봐도 아까와 같은 느낌이 들지 않았다.

눈을 떴다. 지나가는 사람들이 멀찍이 피해가며 '변태다!'라는 눈빛으로 나를 바라보고 있었다.

"쩝! 언젠간 생각나겠지."

포장을 풀어 들기 힘든 화염 요리기를 마법으로 들고는 자리에서 일어났다.

블링크를 쓰면서 이동하는 사람, 파이어 볼로 저글링하는 사람, 복잡한 곳을 플라이로 날아가는 사람, 내성에서 불가능한 마법을 외성에 나와 연습하는 사람 등 많은 이가 마법을 쓰면서 다니는 곳이라 딱히 주목을 받을 이유가 없었다.

"요리에 관심 있어?"

건물에서 나온 하스톤이 화염 요리기를 보며 물었다.

"아뇨."

"그럼 주방에 마음에 드는 아가씨가 있어? 사랑 고백을 위해 샀다면 반지나 목걸이 같은 평범한 것이 더 나을 거라고 말해주고 싶네."

"…그냥 예뻐서 샀습니다."

"특이한 취향이 있었군. 가지."

그냥 요리에 관심이 있다고 말할 걸 그랬나 보다.

우리는 외성의 동북쪽으로 향했다. 그리고 경비병이 지키는 입구를 지나 조금 더 올라가자 좌우로 저택들이 보였다.

하스톤은 다른 저택에 비해 유독 조경수가 많아 보이는 저택 앞에 섰다.

"여깁니까?"

"어떤가?"

얼마나 고풍스러운지, 얼마나 살기 편한지를 물어보는 것은 당연히 아니었다.

"하란의 저택과는 비슷하군요."

"말도 마. 이것도 5배가 넘는 가격으로 겨우 산 거야. 내성에 저택을 구할까 했는데 가격도 가격이지만 매물이 아예 없어."

하스톤과 대화를 나누며 감각을 확장했다. 그러곤 저택을 어떻게 보호해야 할지 머릿속에 그렸다.

기사단장의 할 일은 고용주의 안전, 그 이상도 이하도 아니었다. 다만 그러기 위해서는 해야 할 일이 많았다.

병사를 고용하고, 배치하고, 기사단의 로테이션을 정하고, 혹시 모를 상황을 대비하고.

머릿속에 내가 파악한 저택이 생겨났고 그 위에 기사와 병사들을 마음대로 배치한 후 외부로부터 공격을 가했다.

'크~ 뚫렸군. 이것도 꽤 재미있네.'

사람은 다양한 일을 시켜봐야 진면목을 알게 된다고 말한 사이보의 의견에 동의하는 순간이었다.

*　　　*　　　*

7서클 마법책은 6서클까지의 마법서와 비교하자면 마법서라기보단 설명서에 가까웠다. 게다가 7서클 마법서라는 건 존재하지 않았다.

웬 개떡 같은 소리냐고 하겠지만 7서클 마법서가 8서클 마법서이며, 9서클 마법서였다. 즉, 내가 사이보에게서 받은 마법서는 '상단전 사용 설명서'라는 표현이 가장 어울렸다.

3중첩 마법이라든지 텔레포트 마법 따위의 주문이 적혀 있긴 했다. 그러나 그것은 설명의 예에 불과했다.

가령 마법을 중첩시키는 법의 예가 3중첩 파이어 볼인데 9중첩까지 시킬 수만 있다면 광역 마법의 꽃이라고 할 수 있는 헬파이어까지 구사할 수 있었다.

한데 말이 9중첩이지 인간의 영역이 아니었다.

각설하고 상단전 사용 설명서에서 가장 중요한 것은 마나에 대한 의지였다.

의지가 얼마나 강하느냐, 어떤 생각을 가지냐 등에 따라 다양하게 마법을 쓸 수 있었다.

당장 쓸 수 있는 건 텔레포트와 3중첩 마법 정도. 나머진 의지를 강화해서 만들어 쓰거나 스승에게 방향성을 배워 쓰는 수밖에 없었다.

'급할 것 없어.'

의지가 정확히 뭘 말하는지조차 모르는 상태였지만 천천히 시간이 지나면 알겠지 싶었다.

다만 그냥 있는 건 성미에 맞지 않았다. 그래서 같이 논다는 생각으로 놀고 있었다.

투명 손을 발로 만들거나 사람처럼 만들기도 했고, 사람 모양이 되어 걷던 마나의 머리가 갑자기 파이어 볼로 변하기도 했다. 그저 즉흥적으로 떠오르는 대로 가지고 놀았다.

똑똑!

노크 소리에 사람 모양의 마나가 얼른 벽에 붙어 경계를 취했다.

"단장님, 뭐 합니까?"

펜딕이 문을 열고 고개를 내밀었다. 그는 내가 기사단장이 된 후 둘이 있을 땐 편하게 말하라고 했음에도 높임말을 고수하고 있었다.

"사흘 뒤에 있을 승작 축하 파티에 대비해 계획 짜고 있죠. 한데 기사들과 병사들 훈련은 어쩌고 왔어요?"

"단장님이 그랬듯이 지금 다 훈련장에 뺑뺑이 돌려놨습니다."

하란 저택에서 내기 만들었던 훈련장을 수도 저택에도 그대로 만들어놨다.

"하하하! 훈련 끝나면 철거해 놓는 거 잊지 마세요."

"물론이죠. 한데 그날 전 어디 근무입니까?"

"글쎄요. 고민 중이에요. 원하는 자리 있어요?"

"헤헤헤! 있습니다. 파티장 내로 해주십시오."

"다들 파티장 내에서 근무하고 싶어 하는군요?"

"예? 어떤 놈들이 또……!"

롤란, 베라토 말고도 다섯이 넘었다.

"파티장 내에서 하면 좋은 점이 있어요?"

"험! 좋은 점은요. 다만……."

"다만?"

"때때로 레이디와 춤을 출 수 있다는 것과 잘만 되면 황홀한 밤을 보낼 수 있다는 정도."

"하하하! 그럼 남자 기사들은 다 파티장 내로 보내야겠군요."

파티장 내로 보내달라는 이유를 알고 나니 웃음이 나왔다.

"그건 안 됩니다!"

"훤칠한 기사가 들어가면 선택을 못 받을까 봐요? 하하하하!"

"당연하죠. 특히 비토 녀석은 절대 안 됩니다."

"왜요?"

"그제 하스톤 준남작님을 따라가서 임무를 망각하고 레이디와 보냈다는 거 아십니까?"

남작 위를 받은 상인들은 모두 열 명. 10일 내내 파티를 할 수 없어 다섯 명만 뽑아 파티를 하기로 했는데 오늘이 이틀째였다.

"알았어요. 나이 든 순서대로 파티장에 들여보낼 테니 잘해 보세요. 그리고 밤에 순찰 한 번만 해주고요."

"오늘도 단장님이 파티에 가려고요? 에이~ 혹시 제 말에 좋은 일을 기대하고 가는 거 아닙니까?"

"왜 기대하면 안 됩니까? 하하하!"

사실 가는 이유는 파티에 참석한 귀족들의 말을 엿듣기 위해서였다.

제국이 황제파와 귀족파로 나뉘어 암투를 벌이고 있다는 것도, 지론 남작을 포함한 10인이 황제파로 분류되어 귀족파의 타깃이 될 거라는 것도 귀부인들의 수다에서 알아냈다.

무엇보다도 들은 얘기 중 가장 놀라운 것은 제인 남작 부인이 현 황제의 고모라는 얘기였다.

그녀가 왜 평민에 작은 상점 주인에 불과한 지론 남작과 결혼했는지는 입방아 찧기를 좋아하는 귀부인들의 훌륭한 화젯거리였다.

'내가 읽은 7서클 마법서가 그녀의 것일 줄은……'

책의 맨 앞장엔 '제국을 위해 헌신한 사랑하는 동생의 후손을 위해서'라고 적혀 있었는데 사이보가 책을 넘길 때 했던 말을 생각해 보면 틀림없었다.

별관에서 나와 저택 입구로 가자 오늘 경호를 맡은 기사들이 기다리고 있었다.

"루시, 세리아는 어쩌고 네가 또 왔어?"

루시는 어제 파티에 참석했었다.

파티는 해가 지면서부터 시작해 해가 떠야 끝이 날 정도로 길었다.

"몸이 좋지 않아요. 그래서 제가 계속 가야 할 것 같아요."

어디가 아픈지 정확하게 말하지 않고 몸이 좋지 않다고 말하는 건 '그날'이라는 뜻이었다.

"괜찮겠어?"

"푹 쉬었어요."

"좋아. 긴 말은 하지 않겠다. 어느 누가 도발해 온다고 해도 참아라. 그것만 명심하고 파티를 경험해라. 좋은 기회가 있으면 놓치지 말고."

파티장이 열리는 저택에 들어가면 그때부터 호스트가 경호를 책임졌다. 게다가 파티 참석자들 중 기사들보다 강한 사람도 많아 현재 우리가 하는 경호는 다분히 형식적이었다.

"나오십니다."

지론 남작, 하스톤 준남작, 준남작 부인이 본관에서 나왔다.

"오늘도 잘 부탁함세."

"별말씀을 다 하십니다."

지론 남작의 말에 고개를 숙인 후 우리는 그들의 뒤를 따랐다.

*   *   *

나흘간의 파티는 술에 취한 남녀가 정원에서 사랑을 나누다가 심어둔 지 얼마 되지 않은 정원수가 쓰러지는 바람에 망신을 당한 사소한 사건이 일어났지만 무사히 끝이 났다.

주요 귀족들이 참석하지 않아 파티가 다소 썰렁했다는 것을 빼곤 화기애애했고, 기존의 귀족과 어울리게 되었다는 점에서 신흥 귀족들은 만족했다.

하지만 나흘 내내 귀를 열어놓고 있었던 나는 마지막 날이 진정한 파티가 될 것이라고 느끼고 있었다.

그리고 그 예감은 틀리지 않았다.

대문 앞에 서서 손님을 맞이하고 있는데 귀족파들이 오늘 대거 파티에 몰려오고 있었다. 황제파도 마찬가지. 나흘 동안 참석하지 않았던 백작과 후작들이 속속 참석했다.

"휴~ 허리 숙이는 것도 일이네."

쉴 새 없이 들어오던 마차 행렬이 멈추자 허리를 뒤로 젖히며 몸을 풀었다.

"마법진이 잘 작동하나 보네."

난 본관 쪽을 바라보며 빙긋 웃었다.

마법진에 익숙하다는 걸 알게 된 나는 저택에 알람 마법과 같은 간단한 트랩을 설치했다.

그러다 보니 문득 떠오르는 것이 있었다. 그래서 저택 벽에 마법진을 새겨 넣었다.

파티가 한창이라 시끄러울 텐데 밖으로는 아무 소리가 들리지 않는 걸 보면 제대로 작동하는 게 분명했다.

잡털 하나 없는 백마 네 마리가 끄는 마차가 대문 앞에 다가왔다.

검을 든 사자와 헬파이어를 든 사자 두 마리가 성을 보호하고 있는 듯한 가문 인장.

[탈룬스 후작가의 세라핌 후작.]

뮬터, 데라프 공작가와 함께 귀족파를 이끄는 오대 가문 중 하나였다.

난 위스퍼 마법으로 본관 앞에 있는 집사에게 알리며 마차 창으로 고개를 내민 세라핌을 향해 고개를 숙였다.

"흠, 이곳에 있기엔 아까운 자군."

세라핌은 날 지나치더니 흘끗 바라보며 중얼거렸다. 하지만 그뿐. 마차는 금세 안으로 들어갔다.

"쯧! 쓸데없는 짓은 안 했으면 좋을 텐데."

세라핌이 사라지는 것을 보고 중얼거렸다.

사실 내가 귀족파라도 황제파가 된 신흥 귀족에게 귀족파의 힘을 보여주려 했을 것이다.

막 귀족이 된 신흥 귀족에게 직접적인 위해를 가하진 않을 테고 기사들을 자극해 결투로 이끌어갈 가능성이 가장 높았다.

그에 대해 기사들과 병사들에게 단단히 경고를 해뒀다. 그러나 생각해 보면 자극할 방법은 너무 많았다.

특히 미친 척하고 모시는 귀족을 모욕하면 그땐 죽음을 각오하고 나설 수밖에 없었다.

"올 사람은 거의 다 온 건가."

세라핌 후작의 마차가 들어가고 10분이 지났는데 아무도 오질 않고 있었다.

심심함에 마나를 가지고 놀았다. 한참 가지고 노는데 갑자기 후원에서 낯선 기운이 느껴졌다.

"……!"

담에 설치된 트랩도, 순찰을 도는 기사도, 병사도 눈치채지 못하는 사이에 뿅! 하고 나타난 것이다.

'젠장! 하필 제언이 노는 곳에.'

제언은 하스톤의 아들이었다.

'블링크! 블링크!'

공간을 접어 후원으로 이동했다.

유모는 갑자기 나타난 사내에 놀라 당황하고 있었고 사내는 태연하게 제언의 놀이 시설로 들어가 진지한 목소리로 말을 하고 있었다.

"난 테린이다. 내가 볼 때 넌 기사로서 훌륭한 자질을 가지고 있다."

왠지 어디선가 많이 들어본 말이었다. 그래서 떠오르는 대로 말했다.

"…기사의 힘을 갖고 싶다면 지금부터 내가 하는 말을 잘 들어라. 가부좌를 한 후에 하단전에 정신을 집중하며 숨을 쉬어라. 숨을 들이마실 땐 하단전까지 깊게, 숨을 내뱉을 땐 길게 천천히. 이렇게 하다 보면……."

"…길게 천천히. 이렇게 하다 보면."

"어느 순간 따뜻한 기운이 움직임을 느낄 것이다."

"어느 순간 따뜻한 기운이 움직임을 느낄 것이다."

"응? 당신 뭐야?"

사내가 돌아보며 물었다.

난 비로소 정신을 차렸다.

"그건 내가 물어야 할 것 같은데."

투명 손으로 그를 잡아 제언에게서 떨어지게 만들려 했다. 한데 그에게 다가가던 투명 손이 그의 검에 순식간에 베어졌다.

"아직 내 말에 대답을 하지 않은 것… 하! 처음부터 아이를 구하려고 한 거였나?"

투명 손엔 제언이, 내 손엔 검이 들려 있었다.

"장난은 여기까지. 내가 왜 당신이 하는 말을 아는지 모르겠지만 여기 온 목적을 밝혀야 할 거야. 유모는 제언을 데리고 안으로 들어가요."

제언을 건네자 유모는 제언을 데리고 저택 안으로 들어갔다.

"이런, 이런. 내 말을 듣고 훌륭하게 자란 아이인가 보구나. 얼마나 잘 컸는지 확인해 보고 싶지만 여기선 곤란하겠네. 정식으로 소개하지 난……."

"떡의 기사 테린, 아가씨들의 기둥서방."

"……."

"아! 또 떠오르네. 근데 당신 나 알아?"

"글쎄, 내가 말했던 아이들이 좀 많거든. 그리고 떡의 기사라니 그건 오해다. 난 자유의 기사 테린이다."

"당신이 빠구리의 기사든, 떡의 기사든, 섹스의 기사든 상관없어. 여긴 왜 온 거지?"

"…참 일관성 있는 친구군. 여기 있네, 초대장."

초대장을 던지는 테린. 한데 초대장에 마나의 기운이 담겨 있었다.

마나의 기운이 없는 밑 부분을 손가락으로 툭 쳐서 마나의 기운을 없애 버린 후 초대장을 확인했다.

정식 초대장이 맞았다.

"수도 경비대 대장이셨군요."

"하하하! 그런 직책을 가지긴 했지."

"근데 왜 멀쩡한 정문을 놔두고 담을 넘어 온 건지 모르겠네요."

"마침 이곳으로 오는데 도둑이 보여서 말이야. 쫓다 보니 이렇게 됐네. 다음부턴 정문으로 오지."

"다음에 초대하는 일은 없을 겁니다. 이쪽으로 오십시오."

내가 그에 대해 아는 것처럼 그도 날 알 거라고 생각했었다. 한데 모른다니 관심을 껐다.

그의 말처럼 어린 시절 우연히 그와 스치기만 했는지 더 이상의 떠오르는 것도 없었다.

"종종 놀러올게. 얼마나 잘 컸는지는 확인해야……."

"여기로 들어가면 됩니다. 그럼."

"어이! 어……."

테린의 말을 무시하고 대문이 있는 곳으로 이동했다.

'후~ 세상은 넓고 강자는 많다더니.'

손에 난 땀을 바지에 닦았다.

검이 거의 뽑히고 나서야 그가 검을 뽑는다는 걸 눈치챌 정도로 빨랐다. 즉, 테린은 적어도 내 아래가 아니었다.

마법까지 사용해서 싸운다면 모를까 검과 검으로 싸운다면 질 것이 분명했다.

다소 오만했던 마음이 순식간에 사라졌다. 마법은 마법대로 검술은 검술대로 실력을 더 키워야겠다고 마음을 먹었다.

'슬슬 교대 시간이군. 대문을 닫아야겠어.'

늦게 오는 이들도 있겠지만 그때 다시 열어주더라도 계속 열고 있을 순 없었다.

대문을 절반쯤 닫는데 하필 그때 마차가 다가오는 게 느껴졌다.

'일찍 좀 와라. 지가 무슨 황제……!'

사람의 형상을 감싸고 올라가는 검을 문 금빛 드래곤 문장. 발칸 황실의 문장으로 직계만 쓸 수 있었다.

즉, 마차엔 황제나 황후, 황태자나 황태자비, 황녀가 타고 있다는 얘기였다.

두근! 두근두근! 쿵! 쿵쿵쿵쿵!

서둘러 대문을 다시 열고 기다리는데 마차가 다가오자 심장이 미친 듯이 뛰기 시작했다.

제인 남작 부인을 봤을 때와 비슷한 증상. 한데 그 강도가 정말 장난이 아니었다. 이러다 심장이 튀어 나가겠다는 생각

마저 들었다.

마차가 대문을 지나 멀어져 가자 심장의 두근거림이 서서히 원래대로 돌아왔다.

'…도대체 누가 타고 있길래?'

마차가 사라진 방향을 하염없이 바라보았다.

* * *

"괜찮으십니까, 황녀 전하."

미헬라가 갑작스레 심장 부근에 손을 올린 채 인상을 쓰자 8기사단 소속의 여기사가 물었다.

"…괜찮아."

미헬라는 나타났을 때와 마찬가지로 빠르게 사라지는 두근거림에 곧 표정을 바로 했다.

'문신이 고모할머니를 알아본 건가?'

마차가 멈추는 게 느껴졌기에 대수롭지 않게 넘겼다.

문이 열리고 같이 타고 있던 기사들이 먼저 내려 도열을 하자 그녀도 마차에서 내렸다.

"미천한 곳까지 왕림해 주셔서 감사합니다, 황녀 전하!"

얼마 전 황제에게 남작 위를 수여받은 열 명과 그 가족들이 고개를 숙였다.

"남작이 된 걸 축하해요. 이건 아버지께서 참석 못 해 미안하다며 전해주라 했어요."

"성은이 망극하옵니다! 황제 폐하! 만세! 만세!"

일제히 무릎을 꿇었고 기사들이 마차에 실린 물건을 한 명씩에게 건넸다.

"자! 예는 여기까지 받겠어요. 이제부턴 편하게 파티를 즐길 수 있도록 해주시지 않겠어요?"

"드십시오, 황녀 전하! 제가 안내하겠습니다."

족보상으로 고모할아버지가 되는 지론이 그녀를 안내했다.

"위대한 발칸 제국의 미헬라 혼 카헬 킨 발칸 황녀 전하께서 드십니다."

웅장한 행진곡과 함께 본관의 문이 열리자 파티장이 보였다.

'응?'

일제히 고개를 숙이는 귀족들에게 살짝 고개를 끄덕이며 파티장으로 들어가던 그녀는 마나의 미묘한 느낌에 살짝 아미를 좁혔다.

그러나 곧 정신을 차리고 뒤에 서 있는 지론을 보며 나지막이 말했다.

"고모할머님은 어디 계시죠?"

"위에서 기다리고 있습니다. 황녀 전하께서 불편해할까 나오지 않았습니다. 송구합니다."

"어린 손녀를 마중 나오는 법도는 없죠."

그녀에게 인사를 끝낸 파티장의 귀족들은 경쾌하게 바뀌는 음악과 함께 다시 파티를 즐기기 시작했다. 그리고 그녀는 파티장을 뒤로한 채 2층으로 올라갔다.

지론이 안내한 방으로 들어가자 그녀의 어머니 정도로밖에 보이지 않는 중년 여인이 있었다.

처음 보는 얼굴이지만 가족이라는 걸 단번에 알아볼 정도로 그녀의 할아버지와 아버지와 닮았다.

"어서 오세요, 황녀 전하."

제인은 인자한 웃음을 지은 채 고개를 숙였다.

미헬라는 얼른 다가가 그녀가 몸을 받쳤다.

"이러지 마세요, 고모할머니. 인사는 당연히 제가 드려야죠. 뵙게 되어서 반가워요. 미헬라예요."

"황후를 많이 닮았네요."

"말씀 편하게 하세요. 자꾸 이러시면 제가 몸 둘 바를 모르겠어요."

한참 실랑이 끝에 결국 제인은 편하게 말을 놓았다.

말을 놓았지만 사실 길게 얘기할 거리는 없었다. 공통점은 오직 하나, 선황제에 관한 얘기뿐이었다.

사실 제인과 미헬라는 공통점이 많았다.

그러나 제인이 공통점의 대부분을 기억하지 못하고 있었다.

'황실의 저주, 둘째 여자아이의 숙명.'

18살이 되면 제국과 황실의 안녕을 수호할 힘과 세력을 가질 수 있었다. 그러나 다음 세대의 제국 수호단 단주에게 물려주고 나면 능력은 물론 기억까지 잃게 되는 저주.

게다가 이후론 황실과 인연을 일체 끊고 평범하게 살아갔다.

"…행복하세요?"

제인을 만나면 꼭 물어보고 싶었던 얘기였다.

솔직히 모든 것을 내려놓고—심지어 이름까지 버리고—황실을 떠난 선대 수호단주들이 현재의 그녀로서는 이해가 되지 않았기 때문이었다.

"기억나지 않는 20년 가까운 세월과 비교해서 묻는 거라면, 글쎄다. 기억나지 않으니 비교할 수가 없구나. 하지만 지금 어떠냐고 묻는 거라면 '행복하다'라고 대답하겠다."

"그런가요……?"

"이해가 되지 않는 모양이구나. 기억에 남아 있는, 그러니까 열여덟 이전의 기억을 떠올려 보면 나도 미헬라, 너와 비슷한 마음이 있었던 것 같구나. 그러나 부귀영화가, 세상을 바꿀 수 있는 힘이 행복의 조건일 수 있겠지만 필수 조건은 아니지 않을까?"

"죄송해요. 여전히 이해가 되지 않네요."

미헬라는 현재의 심정을 솔직히 말했다.

"이해하라고 한 말이 아니니 신경 쓰지 마렴. 그저 때가 되면 너도 자연 이해하게 될 테니. 이제 나가서 파티를 즐기려무나.

사라질 기억이지만 그러기에 더 부담이 없지 않겠니? 호호!"

"간혹 찾아뵐게요."

제인의 방을 나온 미헬라는 언제 그랬냐는 듯 원래의 무표정한 얼굴로 돌아왔다.

고민은 방 안에서 한 것만으로 충분했다.

[어디죠?]

미헬라는 거리와 보안 면에서 위스퍼보다 월등히 우수한 딜리버리 마법으로 의지를 발했다.

[…아! 오셨습니까, 황녀 전하. 자, 잠시만요. 이크! 쳇! 또다시 원래대로 돌아왔네.]

[…도대체 뭘 하는 거죠?]

심각함이라곤 단 1퍼센트도 없는 목소리. 그에 싸늘하게 물어보지만 대답은 한참이 지나서 들려왔다.

[헤헤! 뒤뜰에 만들어놓은 게임을 하고 있는데 도무지 뚫을 수가 없어서.]

머릿속에서 테린이 뭘 하는지 그려지는 것 같아 절로 한숨이 나왔다. 아무리 말해봐야 소용없다는 걸 알고 있었기에 포기하고 용건을 말했다.

[후우~ 만나보라는 사람은 만나봤나요?]

[네. 제가 담을 넘자마자 알아서 찾아오더군요.]

[수도 경비대 대장이라는 사람이 함부로 귀족의 저택의 담을 넘다니……!]

테린의 칠칠치 못한 행동에 잔소리를 하다가 뭔가가 생각났는지 놀란 표정을 지었다.

테린의 잠입 실력은 미헬라 자신이 당해봐서 잘 알고 있지 않은가.

[넘자마자 알았다고요? 설마 담을 넘었는데 그가 바로 앞에 있었던 것은 아니고요?]

[아뇨. 그자는 대문에 있었고 전 후원 담을 넘었습니다. 근데 금세 알아채고 블링크로 다가오더군요.]

[그래서요? 그자의 능력은요?]

[최소 6서클.]

발트란이 무너질 거라는 예언이 실현된 후 제국 수호단은 매뉴얼에 나와 있는 대로 마법석을 활성화시켰다.

피트의 도움으로 만들어진 마법석은 범위 내 특정 조건의 마법사를 찾아내고 그들의 동선을 파악할 수 있는 마법 장치였다.

[6서클이라는 건 알고 있었어요. 좀 더 정확하게 알아보라고…….]

[마법 실력을 알아볼 수가 없었습니다. 그러기 위해선 일단 그의 검술 실력을 바닥을 드러내게 했어야 했는데 그랬다면 이 저택은 무사하지 못했을 겁니다.]

[…설마, 그자가?]

[네, 마스터입니다. 그리고 그보다 더 놀라운 점이 있습니다.]

[더 놀랄 일이 있다고요?]

[뒤뜰로 오셔서 직접 확인해 보시죠.]

테린의 말에 미헬라는 뒤뜰로 가기 위해 아래층으로 내려갔다.

31장
너와 나의 연결 고리

뒤뜰로 나가는 문엔 꽤 많은 남녀가 얘기를 나누며 기다리고 있었다.

"황녀님, 먼저 하세요."

"괜찮아. 한데 오늘은 웬일로 혼자야?"

파티에서 자주 보던 아칼레가 그녀를 보더니 자리를 양보하려 했다.

성질 같아선 먼저 가고 싶지만 파티에서 직위를 앞세우는 것만큼 꼴불견은 없었다.

파티에 참석하면 언제나 기사들을 유혹해 밤을 지새우던 아칼레가 혼자인 것이 이상해 물었다.

"둘이 들어갈 수도 있지만 혼자 들어가야 재미있다고 해서요."

"뭐가 있는데?"

"저도 들은 얘긴데요."

아칼레는 귓속말로 속삭였다.

"방 탈출 게임이래요. 방을 탈출하면 게임장에서 가능한 신체 변화 아이템을 얻을 수 있대요. 그렇게 진행하다 보면 이성을 만날 수 있는데……."

설명을 듣는 미헬라의 눈썹이 꿈틀댔다.

과연 제정신으로 만든 게임인가 싶었다.

물론 문란함을 넘어서 지저분하게 변해가는 귀족들의 성생활을 생각해 보면 심각하게 받을 들일 이유가 없었다. 오히려 자극적인 걸 좋아하거나 파티에 참석해도 제대로 선택받지 못하는 이들에겐 그야말로 꿈의 게임임에 틀림없었다.

진짜 문제는 과연 익명성과 비밀을 얼마만큼 보호해 줄 수 있느냐였다.

"자, 다음 분. 저기 7번으로 들어가십시오. 나오고 싶으시면 여성분들은 붉은색 마법진 위에, 남성분들은 파란색 마법진 위에 서서 기다리시면 됩니다. 그럼 즐거운 시간 보내십시오."

어느새 입구에 이르렀다. 문 입구를 지키고 있는 기사가 설명을 했다.

"그럼 먼저 들어가 볼게요."

아칼레가 들어가고 입구 너머의 후원을 바라볼 수 있었다.

완벽한 흑색의 반원이 동그랗게 쳐져 있었다. 한눈에 보기엔 내부를 전혀 볼 수 없게 되어 있었다.

[입구예요. 어디 있죠?]

게임을 할 생각은 추호도 없었다.

[기사에게 그냥 후원을 거닐고 싶다고 말하고 안으로 들어오세요.]

"게임이 아닌 후원을 거닐고 싶네요."

"아! 그러시군요. 그럼 들어가십시오."

안으로 들어가자 반원의 한쪽에서 테린이 손을 흔들고 있었다.

"더 놀랄 일이라는 게 게임을 말하는 거라면 혼자 실컷 즐겨요."

반원 주위를 돌며 순찰하는 기사가 있었지만 주변의 마나를 움직여 반경 1미터를 제외하곤 그녀의 말을 들을 수가 없었다.

"됐습니다. 아까 포틀빈 자작의 영애가 몰래 들어가는 걸 봤거든요."

"어차피 저 안에서는 몸매 좋은 미녀가 되어 있을 텐데 문제 있어요?"

"아무리 그렇다고 해도 공간감은 무시할 수 없죠. 왠지 느낌보다 20~30센티 떠 있는 느낌. 으~"

"잤군요?"

몸을 부르르 떠는 테린을 보고 미헬라는 확신했다.

"…무슨 말인지… 전 그저 그럴 것이란……."

"확실히 잤네요."

"하하하! 제가 포틀빈 자작의 영애와 말입니까? 절대 아닙
니다!"

"축하해요. 천국에 갈 티켓은 확실히 땄군요. 외로운 여자
를 구원했으니까요."

"아니라고요!"

"소문은 내지 않을게요. 물론 계속 헛소리를 한다면 내일
수도에 깨 재미난 소문이 돌겠지만요."

"누, 누가 들으면 진짜인지 알겠습니다. 재촉을 하시니 일단
설명부터 드리죠. 이쪽으로."

테린은 미헬라의 손을 잡고 검은 반원 안으로 뛰어들었다.

"미로네요. 환상 마법인가?"

어두울 줄 알았던 반원의 안은 미로였다.

"환상 마법이랑은 전혀 다릅니다. 검으로 잘라봐도 소용없
더군요."

"디스펠!"

미헬라는 왠지 모를 위화감에 디스펠을 걸어봤다. 잠시 흐
릿해지던 미로는 금세 다시 원래대로 돌아왔다.

좀 더 힘을 써볼까 하다가 혹시나 게임에 참가하고 있는 이

들이 다칠까 싶어 멈추었다.

"특이하긴 한데 설마 이것 때문에 수선을 떤 건 아니겠죠?"

"이 마법이 어떻게 이루어진 건지 마나의 흐름을 자세히 살펴보세요."

"그냥 설명하면 될 일을 꼭 이렇게 해야겠어요?"

"반드시 아셔야 합니다."

장난을 치는 거라면 정말 소문을 내버릴 거라고 생각하고는 눈을 감고 마나의 흐름에 집중했다.

"대단해요! 마법진이 만들어내는 환상 마법인가 보네요. 한데 그게 어떻다는 거죠?"

마법진으로 이런 환상을 만들어냈다는 것에 상당히 놀라긴 했지만 그렇다고 마법석에 감지된 인물이 마스터와 최소 6서클이라는 것보다 놀랍진 않았다.

"제가 어디서 태어나고 자란지 아십니까?"

"제니토르 자작이 발트란 소장으로 있을 때 태어났다면서요. 그게……"

따끔하게 한마디 하려는 찰나 테린이 입을 열었다.

"여기 있는 마법진, 발트란의 개미지옥이라는 마법진과 닮아 있습니다."

"…확실해요?"

"저택에 들어설 때 무슨 느낌 못 받았습니까?"

"느꼈어요. 사일런트 마법이 걸려 있는 것 같더군요."

"좀 더 살펴보세요. 제 느낌이 맞는다면 발트란 성에 설치된 마나 제어 마법진도 함께 걸려 있을 겁니다."

"여기서 어떻게 나가야죠?"

"10분쯤 있으면 자동으로 빠져나갑니다."

테린의 말처럼 10분쯤 지나자 반원 밖으로 이동됐다.

미헬라는 저택의 건물로 달려가 벽을 양손으로 잡고 마나를 느끼려 했다.

그녀의 능력 중 하나로 자세히는 모르지만 어느 마법이 그려져 있는지는 짐작할 수 있었다.

"어때요?"

"…백작의 말이 맞아요. 마나 제어 마법진이에요."

미헬라의 머리가 복잡해졌다.

'피트 님의 후손? 아님 갈린 님의 후손? 그것도 아니라면 1년 전의 발트란 붕괴와 연관이 있는 자?'

그녀의 부탁으로 폐허가 되어버린 발트란으로 간 9장로는 소장으로 짐작이 되는 엉망이 되어버린 시신 한 구와 싸움의 흔적, 그리고 망가진 금속 마법패를 발견했었다.

9장로는 붕괴 전에 커다란 싸움이 있었다고 결론을 내렸다. 물론 누가 그랬는지, 왜 그랬는지는 여전히 의문으로 남아 있었다.

"그자를 봐야겠어요. 어디에 있죠?"

고민을 하는 것보단 만나서 직접 물어보는 편이 빠를 것 같왔다.

"소란이 일고 있는 건물 앞쪽에 있습니다."

"가죠."

그녀는 서둘러 건물 앞쪽으로 향했다.

두근두근!

아까 저택에 들어올 때처럼 저택 앞으로 다가갈수록 심장 소리가 커졌다.

*　　　*　　　*

"아~ 그 새끼! 정말 어지간히 깐족거리네. 이번엔 여자 친구랑 같이 지랄이냐."

떠오르는 것을 주체하지 못해 후원에 재미난 게임장을 만들긴 했다. 하지만 그것을 만들고 마나를 충전할 시간이 넉넉지 못해 마나석을 이용했다.

게임장에서 빠져나올 때나, 이중 구조로 된 게임장의 정해진 통로가 아닌 곳으로 들어가 빠져나올 때나 마나석의 에너지를 이용했는데 아까부터 계속 장난을 치는 놈이 있었다.

한데 이젠 쌍으로 놀고 있다.

"이것들이 돈이 남아도는 줄 아나."

참다 참다 한마디 해야겠다고 생각하고 후원으로 이동할 때였다.

술에 취했는지, 일부러 그런 건지 여자랑 지나가던 놈이 갑자기 어깨를 부딪혀 왔다.

스치듯이 지나가던 순간이기도 했지만 워낙 빨라 피하려 했는데도 약간 부딪혔다.

"괜찮으십니까?"

고의성이 다분했지만 조용히 넘기자는 생각에 부드럽게 말했다.

"뭐 하는 짓이야! 왜 지나가는 사람한테 고의로 부딪히는 거지?"

"부딪힌 건 그쪽입니다만."

"그쪽? 젊은 친구가 검을 찼다고 눈에 뵈는 게 없나? 사람들이 없다고 우길 생각인가 본데 여기 레이디가 빤히 보고 있었어."

입꼬리를 올리고 웃고 있는 여자를 보니 시비를 걸 목적으로 부딪혀 왔음을 더욱 확실히 알 수 있었다.

"그렇게 느꼈다면 사과드리겠습니다. 죄송합니다."

"사과가 왜 이렇게 성의가 없어! 제대로 마음을 담아서 하란 말이야!"

마음을 담진 않았지만 겉으로 보기엔 정말 완벽한 사과였다. 그럼에도 불구하고 트집이라니, 아무래도 더럽게 걸린 모양이었다.

"어떻게 사과를 드려야 마음이 풀리겠습니까?"

"꿇어. 무릎을 꿇고 사과해. 그리고 이 레이디에게도 사과하고. 아무리 아름다운 레이디라고 해도 그렇게 노골적으로 음심을 담아 쳐다보면 되겠어?"

은근슬쩍 없는 일까지 없는 것을 보아 무릎을 꿇는다고 멈출 것 같지 않았다.

결국 티격태격하는 사이에 소문이 퍼지며 사람들이 우르르 몰려들었다.

"기사단에 빅존슨이라고 이름부터 천박하기 그지없는 자가 있다고 들었을 때 설마 했는데 파티의 손님으로 온 이들에게 시비를 걸고, 레이디에게 음탕한 시선을 보내다니 그것이 과연 명예를 아는 기사가 할 짓인가! 그대 이름은 무엇이냐!"

때가 무르익었다고 생각했는지 시비를 건 기사는 큰 목소리로 현 상황을 자신이 유리한 쪽으로 설명했다.

'이 자식, 처음부터 날 노렸군.'

행정부에서 관리하는 기사 관리 대장을 본 것이 틀림없었다.

세라핌 후작을 흘깃 봤다. 그는 무표정한 얼굴을 하고 있었지만 눈빛만은 웃고 있었다.

"젊은 기사여! 이름이 뭐냐고 물었다!"

신분패 상의 이름은 여전히 빅존슨.

마치 승자가 된 양 짜증이 났지만 일단은 이곳부터 정리하는 게 급선무였다.

"빅존슨입니다."

아하~

묘한 탄식이 터져 나왔다.

마치 이름 때문에 시비를 건 기사의 말이 모두 사실인 양
느껴지는 모양이었다.

난 말을 계속이었다.

"이름 때문에 음탕하게 봤다는 건 귀하의 오해인 것 같습니
다. 솔직히 이름 때문에 딱히 여자에 굶주려 본 적이 없습니
다. 여담이지만 이름값을 못한다는 소리는 들어본 적이 없고
요. 게다가 레이디께선 제 스타일이 아닙니다."

오오~ 호!

이번엔 내 자신감에 대한 의문과 호기심 등이 담긴 감탄이
터져 나왔다.

"…내 레이디를 모욕하는 것처럼 들리는데?"

"이거야 원. 스쳤는데 부딪혔다고 말하고, 파티에 참석한 여
러 귀족 분들의 안전을 위해 열심히 경계를 서는 것을 보고
숙녀분을 음탕하게 본다고 하고, 이름에 대한 해명을 모욕이
라고 받아들이면 저보고 어쩌라는 말입니까?"

내 말에 고개를 끄덕이는 이들이 많은 것을 보니 분위기가
내 쪽으로 넘어왔다.

물론 그렇다고 일이 끝난 것은 아니었다. 옳음을 그름으로,
거짓을 진실로 바꿀 수 있는 것이 권력자이고 그 권력자는 날

놓아줄 생각이 없어 보였다.

깔끔한 마무리를 위해서는 모두가 인정하고 물러날 수밖에 없는 정당성을 부여해야 했다.

"하나 누구의 잘못이었던 스쳤다는 건 사실입니다. 귀하께선 제가 부주의했다고 느끼시는 것 같은데 어떻게 하면 되겠습니까?"

"···꿇어."

난 인상을 쓰면서 고민하는 척했다.

말 그대로 척이었다. 다른 기사들은 무릎을 꿇는 것이 명예를 더럽힌다고 생각할지 모르지만 난 아니었다.

게다가 지금은 내가 무릎을 꿇음으로써 이 일을 계획한 세라핌에게 신흥 귀족을 핍박했다는 빅엿을 먹일 수 있었다.

"미안합니다. 용서하십시오."

무릎을 꿇고 사과했다.

설마 내가 무릎을 이토록 쉽게 꿇을 거라곤 예상 못 했는지 다들 조용해졌다. 그러자 분위기는 시비를 건 기사가 심했다는 쪽으로 흘러갔다.

고개를 숙이고 있었지만 앞에 있는 기사는 어찌할 바를 몰라 세라핌을 흘낏거리는 게 느껴졌고 곧 세라핌이 고개를 흔들었다.

"오, 오늘은 이쯤에서 끝내지만 앞으론 조심해, 흠!"

놈이 물러났다.

무릎을 털며 일어나 걱정스럽게 보고 있는 지론 가족과 기사들에게 괜찮다고 웃어준 후 돌아서려는 찰나 투덜거리는 기사의 목소리가 들렸다.

"쳇! 평민들이 돈 좀 벌었다고 귀족 행세라니 나라꼴이 어떻게 돌아가는 건지."

명백한 내가 모시는 귀족에 대한 모독이었다.

"야! 거기!"

"뭐……!"

놈이 돌아섰다. 그 순간 난 이미 검을 뽑아 머리 위로 올린 채 날아가는 중이었다.

검에 새파란 검광이 불처럼 일렁이고 있었다.

마나 낭비였지만 두 번 다시 헛생각을 하지 못하게 만들 요량으로 눈에 띄게 뽑은 것이다.

"마, 마스터!"

쿠아아아아아앙!!!

엄청난 굉음과 함께 땅이 움푹 파이고 들썩거렸다.

기사가 아닌 기사 뒤쪽의 바닥을 때린 것이다.

"나를 욕되게 하는 건 참아도 내가 모시는 분을 욕되게 하는 건 참지 못한다. 다시 한 번 그딴 소리를 지껄이면 그땐 기사로서 네놈 목을 벨 테다!"

"……!"

두려움에 부들거리는 기사와 실력에 놀란 사람들을 향해

살짝 고개를 숙인 후 천천히 걸음을 옮겼다.

"이야! 그 친구 쇼맨십이 정말 좋은데요."

"귀족파가 신흥 귀족들을 겁박한다는 인상을 심어줘서 앞으로 쉽사리 못 움직이게 만들고 거기에 한 단계 나아가 적절한 위협까지. 쇼맨십이라기보단 머리가 좋은 거죠. 누구와는 달리 말이죠."

"그 누구라는 게 왠지 저를 지칭하는 거 같군요?"

"같은 게 아니라 경을 지칭한 게 맞아요."

"헐~ 오랜 친구를 버리고 처음 보는 친구의 편을 드는 겁니까? 설마 이름에 반한 겁니까?"

"쓸데없는 소리 말아요!"

"이거야 원, 이름을 빅딕으로 바꾸든가 해야지."

폼 나게 걷고 있는데 일정한 거리를 두고 따라오는 두 명이 분위기를 깼다.

빤히 나 들으라고 하는 말인데 더 이상 모른 체할 수 없었다. 특히 심장을 두근거리게 만드는 이가 누구인지 얼굴을 보고 싶었다.

뒤를 돌았다.

심장을 뛰게 만드는 이는 떡의 기사 테린 옆에 있는, 미인도에서 튀어나온 것처럼 아름답게 생긴 여자였다. 싸늘한 말투와 달리 살짝 내려간 큰 눈은 선하다는 느낌과 함께 누군가와 닮았음을 알 수 있었다.

"황녀 전하를 뵙습니다. 떡의 기사님은 오늘 자주 뵙는군요."

"떡의 기사?"

"…하하! 저 친구, 아까 일로 아직까지 화가 난 모양이군요. 전 멀찍이 떨어져 있는 게 나을 것 같습니다. 얘기 나누십시오."

테린은 말을 하면서 점점 멀어지더니 사라져 버렸다.

"내가 황녀라는 건 어떻게 알았죠?"

"제인 남작 부인과 닮았습니다."

"그런가요? 난 잘 모르겠던데. 아무튼 조용한 곳에서 잠깐 얘기할 수 있을까요?"

"별관이라도 괜찮으시다면……."

"괜찮아요."

얼굴이 아닌 목소리가 황녀의 성격과 가까운 모양이었다.

별관 응접실로 가자 하녀가 차를 갖다 줬다.

"아까 말한 대로 인기가 좋네요."

"네? 무슨 말씀인지?"

"방금 나간 하녀, 당신을 좋아하고 있어요."

"그렇습니까? 몰랐습니다. 한데 물어보실 게 뭔지 말씀하십시오."

좀 더 차분하게 심장이 뛰는 이유를 알아보고 싶었지만 쿵쾅대는 심장 소리가 들릴까 봐 본론으로 들어갔다.

"검술은 마스터인 걸 확인했으니 됐고, 마법은 몇 서클인가요?"

마치 알고 묻는 듯한 말투.

어차피 마스터라는 것도 밝혔고 황실의 마법서까지 본 마당에 숨길 이유가 없었다. 단, 먼저 선결되어야 할 것이 있었다.

"한 가지만 약속하시면 숨김없이 말씀드리죠."

"뭐죠?"

"제 말로 인해 지론 남작가가 피해를 입지 않았으면 좋겠습니다."

"약속하죠."

"그럼 믿고 말씀드리죠. 7서클입니다."

"비… 존슨, 당신은 몇 살이죠?"

"사실 잘 모르겠습니다."

"신분패가 최근에 만들어진 건가요?"

영지 귀족은 평민까지의 신분패를 만들 수 있는 권한이 있었다. 다만 후에 수도 행정부에 인구 보고를 할 때 같이 보고해야 했다.

"예. 1년 3개월 전쯤 바다에서 구출됐습니다."

난 나에 대한 얘기를 해주었다. 딱히 대단한 삶을 산 것도 아니었기에 5분도 걸리지 않았다.

"…기억상실이라."

황녀는 겉모습을 보고 나이를 유추하려는 듯 나를 뚫어지게 바라보며 중얼거렸다.

'젠장! 지독히 예쁘네. 근데 심장까지 두근거리니 상당히 묘하군.'

반한 건 아니었다. 한데 심장의 두근거림 때문일까. 왠지 모르게 오랜 친구를 만난 것처럼 친근했고 빠져드는 것 같았다.

"음, 장담컨대 분명 스무 살쯤 되어서 신체 재구성이 이루어졌어요. 그리고 그 기간이 5년은 넘지 않았고요."

"황녀 전하의 말씀이 정확하다면 제 나이는 많아야 스물다섯이라는 얘기군요. 다행입니다. 너무 많은 것이 문득문득 떠올라서 90살쯤 된 줄 알고 있었습니다."

"절대 그럴 수 없어요. 만일 그랬다면 지금쯤 30대 중반쯤 되었을 거예요. 재구성을 이룬다고 해도 느려질 뿐이지 노화는 진행되어요. 9서클이 된다면 모를까요."

"황녀 전하 덕분에……."

"미헬라예요."

이름을 불러달라는 얘긴가.

"예쁜 이름… 아! 죄송합니다. 아무튼 미헬라 님 덕분에 정체성 형성에는 도움이 되었습니다. 한데 의문은 좀 풀렸습니까?"

"아무리 많게 봐도 스물다섯에 불과한 당신이 어떻게 평생 해도 힘들다는 마스터의 경지와 7서클에 이르렀는지, 스승이 있다면 누구인지, 어디서 왔는지… 조금 전보다 더 의문이 많아졌어요."

"나이에 어울리지 않는 경지라면 미헬라 님이 저보다 더 심한 거 같은데요."

테린을 봤을 땐 마법까지 이용하면 해볼 만하다는 생각이 들었지만 앞에 있는 미헬라는 큰 벽을 마주하고 있는 것처럼 느껴졌다.

"설명할 순 없지만 정상적인 건 아니에요. 존슨처럼 빠른 경우는 제국 역사상 유래가 없어요."

"저도 정상이 아닐 수 있겠습니다. 다른 궁금한 점은 없습니까?"

"사실 저택과 후원의 게임에 쓰인 마법진에 대해 묻고 싶었어요."

"마법진에 재능이 있다는 걸 수도에 와서 알게 되었습니다. 알람 마법과 몇 가지 트랩을 설치할까 했는데 떠오르는 것을 그리다 보니 그런 결과물이 나왔습니다."

"혹시 발트란에 대해 아는 거 있어요?"

"발트란? 발트란 감옥?!"

"생각나는 게 있어요?"

언제나처럼 어렴풋이 떠오르다가 가라앉았다.

"아뇨. 언젠가 생각이 나면 말해 드리겠습니다."

"강제할 수 없는 일이니 그렇게 해요. …그리고 간혹 연락해도 되죠?"

일어나 나가려던 그녀가 돌아보며 말했다.

"물론입니다. 기다리고 있겠습니다."

내가 말하고도 흠칫 놀랄 말이 내 입에서 나왔다.

기다리겠다니. 설마 이런 낯 뜨거운 말이 나올 줄은 상상도 못 했다.

다행히 미헬라가 아무 말 없이 갔기에 망정이지 그녀에게서 느끼는 친근감을 정말 친하다고 착각해선 곤란했다.

*　　　*　　　*

새롭던 수도 생활도 시간이 지나자 익숙해져 평범한 일상의 반복이었다.

하루가 멀다 하고 열리는 귀족들의 파티에 따라가고, 일주일에 두 번꼴로 저택에서 이루어지는 각종 파티를 경호하다 보면 한 달이 금방 갔다.

만일 일주일 전에 새로운 기사들이 오지 않았다면 타임 루프에 걸린 줄 알았을 것이다.

"외출하십니까, 단장님?"

대문을 지키고 있던 병사들이 인사를 했다.

"간만에 약속이 있어서요."

"해가 뜨자마자 움직이시다니 데이트인가 봅니다."

"하하하! 비슷합니다."

지론 남작 저택을 지키는 이들은 대부분 군에서 종사하다

은퇴를 한 40~50대였다. 그래서 기사단과 달리 하대를 하지 못하고 있었다.

펜딕이 자신들이 제어하기 힘들다고 그래선 안 된다고 했지만 쉽게 고쳐지지 않는 걸 어쩌란 말인가.

그렇다고 병사들이 존경심을 표하지 않는 건 아니었다. 오히려 기사단보다 더 깍듯이 대했다.

"다녀오십시오!"

90도로 인사하는 병사들을 뒤로하고 외성의 북문으로 향했다.

외성 북문을 나가면 구분하기 좋아하는 이들이 부르는 외내성이 나온다. 그리고 대로를 따라 계속 가다 보면 판잣집이 다닥다닥 붙은 외외성이 보였다.

북쪽 외외성은 제국을 가로지르는 마레 강이 있어 다른 곳과 분위기가 조금 달랐다.

마레 강에서 잡히는 수많은 생선에게서 나는 비릿한 냄새와 상인, 어부들의 목소리는 꽤 정감이 있었다.

난 시장의 한쪽에 난립되어 있는 음식점 중에 '포피나'라는 낡은 간판이 걸린 음식점으로 들어갔다.

"대자로 주세요."

비어 있는 1인용 자리에 앉으며 주문을 했다.

포피나의 메뉴는 오직 한 종류. 마레 강에서 잡힌 잡어와 보리 껍질로 만든 면을 넣고 푹 끓인 잡탕밖에 없었다.

우연찮게 한번 먹어본 후 그 맛에 반해 간혹 와서 먹었다.

일반은 30쿠퍼, 대자는 50쿠퍼인데 내성의 1금이 넘는 음식보다 훨씬 맛있었다.

"잘 먹었습니다. 잔돈은 됐습니다."

든든히 배를 채우고 1은을 놓고 밖으로 나왔다. 그러곤 마차가 동시에 오갈 수 있을 만큼 넓은 마레 다리를 통해 건너편으로 넘어갔다.

마레 강 건너편은 군사 지역으로 민간인은 통행이 불가했다.

"멈추십시오. 무슨 일로 오셨습니까?"

바리케이드 너머로 병사들이 연사 석궁을 겨누며 물었다.

"난 기사 존슨이다. 테린 백작을 뵈러 왔다."

"신분패를 확인해도 되겠습니까?"

실력을 인정받아 준남작이 되면서 새롭게 발급받은 신분패를 건네자 마법진에 올리더니 내 신분을 확인했다.

"존슨 경이시군요. 테린 백작님께선 우측으로 가다 보면 나오는 송림에 계십니다."

'경'은 본래 황제가 신하들인 귀족을 호칭할 때 쓰는 말이었다. 하지만 시간이 흐르며 차츰 기사들을 부를 때 쓰는 말로 바뀌었다.

물론 정확하게 말하면 준남작인 기사에게만 '경'을 붙여야 했다.

"여어~ 존슨, 어서와."

송림을 둘러보던 테린이 반겼다. 그와는 파티 이후로 사적으로 몇 번 만나면서 친해졌다.

"오늘은 웬일로 이곳으로 부르셨습니까?"

"항상 힘을 아끼며 대결하는 게 불편했잖아. 오늘은 제대로 해보자고 이곳으로 불렀어."

그와 만나서 한 일은 언제나 대련이었다.

마스터를 만날 일도, 대련할 일도 드물다며 그가 제안했는데 마다할 이유가 없었다.

다만 첫 대련 때 실력을 발휘하기도 전에 경비대 수련장이 쑥대밭이 되어버리는 바람에 그 후론 그저 초식 대결만 했었다.

"아름다운 송림인데 쑥대밭이 되어도 괜찮은 겁니까?"

"늘어나는 인구를 감당할 수 없어 일부 지역을 제외하곤 군사 지역을 좀 더 뒤로 미루기로 했다네. 여기도 곧 마을이 들어서겠지."

"마음껏 부셔도 된다는 말이군요."

"참! 막무가내로 부수면 재미가 없으니 나무는 손상이 없게 예쁘게 베는 걸로 하세."

그는 나무 밑 부분을 툭툭 치며 말했다.

"…나무꾼이 필요한 겁니까?"

"하하! 집이 되고 가구가 될 수 있는 나무들을 무의미하게 없애 버리는 것이 얼마나 낭비인가. 안 그래? 장소를 빌리는 대가로 생각하자고."

"뭐, 그러시죠. 한데 오늘 미헬라 님이 안 보이는군요?"

"갑자기 일이 생겼어. 한데 혹, 황녀님께 관심 있나? 그렇다면 포기하라고 말해주고 싶군."

"글쎄요. 관심보다 개인적인 호기심에 가깝습니다. 그러니 딱히 포기하고 말고 할 게 없습니다. 그리고 관심은 제가 아니라 테린 님이 가지고 계시지 않습니까?"

"…시작하기도 전에 심리전에서 한 방 먹었군."

"그렇다면 좀 더 강한 한 방을 날려야겠군요. 테린 님 정도라면 미헬라 님과 꽤 잘 어울릴 것 같은데, 고백하시지 않으셨습니까?"

"강한 한 방이 아니라 전투력을 높여주는군. 시작해 볼까."

대답하기 싫었는지 테린은 단숨에 달려와 검을 휘둘렀다.

스윽!

성인 두 명이 팔을 벌려야 겨우 잡을 수 있을까 말까 한 아름드리나무가 두부처럼 잘려 나갔다.

"아무래도……."

쾅! 쾅! 쾅!

"질문을 잘못했네요. 취소한다고 해도 안 되겠죠?"

콰콰콰콰콰쾅!

"안 되나 보군요. 한데 나무는 온전히 놔두기로 하지 않았습니까?"

방금 공격으로 인해 소나무는 목재로 쓸 수 없을 만큼 산산조각 나버렸다.

"한두 개쯤이야 애교지."

"끔찍한 애교군요. 사양한다고 해도 멈추지 않을 것 같으니 저도 본격적으로 애교를 부려보기로 하죠."

　스물다섯에 마스터에 이른 테린의 현재 나이는 서른둘. 나와 달리 오로지 검술에만 미쳐 있는 그를 검술로 상대하는 건 한계가 있었다.

　검의 궤적을 계산해 십여 개의 3서클 마법을 만들어 순차적으로 보냈다. 그리고 그가 마법에 신경 쓰지 못하도록 달려들었다.

　파바박! 쾅! 파바박! 쾅!

　테린은 살짝 뒤로 몸을 날리며 내 검이 닿는 시간을 조절해 마법을 쳐내고 검을 막았다.

　공격은 실패했지만 선기는 잡았다. 마법을 쉴 새 없이 만들어내 그에게 뿌리고 재차 검을 뺐었다.

　뒤로도 옆으로도 물러설 수 없는 상황.

　테린의 몸에서 마나가 뿜어져 나왔다. 그리고 돌연 날아가던 마법들이 밖으로 휘면서 일부는 나에게 일부는 바닥으로 떨어졌다.

"무슨… 블링크!"

　뒤로 물러났다. 그와 동시에 방금 전 있었던 곳에 마법이 떨어지면 폭발이 일어났다.

'사라졌다! …위!'

나무를 밟고 올라가 원숭이처럼 이동해서 다가왔다.

"쳇! 자기가 베긴 싫다는 얘기군. 베어주지."

검에 검강을 만들었다. 그리고 그것을 그대로 투명 손으로 옮겨 잡았다.

중단전에서 만들어진 투명 손으로 계속 하단전의 마나를 보낼 수 있다는 생각이 들어서였다.

검강을 머금은 검이 날았다. 그리고 나무의 밑동을 잘라 나갔다.

'어라? 하단전 미니는 어떤 거고 중단전 마나는 어떤 거야?'

구분이 없었다. 그냥 의지에 따라 알아서 손으로 마나가 나왔다.

'마나는 모두 하나… 이크!'

비스듬히 잘린 나무들이 일제히 쓰러지고 있었고 그 틈으로 테린이 공격해 오고 있었다.

공중 방향으로 블링크를 시전했다.

쓰러지는 나무가 겹치며 솔잎들이 무수히 날리고 있었다.

'재미있을 것 같은데 가능할까?'

문득 어지럽게 날리는 솔잎을 보자 한 가지 공격 방법이 생각났다.

생각은 곧바로 상단전으로 전달됐고 주위의 마나가 움직였다.

공중에 떠 있던 몸에서 상당량의 마나가 쭉 빠지며 흩날리던 솔잎들이 새파란 마나를 머금더니 아래로 향했다.

"뚫어버려!"

수많은 솔잎이 비처럼 아래로 떨어졌다.

"괴물이군. 벌써 의지력까지 쓰다니."

테린은 쓰러진 나무 위에서 발검 자세를 취했다. 그리고 순간 주위의 풍경이 일그러질 정도로 강한 기운을 내뿜었다.

"중력 검!"

그의 검이 마치 슬로우 마법이 걸린 것처럼 서서히 움직이기 시작했다.

"으윽!"

쏟아지던 솔잎들이 멈칫거리더니 일제히 그의 검 끝으로 향했고 플라잉으로 날고 있던 내 몸도 딸려들기 시작했다.

이동 마법을 써서 버텨보려 했지만 소용이 없었다.

틱! 티딕!

솔잎들은 마치 천천히 움직이는 검이 목표인 양 끌려들어가 반 토막이 나며 바닥에 떨어졌다.

아마 계속 이대로라면 나 역시 그의 검 끝에 절로 목을 갖다 댈 게 분명해 보였다.

신의 창이 이럴까. 3중첩 매직 스피어가 눈앞에 생겨났다.

"이것도 빨려드나 봅시다!"

스피어는 솔잎과 나를 빨아들이는 힘의 중심으로 날아갔다.

'근데 빨아들이는 게 다일까?'

서서히 나에게로 향하는 검 끝을 보니 문득 불안한 생각이 들었다. 그리고 본능은 이대로 있어선 안 된다고 말했다.

공중에서 최대한 몸을 젖혔다.

그 순간 한줄기 빛이 스피어를 반으로 쪼개며 팔 옆으로 지나갔다.

"헐~ 진짜 팔을 자르려고 했습니까?"

식겁한 나는 땅에 착륙하며 말했다.

"깔끔하게 잘리니까 마법으로 충분히 붙일 수 있었을 거야."

"제 말은 그 뜻이 아닙니다만……."

"그전의 네 공격은? 날 소나무처럼 치장해 주려고 한 거냐?"

"테린 님이라면 당연히 막을 줄 알았습니다."

"나도 너라면 피할 줄 알았다."

할 말이 없었다. 그리고 대련이 아닌 전투임을 새삼 깨달았다.

긴장감이 정신과 몸을 적당히 팽팽하게 만든다.

'꽤 익숙한 느낌이네.'

그동안 꽤 치열하게 살아왔을까. 사지 중 하나가 잘릴지 모른다는 두려움은 없었다. 오로지 눈앞의 인물을 쓰러뜨려야 한다는 생각만이 강하게 들었다.

"역시, 처음 봤을 때부터 알았어. 네가 얌전히 수련에만 전

넘해서 마스터가 되지 않았음을 말이야."

변한 내 눈빛을 본 테린은 빙긋 웃었다. 그리고 장난기 가
득한 눈빛을 지우고 심연처럼 깊어졌다.

"존슨, 부탁인데 날 긴장 좀 시켜줘. 그동안 너무 외로웠거
든."

"쳇! 마법과 함께 쓰면 해볼 만하다고 생각했었는데 이제 보
니 착각이었군요."

테린의 수준을 잘못 봤다.

미헬라 못지않은 거대한 벽이었다.

잠깐의 정적. 먼저 움직인 건 나였다.

그의 주변 마나에 라이트닝의 힘을 발현시키고 그에게 달려
들었다.

지지지지지지직! 콰앙!

눈이 부실 정도로 내려치는 번개 속에서 검과 검이 부딪혔다.

*　　　*　　　*

수도 방위군 4군을 맡고 있는 밀리토 자작은 마레 강변에
서 변고가 일어난 것 같다는 부관의 말에 피식 웃으며 답했
다.

"테린 백작이 오늘 수련을 하면서 나무를 베어주기로 했다
는 걸 자네도 알 텐데. 간만에 마스터를 만났다고 좋아해서

허락했네."

"물론 알고 있습니다. 한데 그게 그 정도가 아니라서 말입니다. 엄청난 폭발 소리가 계속되고 있는 건 물론이고 성에서 땅이 흔들리는 게 느껴질 정도입니다."

"거기서 여기까지 거리가 얼마라고……."

설마라고 생각하던 그는 부관의 얼굴을 보고 농담이 아님을 알게 되었다.

그는 발코니로 나가 플라잉 마법으로 몸을 띄웠다. 그리고 오늘 테린이 작업을 해주기로 한 송림 쪽을 텔레스코프 마법으로 확인했다.

"이, 이 미친놈이!"

거리가 멀어 정확하게 확인은 할 수 없었지만 송림은 물론이고 그 주변까지 횡했다. 게다가 연신 마나의 파장이 그에게까지 전해지고 있었다.

"당장 말을 준비해라! 아, 아니다! 내가 먼저 갈 테니 병사들을 이끌고 올 수 있도록!"

밀리토 자작은 공중에 뜬 채로 블링크를 시전하며 송림으로 향했다.

쿠아아아아왕!

"큭! 더 이상 블링크로 접근이 불가능하겠어. 근데 테린 백작이 이토록 강했나? 게다가 같이 싸우는 인간은 도대체 누구야?"

밀리토 자작은 6서클에 엑스퍼트로 테린과 자주 대련을 할 정도로 친했다. 그래서 조금만 노력하면 자신도 마스터의 벽을 넘을 수 있다고 생각했었다.

한데 착각이었다. 두 명의 마스터가 부딪히는 것만으로도 마나가 불안정해져 마법을 사용할 수 없었다.

바닥에 내려온 그는 마나를 발바닥으로 내뿜으며 싸움의 중심으로 향했다.

"…오, 아라여!"

부러지고, 불타고, 조각난 나무들이 뒹굴고 있었고, 땅은 천재지변이라도 일어난 듯 뒤집어져 있었다. 어제까지 숲이었던 공간이 완전히 폐허가 된 상태였다.

"저, 저기는……! 거긴 안 돼, 이 인간들아! 거긴 공원이 조성될……."

콰콰콰콰콰콰! 쿠웅! 콰앙!

아른거리는 두 인형이 헤집고 난 지역은 순식간에 폐허가 되어버렸다.

"야! 테린, 이 개자식아! 너 나 잘리는 꼴 보고 싶은 거냐! 멈춰! 멈추라고 이 오우거 같은 놈들아!"

쉴드를 치고 달려들며 두 사람에게 공격을 가해보지만 언 발에 오줌 누기나 다름없었다.

다행히 들리기는 했는지 두 사람은 마레 강 위로 옮겨갔다.

"저, 저… 미친놈들! 시, 시민들이 다치면 어쩌려고."

최후의 공격일까. 강물 위에서 싸우는 두 사람의 몸으로 어마어마한 기운이 흘러나왔다.

저대로 부딪힌다면 피해가 건너편 민가에까지 미칠 건 명약관화한 일이었다.

그의 말을 들었는지 두 사람은 갑자기 물속으로 사라져 버렸다.

'다행이다'라는 생각이 드는 것도 잠시, 강이 출렁이기 시작했다. 그리고 잠시 후 엄청난 물기둥이 하늘로 솟구쳤다.

"…테린, 이 개새끼! 결국 일을 저지르는군."

솟구쳤던 물이 떨어지면서 출렁이는 강물이 범람을 해 외외성의 한 부분을 덮쳤다.

*　　　*　　　*

마지막 일격을 준비했다.

의지력으로 어떻게 마나를 조절하는지 이젠 어렴풋이 알 것 같았다.

7서클은 굳이 몸 안의 마나로 마법을 만들 필요가 없었다. 언제 어디서나 존재하는 마나에게 의지를 전달할 마나가 있다면 마법이 가능했다.

물론 의지를 전달하는데도 상당량의 마나가 필요하긴 했지만 말이다.

'누군지 모르지만 어지간히 시끄럽군.'

물에 의지를 전하고 있는데 조금 전에 나타난 사람이 시민을 들먹였다. 아무리 강 가운데라고 하지만 그의 말처럼 시민에게 피해가 갈 것 같았다.

'테린은 이미 정신이 없는 것 같은데, 어쩐다.'

집중력이 극에 달한 건지 테린은 나무가 부서지는 것도, 송림을 벗어난 것도 모른 채 오로지 공격과 방어에 전념하고 있었다.

지금도 마찬가지.

그는 오로지 나를 베겠다는 생각뿐인 듯 보였다.

게다가 발산하는 투기가 지금까지와는 또 달랐다. 나의 의지력마저 서서히 먹어치우며 다가오고 있었다.

'새로운 경지로 가는 중인가?'

내 예상이 맞을 것이다. 체계적인 그의 검술이 지금은 거의 본능에 가깝게 움직이고 있었다.

도망갈까도 생각해 봤다.

하지만 그랬다간 평생 나를 쫓아다니며 원망할 것 같았다.

'별수 없군.'

플라잉을 없애고 천근추와 프로텍트를 걸었다.

몸이 서서히 물 밑으로 내려갔다. 그러자 테린도 투명한 마나의 벽을 두른 채 물 밑으로 같이 따라 내려왔다.

바닥의 모래에 프로텍트가 닿는 순간 물에 의지를 담았다.

그리고 그를 향해 발사했다.

창처럼 변한 물이 그를 덮쳤다. 그러나 그를 찔렀다는 느낌은 없었다.

'젠장! 도망갔어야 했어.'

푸왁!

작은 빛이 터져 나왔다. 그리고 순식간에 집채만큼 커졌다.

'블링… 크!'

프로텍트가 종잇장처럼 찢어지는 걸 느끼고 가장 멀리 블링크를 펼쳤다. 그러나 그의 공격 범위는 블링크의 범위보다 넓었다.

빛이 이동을 한 내 몸을 덮쳤다.

갈기갈기 찢어지는 고통이 느껴지며 한 여성의 얼굴이 떠올랐다.

……

"헉!"

눈을 떴다. 익숙한 천장, 내 방이었다.

손발을 움직여 보니 테린의 대결이 꿈이었나 싶을 정도로 아무렇지도 않았다.

"어머! …깨, 깨셨어요?"

하녀가 들어오다가 내가 깬 것을 보곤 기뻐하더니 갑자기 얼굴을 붉혔다.

"하하… 이거야 원. 어떻게 정신을 잃고 깰 때마다 이 모양인지. 현 상황에 대해 설명 좀 해줄래?"

"아! …네네, 나흘 전에 테린이라는 분이 엉망이 된 단장님을 모시고 오셨어요. 그 후 웬 여자 마법사님과 아라교의 신관님이 다녀가셨고요. 옷은… 치료를 할 때 찢어서 버린 모양이에요. 제가 입혀 드리려 했는데 깰 때까지 손대지 말라고 하셔서……."

엉망이라는 말을 할 때 하녀의 인상이 찌푸려지는 걸 보니 많이 다쳤던 모양이었다.

"설명 고마워. 한데 그건 뭐야?"

그녀의 손에 든 물 접시와 수건을 보고 물었다.

"아! 이, 이건 그동안 단장님을 씻겨 드리느라……. 상처는 나았지만 피로 엉망이었거든요."

"고생했네. 이제부터 내가 할게. 참! 이건 고마움에서 내가 주는 선물."

서랍에서 금화 두 개를 꺼내 그녀에게 건넸다.

"아, 아니에요. 제가 할 일을 했을 뿐인데요."

"사양하지 마. 그런데 내가 의식이 없는 동안 저택엔 별일 없었어?"

"딱히요. 참, 지난 이틀 동안 기사님들은 북문 외외성의 수해 현장에 다녀오셨어요."

피해를 입히지 않으려 물 밑에서 싸웠는데 피해가 간 모양이었다.

"…피해 정도는?"

"인명 피해는 없었던 모양이에요. 집이 여러 채 파괴되고 수해를 입은 정도라 어느 정도 정리가 된 모양이더라고요."

"다행이네."

옷을 입고 하스톤에게 깨어났음을 알리러 갔다.

"몸은 괜찮아? 아버님도 어머님도 많이 걱정했다네."

"멀쩡한 것 같습니다."

"다행이군. 갑자기 나타난 워터 웜과 싸우다가 다쳤다는 얘기는 테린 백작에게 들었어. 세상에 아직까지 워터 웜이 존재할 줄이야. 때마침 자네와 테린 백작님이 계셔서 다행이지 정말 큰일 날 뻔했어."

워터 웜은 물에 사는 큰 괴물이었다. 그러나 이백 년 전 대지진 이후 급격히 줄어들기 시작한 몬스터들과 마찬가지로 이젠 책에서나 볼 수 있는 몬스터였다.

'테린답네.'

본관에서 나온 나는 내성에 위치한 수도 경비대로 향했다. 고마운 건 없었지만 인사치레는 해야 했다.

"대장님은 지금 감옥에 계십니다."

"네?"

경비대 대원의 말에 깜짝 놀라 반문했다.

"두 분의 대결로 난리도 아니었습니다. 마나 유동이 내성까지 느껴져 경비대는 물론이고 황실 기사단도 움직였습니다."

"음, 그랬군요. 그럼 앞으로 어떻게 되는 겁니까?"

"인명 피해가 없어서 다행히 감봉 1년에 20일 감방행으로 마무리되었습니다."

하긴 그만한 일로 제국의 엄청난 힘이 되어줄 테린을 걷어차는 것도 웃긴 얘기라고 생각됐다.

"20일 후에나 다시 와야겠군요."

"면회는 하셔도 됩니다. 바로 경비대 감옥에 계시거든요. 물론 백작님께서 허락을 하셔야 하지만요."

난 경비대 지하 감옥으로 내려갈 수 있었다.

"팔자 좋으십니다."

테린은 누워서 단검만 한 마나 검을 만들어 가지고 놀고 있었다.

"어? 벌써 다 나았나? 내가 나갈 때나 일어나지 않을까 했는데."

"많이 심했습니까?"

대원이 갖다 주는 의자에 앉으며 물었다.

"고맙다는 말보다 도망가지 않고 끝까지 버틴 멍청이라고 욕할 정도로."

"데리고 온 마법사와 신관이 솜씨가 좋았나 보군요."

"약간. 그보단 자체 치유력이 좋은 것 같더군. 혹시 재구성된 신체가 깨지면서 생기는 현상일까 걱정했는데 다행히 그건 아닌 것 같군."

"아깝네요. 그랬으면 평생 솜씨 좋은 검사를 경호원으로 데리고 다닐 수 있었을 텐데요."

"흥! 누가 그렇게 해준대? 돈 몇 푼 던져주고 끝냈을 거야."

"무책임한 모습을 보니 저 역시 털끝만큼 가졌던 미안함이 사라지네요."

테린은 무뚝뚝하게 말했지만 그 속에 미안함이 가득했다. 그래서 모른 척 그의 말을 받아줬다.

"새로운 경지는 어떻게 마음에 드십니까?"

"그럭저럭. 이곳에 나가면 캐논 평야로 가서 한판 붙을까?"

"다른 사람 찾아보십시오. 돈도 안 되는 일에 또 다치긴 싫습니다. 언제까지고 이빈처럼 운이 좋을지 모르는 일이니까요."

"도전 정신이 없군. 이번엔 특별히 슬슬 해주지."

"경비대원과 슬슬 하십쇼. 맘 편히 놀고 있는 모습도 봤으니 이제 가겠습니다."

"좀 더 놀아주지 않고. 너무 냉정해."

"오늘 포틀빈 자작 댁에 파티가 있다니 몰래 가서 노십시오, 떡의 기사님."

"헉! 그, 그걸… 미헬라 님께서 말해줬나?"

"제 귀가 좀 좋습니다. 그럼."

돌아서는데 그가 가지고 놀던 마나로 된 검이 눈앞에서 알짱거렸다.

"자넨 마스터의 다음 경지가 어떤 건지 궁금하지 않나? 다음에도 대련을 해준다면 가르쳐 줄 수 있는데."

"별로요. 아직까지 지금 경지도 제대로 완성하지 못했는데 그 다음 경지를 생각해서 뭐하게요."

"쳇! 재미없는 인간 같으니. 마나는 하나야. 마법이니, 검광이니, 하단전이니, 중단전이 할 것 없이 하나라고. 봐, 지금 내가 하고 있는 것이 마법일까 검술일까?"

"의지겠죠."

"어? 알고 있었나? 하하하! 역시 자네는 대단해. 그럼 다음 대결을 기다리고 있겠네."

도통 말을 해도 알아듣지 못하는 인간이었다.

디그로 마나의 검을 감옥 안으로 보내고 그곳을 빠져나왔다.

경비대를 나오자 검은색과 하얀색이 조화를 이룬 기사복을 입은 네 명이 기다리고 있었다.

황실 마크 옆에 '8' 자가 새겨진 황실 제8기사단이었다.

"존슨 경."

"그렇습니다만."

"난 제8기사단 베가 준남작이네. 상처에 비해 빨리 나왔군."

"아! 절 치료했다는 마법사가 혹시?"

"황녀님이셨네. 나도 그때 자네를 봤지. 황녀님께서 자네를 찾으시네."

"용케 제가 깨어난 걸 아셨군요. 감사 인사도 드려야 하니 가시죠."

기사단을 따라 처음으로 황궁의 문을 넘었다.

웅장함과 화려함보다 들어섬과 동시에 강력한 마나 제어 마법진이 설치되어 있음을 먼저 느꼈다.

"마나 제어 마법진이군. 대단합니다. 중단전이 오그라드는 느낌마저 들 정도군요."

"우린 괜찮네. 보호가 임무인 우리까지 실력을 발휘하지 못하면 어쩌겠나."

이 넓은 황궁에 마법진을 설치했다는 것에 놀라 한 말인데 오해한 모양이었다.

반(反)마나 제어 마법진.

이미 알고 있었다. 지론 남작의 저택에 걸어둔 마나 제어 마법진에서 기사단이 자유롭게 마법을 쓸 수 있는 것과 같은 이치였다.

"길이 꽤 복잡하군요. 설령 벽을 넘어 침입을 한다 해도 이렇게 복잡해서야 뜻을 이루기 힘들겠는데요?"

"그래서 언제나 내부의 적이 생기게 마련이지. 우리도 그걸 가장 경계하고 있지. 여기네. 마침 저기 계시니 가보게."

작지만 여러 개의 꽃이 한 줄기에 나 마치 큰 꽃처럼 보이는 파란 꽃이 정원을 가득 메우고 있었다. 그리고 미헬라는 그 꽃을 바라보고 있었다.

'이러다 정말 반하겠군.'

웃기게도 볼 때마다 심장이 두근거리니 정말 사랑해서 그런 건 아닌지 의심이 될 지경이었다.

반해서 두근거리는 것이 아니라 두근거려서 반한다고나 할까.

한데 야릇한 감정이 생기자 물속에서 정신을 잃기 직전에 생각난 여자의 얼굴이 떠올랐다.

보는 것만으로도 생동감이 넘치게 생긴 금발의 미녀.

올라가지도 처지지도, 작지도 크지 않는 눈과 바람을 표현하는 화가의 붓 터치처럼 부드러운 얼굴 곡선. 어디 하나 흠잡을 때가 없었다.

워낙 아름다워서일까. 예전처럼 가물거리며 사라지는 게 아니라 갈수록 또렷해지며 다양한 모습들이 머릿속에 그려졌다.

'이름이……'

"1년 6개월간 새롭게 만든 기억도 잊은 거야?"

"아! 미헬라 님, 제가 잠시 딴생각을 하느라… 죄송합니다. 그리고 치료해 주셔서 감사합니다."

"테린 경이 하도 난리를 쳐서 갔을 뿐이야."

"그렇다고 해도 감사한 건 변함이 없죠."

"말로만?"

방금 전까진 테린이 난리를 쳐서 치료를 했다면서 바라는 게 있는 모양이었다. 예의상 한 말에 꼬리가 잡힐 줄 알았다면 결코 하지 않았을 것이다.

"뭐야? 입에 발린 말이었어?"

"하하… 아닙니다. 원하는 게 있으시면 말씀하세요. 할 수 있는 일이라면 기꺼이 들어드리겠습니다."

눈치 하나는 더럽게 빨랐다.

"마침 잘됐네. 안 그래도 부탁할 것이 있어서 불렀는데."

"어떤……?"

"일단 정자로 가서 얘기해."

제법 큰 연못 가운데 있는 정자에서 본 미헬라의 궁은 전체적으로 아기자기하면서도 아름다웠다.

"아름답군요."

"보기엔… 한데 궁의 이름은 그리 아름답지 않아. 물망초궁이거든."

"아! 아까 정원에 가득 핀 꽃이 물망초였죠. 물망초의 꽃말이……."

"'나를 잊지 말아요'. 누가 지었는지 모르지만 너무 잘 어울려."

냉랭한 말투와 달리 그녀의 눈은 무척 슬퍼 보였다.

내가 쳐다본다는 걸 알았는지 그녀는 원래의 눈빛으로 돌아왔다.

"40일 전쯤 피트 님의 머물던 곳이 발견되었다는 소문이 전 대륙에 퍼졌어. 피트 님에 대해선 알지?"

난 고개를 끄덕였다.

발칸 제국과 떼려야 뗄 수 없는 인물이 그인지라 책에 수없이 언급되는 이였다.

"인간으로선 최초이자 최후의 9서클 마도사. 갑자기 난 소문이라 혹시 함정이 아닐까 생각했어. 그러나 발칸 제국과는 연관이 많은 분이라 바로 조사 팀을 꾸려 보내야 했지. 한데 일주일 전쯤 마지막 메시지를 끝으로 그들과의 연결이 끊겼어."

"함정이었습니까?"

"몰라. 일단 처음이자 마지막으로 온 메시지를 봐."

영상 저장용 수정구를 꺼내 작동을 시키자 영상이 펼쳐졌다.

─…아! 이, 이곳에서는 수정구가 작동합니다.

─헉헉! 잘됐군! 얼른 주게. 전 조사 팀 팀장인 네인 자작입니다. 길게 얘기할 시간이 없으니 간단히 보고하겠습니다. 저 앞에 보이는 곳이 피트 님의 집이 있을 곳이라고 생각되는 곳입니다. 마법진으로 보호가 되고 있는 것 같은데…(중략)…혹시 제2조사 팀을 보낼 생각이면 준비를 철저히 해주십시오. 이곳은 말 그대로 악몽의 숲입니다. 아! 놈들이 다가오고 있습니다. 저희는 일단 마법진 안으로 들어… 와, 왔다! 저곳으로 뛰어!

화면이 멈췄다. 하지만 난 눈을 떼지 못했다.

'악몽의 숲!'

내 이름은 몽. 10살 때부터 윌리엄 아저씨를 따라 악몽의 숲을 따라다녔던 기억부터 스무 살 때쯤 심장이 두근거리며 바닥에 쓰러질 때까지의 기억이 선명하게 떠올랐다.

'과거? 아냐! 얼굴이 달라. 그렇다면 전생? 도대체 이 기억은 뭐야?'

떠오른 기억이 사라지지 않았지만 가물거릴 때보다 더 큰 혼란을 주었다.

"반응이 조금 이상한데? 무슨 생각해?"

내가 멍하니 있자 미헬라가 물었다.

"…아! 영상을 보니 문득 기억이 떠오르는 것이 있어서, 죄송합니다."

"어떤 기억인데?"

"악몽의 숲 근처에 가본 적이 있는 것 같다, 그 정도입니다."

말해주기엔 너무 이상한 기억이었기에 대충 얼버무렸다. 그리고 화제를 돌렸다.

"한데 영상을 저에게 보여주시는 이유가 무엇인지?"

"마지막 장면의 저 검은색 반원을 보면 생각나는 거 없어?"

이상한 기억에 정신이 잠깐 나갔던 모양이었다. 미헬라의 말을 듣고 나서 화면을 보자 그녀가 영상을 보여준 이유를 알았다.

"아! 제가 만든 게임과 비슷하군요."

조사 팀이 뛰어가는 방향에 있는 검은색 반원은 지론 남작의 후원에 만들어놓은 마법진과 유사했다.

"맞아. 혹시 저 반원을 보니 떠오르는 건 없어?"

정지된 화면을 뚫어지게 보았지만 반응이 없었다.

"전혀요."

"하긴 크기도 전혀 다르고 겉만 비슷할 뿐이니. 하지만 가서 직접 확인해 보면 기억날 수도 있을 거야."

"네에? 그게 무슨……?"

"제2조사 팀에 같이 가줘야겠어. 물론 부탁이 아니라 명령이야. 설마 북쪽 민가에 수해를 입혀놓고 그냥 넘어갈 거라고 생각한 건 아니겠지?"

"…다른 방법은 없는 겁니까?"

"민가 피해액 3,500금, 군사시설 파괴, 수도 인근 5킬로미터 내에선 7서클 이상 마법을 금지한다는 황명 위반. 재판에 회부되면 사형이야."

"헐! 테린 백작은 20일 구금이고 전 사형입니까?"

"테린의 경우 그동안 제국을 위해 공헌한 것이 있으니까."

"그래서 저에게 공을 쌓을 수 있는 기회를 주겠다는 거군요. 이거 참 영광이네요."

"나름 생각해서 한 제안인데 싫으면 어쩔 수 없고. 다녀만 와도 죄를 사해줄 생각이었는데."

억지로 짜 맞췄다는 느낌을 지울 수가 없었다.

그에 비아냥거려 봤지만 어쩌겠는가?

도망가려 해도 일단은 '예스'라고 대답한 후에 이곳을 벗어나서 하는 것이 좋았다. 무엇보다도 지금은 딱히 거부할 이유가 없었다.

'악몽의 숲에 가면 뭔가 더 기억이 날지도.'

과거인지, 전생인지 모를 기억이 떠오르자 이젠 내 기억을 온전히 되찾고 싶었다.

"배려를 거절하는 건 예의가 아니겠죠. 언제까지 준비를 하면 되겠습니까?"

"다켄 지방의 야돌 남작 성에서 사흘 후 아침 10시에 만나기로 했어. 수도에서 전날 출발하는 팀이 있으니 같이 가면 될 거야."

"시간이 촉박하군요."

"제1조사 팀을 위해서라도 서둘러야 하니까."

"알겠습니다. 전 야돌 남작 성에서 합류하겠습니다."

"다른 건 이쪽에서 준비할 테니 개인적인 물품만 챙기면 될 거야."

미헬라에게 인사를 하고 서둘러 황궁을 나왔다.

사흘 후 출발이라면 지금부터 준비해도 빠듯한 시간이었다.

*   *   *

이른 새벽 눈을 떴다.

샤워를 마치고 사흘 간 준비해 둔 가방을 들쳐 메고 밖으로 나갔다.

여명조차 뜨기 전인지라 저택은 조용했다.

"이제 가려고?"

밤새 검을 휘둘렀는지 땀으로 흠뻑 젖은 루시가 나무에 기댄 채 말했다.

"깜짝이야! 인기척이라도 좀 내라."

"난 계속 여기에 있었을 뿐이거든."

"치~ 예전의 복수냐? 그리고 기사단장직을 잠시 내려놨다고 그새 반말이냐?"

펜딕에게 임시 기사단장직을 맡겼다.

"억울하면 돌아와서 다시 기사단장을 맡아. 그럼 깍듯이 대해줄게."

"쯧! 죽으러 가는 게 아니거든."

"네가 죽을 거라는 생각이 들어서 하는 소리가 아냐. 그저… 지금 가면 돌아오지 않을 것 같아 하는 얘기야."

착각이라고 말하지 못했다.

언제나 떠날 사람처럼 거리를 두지 않았던가.

"쓸데없는 소리 말고 들어가서 쉬어. 오늘부터 부단장직을 수행해야 하는데 괜스레 실수하지 말고."

"걱정 마. 내 일은 내가 알아서 해. 그리고 어젯밤의 일은……"

"머릿속에서 지우고 갈 테니 안심해."

어젯밤 루시가 내 방을 몰래 찾아왔었다. 그리고 갑자기 옷을 벗는 바람에 얼마나 놀랐는지 모른다.

얼른 옷을 다시 입히고 설득을 해 내보내긴 했지만 그 탓에 잠을 좀 설쳤다.

"지우지 마. 혹시… 아쉽다는 생각이 들면 꼭 돌아와. 두 번은 힘들겠지만 한 번은 더 용기를 낼 테니까."

뜻밖의 말에 웃음이 터졌다.

"하하하! 근데 내가 준 책은 읽어봤어?"

"잔소리만 잔뜩 적어둔 책 말이야? 조금 보다가 신경질 나서 던져뒀어. 어쩜 그리 남이 아파하는 걸 콕콕 집어뒀는지. 다른 단원들도 치를 떨더라."

"후후! 책에 적혀 있지만 아름다운(?) 기억을 남겨준 보답으로 한 가지 보여줄게."

난 검을 뽑아 천천히 검술을 펼쳤다. 그리고 몇 번 반복했다.

"기억했어?"

"응. 근데 그건 뭐야?"

"네가 간혹 펼치던 반쪽짜리 검술. 본의 아니게 몇 번 보고 따라 하다 보니 의미하는 바를 알 것 같아서 나름 만들어봤어."

"…의미하는 바가 뭐라고 생각하는데?"

몰라서 묻는 것 같진 않았다.

"마나의 길."

"……!"

검식을 따라 하면 마나가 자연스럽게 마나의 길을 따라 움직였다. 그에 부족한 부분을 나름 채워봤다.

루시는 어느새 검을 빼 들고 내가 보여준 동작을 천천히 펼치고 있었는데 곧잘 따라 했다.

집중해 있는 그녀의 모습에 빙긋 웃어 보이곤 지론 남작의 저택에서 나왔다.

이른 새벽임에도 거리엔 부지런히 움직이는 사람이 제법 많았다. 아침 6시부터 본격적인 업무가 시작되는 텔레포트 탑을 지나 외내성과 외외성으로 연결된 대로를 따라 계속 걸었다.

"이 정도면 5킬로미터는 벗어났겠지?"

인가가 드문드문 보일 뿐 주위가 온통 밀밭인 곳에서 걸음을 멈췄다. 그리고 대로 옆 갓길로 나갔다.

차르르륵!

의지를 발하자 투명 손은 메고 있던 배낭에서 얇은 금속판을 꺼내 바닥에 깔았다.

16장으로 이루어진 금속판이 자리를 잡자 금속판에 새겨진 텔레포트 마법진이 은은하게 빛을 내뿜었다.

마법진에 재주가 있음을 알고 난 후부터 틈틈이 만들던 것으로 지난 사흘간 완성을 시켰다.

텔레포트는 7서클에서 가장 딜레이가 긴 마법 중 하나로 고려해야 할 것이 많았다.

이동 방법 면에선 대응 마법진이 있다면 모를까, 한 번 가본 적이 있어야 이동이 가능했고, 시동 면에선 마법을 완성하는 데 걸리는 시간이 최소 1분이 넘었다.

물론 8서클이 되거나 9서클이 되면 어떻게 될지 모르겠지만 전투 중에 텔레포트 마법진을 쓰는 건 그야말로 죽여달라는 말과 다름없었다.

"지금 마나석을 쓰는 건 낭비겠지."

마법진엔 효율이 좋은 마나 흡입부와 저장부가 있었다. 그러나 자연적으로 마법진이 활성화되려면 최소 15일이 넘게 걸렸다.

그래서 마나석을 꽂을 수 있거나 내 마나를 주입해 부족한 마나를 보충할 수 있었다.

우우우우웅!

마법진 위에서 마나를 주입하자 빛과 함께 룬어가 원을 그리며 돌기 시작했다.

'다렌 마을!'

전생(?)의 기억 속, 살았었던 다렌 마을에서 조금 떨어진 곳에 있는 인적 드문 들판을 머릿속에 그렸다.

그 순간 하얀빛이 터졌고 그 빛이 사그라지자 여명과 함께 익숙하면서도 왠지 낯선 풍경이 눈에 보였다.

산의 위치와 냇물, 악몽의 숲을 보면 분명 맞는데 잡풀과 나무들을 보면 기억과 많은 차이를 보였다.

"역시 전생인가?"

중얼거리며 흙덩이와 함께 텔레포트되어 온 금속 마법진을 챙겼다.

어느 정도 예상을 하고 있었던 터라 두리번거릴 정도로 놀랍지도 않았고 마음의 동요도 없었다.

언덕을 조금 올라가면 있는 다렌 마을로 올라갔다. 한데 풍경과 마찬가지로 다렌 마을도 변해 있었다.

다만 무너지고 망가져 폐허처럼 변했을 뿐 누가 살던 건물인지 알 만했다.

"여기가 마을 촌장이 살았던 곳이고, 여기가 바로 푸줏간집… 아!"

또 다른 기억이 떠올랐다. 푸줏간집 아들 젤린.

한 가지 이상한 것은 몽의 기억 속에 젤린의 모습이 있는데 젤린이 되어 있었다.

"…조든 할아버지."

연이어 새로운 기억이 떠올랐다.

세 번의 삶, 두 번의 환생이 아닌 몸 갈아타기.

더 이상 추가적으로 기억이 나지 않았지만 내가 존슨의 얼굴을 하고 있는 이유를 알 수 있었다.

"정말이지 괴상한 삶이야."

의문은 세 번째 삶까지 스스로에게 던졌던 기억으로 충분했다. 게다가 기억 속 황제의 이름을 생각해 보면 적어도 세 번째 삶이 끝날 때도 오륙십 년 전이었다.

"슬슬 야돌 남작령으로 가야겠군."

젤린일 때 고기를 납품하러 가던 길을 따라 남작령으로 향하며 떠오른 기억들을 정리했다.

야돌 남작령은 다렌 마을에서 성인 걸음으로 1시간 30분쯤 걸리는 곳으로 성 밖으로 펼쳐진 농지에서 열심히 일하는 이들은 있어도 대도시와 달리 창고로 보이는 건물 말고는 아무것도 없었다.

위이이이잉!

마법 제초기로 잡초를 제거하던 노인이 내가 지나가자 모자를 벗곤 고개를 숙였다. 같이 살짝 고개를 숙이자 깜짝 놀라며 땅에 닿을 듯 고개를 숙였다.

'시골 영지에선 아직까지 신분제가 공고한 모양이네.'

이후론 일 나가는 농부들이 비켜서며 고개를 숙였지만 무심하게 지나쳤다.

그들을 불편하게 만드는 건 싫었다.

"어디서 오셨습니까?"

성문을 지키고 있던 병사들이 물었다.

"악몽의 숲 조사 팀에 합류하기 위해 왔어."

난 신분패를 보여주며 말했다.

"아! 그러시군요. 이 길을 따라 쭉 가시면 내성 입구가 보이실 겁니다."

"고맙군. 한데 아직 시간이 있어서 그러는데 간단히 식사할 만한 곳이 있나?"

"오른쪽으로 돌아가면 '돼지가 머무는 곳'이라는 음식점이 있습니다. 100년이 넘은 곳으로 젤츠가 제일 유명합니다."

"아! 그곳이 아직도 있나?"

"전에 와보셨습니까?"

"…어릴 때 와본 적이 있었어. 고맙네."

위치는 누구보다도 잘 알았기에 반가운 마음에 서둘러 식당으로 향했다.

"변한 게 없군."

변한 게 있다면 나무에서 금속으로 바뀐 간판에 그려진 돼지가 좀 더 커졌다는 정도였다.

실내도 마찬가지. 마치 도축한 돼지를 들고 나르는 과거의 내 모습이 보이는 듯했다.

"어서 오십시오. 혹시 젤츠를 드시러 오셨습니까?"

청소를 하던 사내가 다가와 물었다.

"그렇다네."

"새벽부터 조리 중인데 아직 덜 되서 30분 정도 더 걸릴 겁니다."

"기다리지."

"그럼 이쪽으로 앉으십시오."

30분이면 꽤 긴 시간이었지만 코와 눈으로 느껴지는 과거의 향수를 느끼다 보니 금방 지나갔다.

"늦어서 죄송합니다. 맛있게 드십시오."

"시원한 맥주도 한 잔 부탁해."

매운 음식인 젤츠와 가장 어울리는 시원한 맥주였다.

"매콤한 게 좋군. 이 맛이야!"

이 몸으로 젤츠를 먹어본 적이 있었을까. 혀끝으로 전해지는 매운 느낌이 아련했다.

한참 맛있게 먹고 있는데 손님이 들어왔다.

"항상 내가 1등이었는데 오늘은 나보다 먼저 온 손님이 있었군."

"오늘도 직접 오셨습니까, 어르신."

"와서 먹어야 제 맛이지. 1인분 주고 2인분은 포장해 주게. 날씨가 더워지니 젤츠밖에 생각이 나지 않아, 허허허!"

기분 좋게 웃으며 대각선 테이블에 앉는 이는 비싼 비단옷을 입은 마법사 노인이었다.

왠지 모르게 낯이 익은 얼굴처럼 느껴져 흘낏거리며 보자 내 시선을 느꼈는지 노인도 나를 봤다.

눈이 나쁜 건지 기분이 나빠 눈싸움을 하자는 건지 노인은 눈을 좁히며 한참을 바라봤다.

노인과 눈싸움하는 것도 우스웠기에 내가 먼저 시선을 돌렸다. 한데 노인은 갑자기 일어나더니 내 쪽으로 다가왔다. 그리고 긴가민가한 말투로 물었다.

"혹시… 아우스?"

"…네?"

"아, 아니오. 귀하가 내가 알고 있는 아우스라는 아이와 닮은 것 같아서……."

"많이 닮았습니까?"

"글쎄요. 검은 머리에 눈을 보면 닮은 것 같기도 하고 전체적으로 보면 아닌 것 같기도 하고. 아! 하긴 노예였던 아이가 기사가 되었을 리가 없겠군요. 식사하는데 미안하오."

노인은 잘못 봤다고 생각했는지 돌아서려 했다. 난 그를 불러 세웠다.

"마법사님, 앉아서 아우스라는 아이에 대해 말해주시면 안 되겠습니까?"

"앉아서 할 만큼 긴 얘기도 아니오. 몇 년 전 일하게 된 마나석 광산에서 노예였던 아우스를 만나게 되었고 그 소년의 도움으로 채광기를 만들게 되었소. 돈을 벌어 그 애를 노예에서 풀어주러 갔는데 없더군요. 이게 다요."

"……"

"험! 그 애가 나에게 젤츠를 만들어줬었소. 그래서 순간 기사님을 그 애가 아닐까 생각한 모양이외다. 맛있게 드시구려."

노인은 내가 자신의 말에 반응이 없자 헛기침을 하며 그의 자리로 돌아갔다.

'…토렌!'

노인의 뒷모습을 보며 속으로 중얼거렸다.

내가 반응할 수 없었던 것은 모든 기억이 연쇄 반응처럼 떠오르고 있었기 때문이었다.

'여전히 열 번째 삶을 살고 있는 난……'

아우스다!

『아우스:마도 시대의 시작』 5권에 계속…

초대형 24시 만화방

신간 100%, 샤워실, 흡연실, 수면실(침대석), 커플석, 세탁기 완비

■ 시흥 정왕25시점 ■

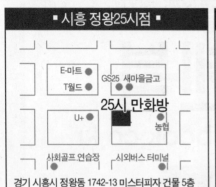

경기 시흥시 정왕동 1742-13 미스터피자 건물 5층
031) 319-5629

■ 강북 노원역점 ■

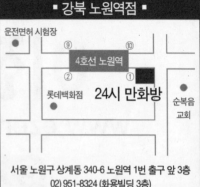

서울 노원구 상계동 340-6 노원역 1번 출구 앞 3층
02) 951-8324 (화용빌딩 3층)

■ 일산 정발산역점 ■

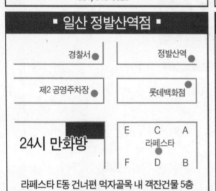

라페스타 E동 건너편 먹자골목 내 객잔건물 5층
031) 914-1957

■ 일산 화정역점 ■

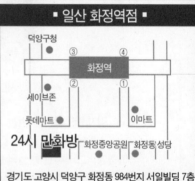

경기도 고양시 덕양구 화정동 984번지 서일빌딩 7층
031) 979-4874 (서일사우나 건물 7층)

■ 부천 역곡역점 ■

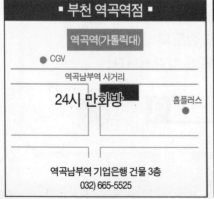

역곡남부역 기업은행 건물 3층
032) 665-5525

■ 부평역점 ■

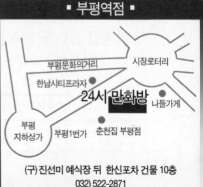

(구)진선미 예식장 뒤 한신포차 건물 10층
032) 522-2871

임영기 장편소설

FUSION FANTASTIC STORY

갓오브솔저

'종의 영역'과 '신의 질서'가 파괴되고
지구에는 무영역과 무질서의 시대가 도래했다!

8년 동안 무림에 '절대신군(絶代神君)'으로 군림한 이강도.
어느 날, 자신이 살던 현 세계로 다시 되돌아오게 되고
'졸구십팔(주9.18)'이라는 이름을 부여받게 되는데……

신이 죽은 세계를 장악하려는 마계(魔界)와 요계(妖界),
그리고 이를 저지하려는 정계(正界)의 치열한 사투!

과연 이 전쟁은 끝이 날 수 있을 것인가.

이계진입 리로디드

임경배 퓨전 판타지 소설

FUSION FANTASTIC STORY

『권왕전생』 임경배의 2015년 신작!

『이계진입 리로디드』

왕의 심장이 불타 사라질 때,
현세의 운명을 초월한 존재가 이 땅에 강림하리라!

폭군으로부터 이세계를 구원한 지구인 소년 성시한.
부와 명예, 아름다운 연인…
해피엔딩으로 이야기는 끝인 줄 알았건만
그 대가는 지구로의 무참한 추방이었다.
그리고 10년 후……

"내가 돌아왔다! 이 개자식들아!"

한 번 세상을 구한 영웅의 이계 '재'진입 이야기!

Book Publishing CHUNGEORAM

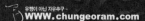